我是一棵榆树

肖龙 著

作家出版社

序　言

内蒙古居于祖国北疆，广袤无垠的阜原、葳蕤茂密的森林、浩瀚辽远的大漠、纵横千里的阴山组成了内蒙古多姿多彩的地理风貌。千百年来，各族人民在此繁衍生息，丰富着"绵力之久，镕凝之广"的中华文化。文学传承，生生不息。源远流长的内蒙古文学，在牧野上传唱，在群山中回响，点亮了祖国北疆一盏盏温暖的生命明灯。

进入新时代，在习近平新时代中国特色社会主义思想指引下，内蒙古文学工作者坚持深入生活，扎根人民，把澎湃的现实生活、昂扬的时代精神、丰盛的经验和情感提炼造型。人、生活、岁月在他们笔下是砥砺奋进的历史，是绵厚的家国之爱，是浓烈的人间烟火，一批批贴近时代、贴近人民、贴近大地的现实题材作品带着生活之感、时代之悟和人民之思传向全国。

为进一步加强文学的组织化程度，推出更多高品位的优秀作品，培养更多高素质的文学人才，内蒙古自治区党委宣传部牵头，内蒙古文联、内蒙古作协组织推进"内蒙古文学重点作品创作扶持工程"，汇集内蒙古众多优秀作家作品，努力推动内蒙古文学事业繁荣发展。该工程坚持以精品奉献人民，在宽广的世界视野中描绘中华民族精神图谱，部分作品荣获鲁迅文学奖、全国少数民族文学创作"骏马奖"、全国精神文明建设"五个一工程"奖、内蒙古自治区文学创作"索龙嘎"奖、内蒙古自治区精神文明建设"五个一工程"奖等，为满足人民文化需求、增强人民精神力量做出了积极贡献。

伴随习近平总书记代表党和人民的庄严宣告，中国人民踏上了实现第二个百年奋斗目标的新征程。内蒙古大地焕发出前所未有的活力，人民创造历史的伟大实践为文学提供了丰沛的源泉和广阔的天地。讲好内蒙古故事，发出富有影响力和感染力的声音，创作出不负时代、不负人民的优秀作品，是每位作家的光荣与梦想，也是全面推进北疆文化建设、推动内蒙古文艺蓬勃发展的强大动力。

"内蒙古文学重点作品创作扶持工程"入选作品，以无数真切鲜活的声音，书写着属于这个时代的有温度、有厚度的内蒙古故事。这些作品从内蒙古山乡巨变的现实课题中来，从当代内蒙古的发展进步和人们的精彩生活中来，以体现精神高度、文化内涵和艺术价值相统一的书写，为无数创造历史的人们立传。

破浪前行风正劲，奋楫扬帆正当时。衷心希望内蒙古文学工作者以深邃的历史眼光和宏阔的现实视野，倾听内蒙古从历史走向现在、走向未来的脚步声，创作一批见历史之大势、发时代之先声的优秀作品，展现新时代中国共产党和中国人民再创中华文化新辉煌、书写中华民族新史诗的文化自信和历史雄心；衷心希望内蒙古文学工作者真诚观照内蒙古人民的精神品格与伦常智慧，记录生活中细微的热爱、温暖的追寻，用奋斗和成长中的高贵品质点亮新的灵魂、新的梦想，为铿锵内蒙古书写新时代的史诗。

薪火传承，旗帜高扬。在习近平新时代中国特色社会主义思想指引下，期待内蒙古文学工作者担当使命，以浩瀚的文学为打造好北疆文化品牌提供滋养和支撑，展示内蒙古文学弦歌不辍、日新又新的文化活力；期待更多的读者在文学世界中感受辽阔大地上的人文情怀，感受内蒙古文学的独特魅力；期待内蒙古文学在中华文学版图上绽放出绚烂的光辉。

内蒙古文联党组书记、主席　冀晓青

死亡是活过的生命,生命是临近的死亡。

——博尔赫斯《布宜诺斯艾利斯之死》

目录

上篇　星期六 / 001

中篇　星期日 / 082

下篇　星期一 / 176

尾声　之后的日子 / 215

上 篇
星期六

1. 我是作家夏林子

我的梦在城市的暗夜里穿行游寻。

在这个连酒馆茶肆、菜摊鞋铺、五金商店、贩夫走卒都炫耀经理身份、把精致名片秋天落叶般满天飘洒、屋檐落下一块瓦片都能砸伤仨老板的年代,我却没有一张名片。我的母亲生下我还没有来得及给我取名字就得了产后风去世了,我的真实姓名就被我父亲随便想到的一件东西或植物取代了——小时候父亲管我叫"林子"。我乖巧时父亲就眯着眼睛"林子东""林子西"的叫我;我闯了祸或是惹他不高兴了,父亲就咬牙切齿地喊我"死林子""臭林子";等我长大了,不好再叫我乳名,父亲就在前面加上我出生的季节成了"夏林子",后来我写作时一直用这个署名。现在我是小有名气的人,文章经常在市报的文化版面刊登,小说作品也常在省级以上刊物头版头条发表,并获得国刊的年度优秀小说奖——无须证明身份,小区里的人都知道我是B城某成人高校辽金史学科助理讲师,小说作家。我处世淡定,不善言语,多年深居简出的生活养成了与世无争的性格。这性格和现在这个个性张扬、浮躁虚夸的时代格格不入,结果给人留下迂腐懦弱的印象。但其实不是这样,我认为我是个有激情有血性有锋芒的人，只不过我的血性和锋芒不像别人表露在现实生活中，而是体现在作品里。我的小说充满现代意识，别出心裁风格独特，曾感动过许多读者。我文笔的沉稳老辣，曾使很多没见过面的杂志编辑以为我是个感情新潮激进且又愤世嫉俗的老者……我对自己在别人心里的形象充耳不闻，听之任之，无意争辩。有时候想想，这种印象虽然不算是件好事但也不一定是糟糕透顶的坏事！在这强者如林的社会，你的弱势也许会给你带来意想不到的保护，给你营造一个安静的生存空间，让你疲惫的心得到喘息机会。

我深居简出，还因为我是个苦夏的人！

我在这座城市里出生并且长大，但对这里燠热难挨的夏季还是无所适从。这个城市几乎没有春天，因为薄得如同纸一样的春天季节，短暂得就像猴子跃溪，缩头收尾，刚刚进入五月就已经到了盛夏。在街头巷尾低垂的丝柳树上喧嚣着的一阵阵蝉鸣声中，让我透不过气来，苦夏的我只好像在洞穴里躲避潮湿炎热的非洲鼹鼠一样躲在屋子里，紧闭门窗，昼夜开着空调，躺在狭窄客厅铺着竹片凉席的沙发上构思我的小说，等待着一场在我心目中伟大的失眠。均匀的凉席花纹印在我的胳膊、后背和胯骨上，断断续续、支离破碎的小说情节缥缈在我半睡半醒的状态中……我预感到我苦苦等待了多年的这一时刻即将来临了——失眠像吹响的号角，我设定的小说人物将在它的招引下穿透历史的墙壁，像一架古老而沉重的勒勒车一样，吱吱嘎嘎一路向我走来。

小说开始设定的标题是《猎者》，后来又改成了《追杀》。我的责任编辑是位中年女性，她的话音像她头上的披肩发一样柔软，但话语却像别在她头发上的金属卡子一样坚硬。责任编辑说文学作品不仅是精神产物，也是一种物质产业，不光要求思想内涵、艺术品位，还要和经济效益挂钩。她说一篇小说作品从出版到发行，要走好市场，有个好名字相当重要，这就像商品有个漂亮的包装才能吸人眼球，不管是真货还是假货都会有人拿起来看一看，激起购买欲望。她朝后甩了下披肩发后对我说，《猎者》这名字太陈旧也太干瘪，缺少现实性，与时代相去甚远，既不刺激也不煽情，市场含量欠缺。于是我在她的办公室里苦心思索半天，喝光了两杯茶水，最后按责任编辑的建议把小说标题改为《追杀》……小说描写一位彪悍而执着的猎人为父报仇、独闯山林，凭着一杆祖传的短尾巴猎枪，三年里经过千辛万苦千里追杀母狼的故事。猎人的形象和我依稀的记忆约定俗成，一拍即合，仿佛与我有着某种不解的渊源或说不清道不明的血脉瓜葛！——他酷似我的祖父或曾祖父！我虽然没有见过这些长辈，但从小时候父亲在为我摔断一支铅笔而暴打我之后的懊悔絮叨，和挂在我家客厅兼书房书架上的那只据说是我家祖传下来的、在我父亲长年累月用手摩挲下通体透亮的火药钵，我猜测出我的长辈们曾经都是住在山林里以狩猎为生的猎人。我从父亲夹在书籍里面的那张发黄的照片以及他的描述和我多年对没见过面的长辈们的苦思冥想，成为我日后写这篇题为《追杀》小说主人公的样板或模具，这对我在小说中成功塑造猎人的形象起到很大作用。或者干脆可以这么说，小说中的人物就是我前辈们的再现或复活——猎人颧骨高耸，剑眉朗目，面如顽石，棱角分明；丈八身材，虎背熊腰，身体强壮如山岗上被岁月风霜摔打得敦实厚重的榆树、身穿土灰色粗糙的鹿皮猎装，腰间缠绕的牛皮带上系挂着一串用小兽头盖骨打磨的小饰件，脚蹬一双用五彩丝线钩着细密云纹的野猪皮靴。最打眼的是猎人身上背的那杆短尾巴猎枪和从牛皮腰带垂挂到臀部的那只紫红色用来装火药和霰弹的药钵。短尾巴猎枪一庹半多长：钢青色的枪管、深紫色的枣木枪身、黑褐色的榆木把柄、杏黄色的牛皮背带；装霰弹和火药的药钵用公熊的卵囊皮制作而成，通体乌黑油亮，药钵中间精雕细刻着一幅孤狼拜月的图案，刀法遒劲，活灵活现。这两样象征猎人权威的最重要物件——都是猎人圣物般的祖传宝贝！

下半夜，我被一阵从街上呼啸而过的消防车的鸣笛声惊醒，再也没有了睡意。突然，一个清晰的剪影出现在和窗子相对的墙壁上。那是一棵偌大的榆树，繁茂的枝叶向四周蓬散着，像一把给大地撑起的巨伞。榆树傲然挺立，叶片上透出的光芒顿时把整个客厅照亮。我被眼前这一幕惊呆了，一动不动地躺在沙发上，瞪大眼睛吃惊地望着。随着一辆载重车从小区外的马路上轰隆轰隆驶过，墙上榆树的剪影渐渐消失了。卧室又陷入了一片黑暗中。我翻过身子，从茶几上摸起手机看了一眼时间，正好是凌晨三点半。我睁大眼睛，静静地躺在沙发上，朝着挂在书架上那只祖传的火药钵方位凝望，突然感觉到远处猎人渐行渐近的脚步声和熟悉的气息……等零散的情节在头脑中逐渐清晰地连成一片，又组成一个又一个完整无缺的链条之后，小说里的人物也顺理成章地活动起来，并按部就班了。就在这时候，一种难以抑制的创作冲动让我头昏脑涨、浑身颤抖、血脉偾张。我掀开被子，赶紧爬起来，启动写字台上的电脑进入创作中。

时间的阴影在凌乱堆在墙角的历史书籍后面漂浮不定，用习以为常的尺度迎合我敲击键盘的节奏……此刻，屋里一片肃静，我仿佛进入空灵幽静、鸟语花香、溪水潺潺的深山老林……无须开空调，屋里的燠热逐渐变薄，透明起来，一股清新空气在逼仄的空间游弋回荡。当我写完小说中一段重要章节时，窗子渐渐发白，中心街电报大楼上响起悠扬的钟声,我知道黎明到来了。我停下来,像洗了个透澡一样浑身舒坦。我揉揉太阳穴,伸了个长长的懒腰,甩甩酸痛的手腕走到窗前。我看见黢黑的高楼大厦映衬着东方熹微的晨光,一群灰白相间的鸽子在楼顶上下盘旋,忽东忽西,忽左忽右。刚上路的早班车慵懒无声地在街上穿行,从一个站亭奔向另一个站亭。城市醒来了。小区外的早市人影绰绰,从郊区赶进城市的小商贩们开始从板车上往摊点卸新鲜的蔬菜瓜果,早点摊的摊主们也在路边支起帐篷,扯开遮盖着餐具桌椅的纤维布,戴上帽子套袖围裙,开始通炉子生火……一股炸油条的香味飘进窗来,勾起我想吃点东西的欲望。我在书架上找了袋速溶豆奶撕开倒在杯子里,端着杯子去厨房冲水。曾小莹房间的门半敞着,想她已经起床了,我却没看见她的人影。因为近来桶装水涨价,过去添置的饮水机在墙角成了摆设。我拿起地上的暖水瓶,想往瓷杯里倒,掂掂是空的,翻个底朝天也只倒出两滴带着白色水碱的冷水来。这时候,厕所里一阵马桶冲水声音哗哗响过之后,门猛然打开,我被过道里突然出现的圆眼阔嘴骷髅样的怪物吓了一跳,差点叫出声来。

定睛看时,才认出是脸上敷着面膜的曾小莹。

曾小莹说:"暖瓶里没水了,我忘了烧。"

我说:"这就要烧。你吓了我一跳!"

曾小莹说:"瞧你胆小的,一个面膜就把你吓成这样。"

我说:"这面膜真像一副妖怪的鬼脸……"

曾小莹笑着说:"要是妖怪早把你吃了。"

我说:"今天不是周六吗,干吗起这么早?"

曾小莹转身从我身后走过去,走到过道时,面向挂在过道墙壁上的镜子照着自己,用手拍拍脸上的面膜,接着边往手上擦着护手霜边对我说："公司最近代理了一款韩国游戏的国内发售，我们广告公关这块事特别多，忙得脚底挂油。哪有你们这些端国家铁饭碗的那种福气，还有什么周六周日的。"

我拿着铝壶到狭窄的厨房水龙头接满了自来水，放到煤气灶上烧。看着煤气灶冒出的淡蓝色火苗上下蹿动。曾小莹回到卧室把脸上的面膜揭下来，恢复了原来我熟悉的俏丽面容。但这只是一瞬，紧接着她又从抽屉里拿出些我说不出名字的、印着外文字母的瓶瓶罐罐化妆品开始一丝不苟地给自己化妆。瞧她那认真的样子，像是我在给即将杀青的稿子做最后的润色。这不由得让我想起南北朝时期的《木兰诗》里"当窗理云鬓，对镜贴花黄"句子来。我想女人真是个奢侈的动物，每天要花去大部分时间和精力去修饰自己，用粉饰掩盖真实的面容，去赢得别人的爱慕和赞赏……这时天已大亮了，一束阳光难得地从挂满爬山虎的窗玻璃映进屋来，照在曾小莹的化妆台上。曾小莹身上高档真丝面料的睡衣在窗外晨光的映衬下，隐约透出她白皙的身体轮廓和高耸的乳峰。看到这情景，我愣了一下，突然觉得心跳耳热。我赶紧反身走进洗手间，用冷水冲了把脸，然后拎着只空水瓶逃跑似的下了楼。

2. 我，公司老总希贵

我总爱把飞机想象成在天上撅尾巴飞翔的大鸟。小时候跟奶奶上山捡蘑菇，奶奶背上背着和她差不多一般高的柳条篓子，碰到蘑菇圈的时候，奶奶不用半顿饭的工夫就能捡满一背篓。剩下的时间奶奶就坐在石头上嗡嗡（ong）地捻着佛珠诵念《心经》。这是我最快乐的时候。我像个无人管教的野孩子，挽起裤腿子在山上疯跑；扒开草丛捉蚂蚱；爬上大树掏鸟窝。玩腻了，我就揪一朵黄色的蒲公英花衔在嘴角上，把双手放在脑后枕着手掌躺在山坡的小榆树林瞅天上的云彩。云彩是流动的，一会儿变成奔跑的骏马，一会儿变成蹲在墙角的狗……如果有飞机从天上飞过的时候我就喊："飞机飞机你下来，我要坐你去天外。问我天外去干啥，去找玉皇拉呱呱……"喊的声音大了，有带着河套水腥味儿的山风吹过来，便呛得我喀喀喀喀地咳嗽。咳嗽得抽筋肚子疼。等缓过气来安静了，看见天上的云彩拉成一长串，变成火车的样子，我就异想天开。我就念叨着："快快长大吧。长大了我就能坐上火车去城里找奶奶日思夜想的爷爷和大爷（伯父）他们了，也能了了奶奶的心愿。"……现在长大了，怀揣着奶奶从亲戚家糊墙的报纸上剪下来的爷爷的图片坐上火车进了城，但是亲人没找到，却阴差阳错地成了B城一家电脑游戏开发公司的经理。公司虽然不大，上上下下几十号人，但却让我尝到呼风唤雨的王者气派。公司刚签下一款国内市场很看好的韩国游戏引进项目。手里攥着好产品，腰杆和神气一起硬朗起来，到下边各地转一转，经销商都前呼后拥地把我当成财神爷，争着给我开香格里拉饭店，请我吃海南鲍鱼馆，带我去"天上人间"找洋妞……

　　现在我坐着飞机，从南京开完订货会返回B城。

　　外面云彩擦着飞机的舷窗滑过去，像是一团团洁白的棉絮。因为昨晚一宿没有睡好，在飞机轻微的颠簸中，感觉有些困倦。和我同行的B城电子出版物管理中心的王处长已在邻座睡熟，胳膊架在前排座位的靠背椅上，噘嘴胖腮，把脖子弯成个倒挂钩，睡相憨实得像没吃到肉骨头而满是怨气的狗。我想我得精神点，不能和这老家伙一样睡觉。我四处撒么，看见前面舱口笔直地站着个蓝衣蓝帽蓝裙的漂亮空姐，朝她招了招手。空姐机灵地踩着匀称的步子来到我跟前，甜甜地微笑着用标准话小声说："先生您需要什么服务吗？"看我犹豫着欲言又止的样子，漂亮空姐提示我说："来杯热咖啡？还是冰镇菠萝水？"我故作绅士地说："来杯热咖啡吧。"空姐转过身去饮料间取杯热咖啡放到我面前的折叠桌上，我看着空姐笑。空姐莫名其妙，眯起好看的杏核眼说："先生还需要什么帮助吗？"我说："需要帮助的是你，而不是我，你就那么站着不累吗？"空姐微微一笑，用很专业的态度像背课文似的对我说："给乘客服务是我的职责。"我抬手鼓了下掌说："很好很好，那你就继续去完成你的职责吧。"我望着空姐走去的窈窕背影，心满意足地打了个响指。

和漂亮女人搭话会使我神清气爽，我睡意全无了。但事后又有些后悔，觉得有些无聊。世上没有免费的午餐，这杯咖啡是我为此付出的小小代价——我从不喝咖啡，那股难闻的气味让我想起南京订货会那混浊的空气……

订货会设在南京市中心一座豪华的五星级酒店，电梯爬上三层楼，站在房间的落地窗前就可看到不远处绿柳丛中莫愁湖荡漾的水波。由于是全国性的图书交流订货会，房间紧张，我托当地经销商孟老板才弄到一个标准间。为了开这次图书交流订货会，主办方花了大力气，早在一个月前就在当地和全国性的报纸重要版面刊登了启事，在央视文化频道也做了广告，全国各地一渠道的出版社和二渠道的图书经销商也都接到了彩色传单。十几层的豪华大酒店，顾客都清空了，倒出来设置了会场。房间就是订货现场。参会的商家把写字台横在卧室中央，摆上正版的盗版的翻印的各种图书、光盘、磁带或游戏攻略，坐等着客户下单订货。墙壁上贴满了花花绿绿的产品广告，楼道里拥挤着从全国各地来的书商、书贩、书耗子（行业里把专门经营黑书或盗版书的人叫书耗子），还有穿着暴露的小姐和贼眉鼠眼寻找机会的小偷。走廊里人头攒动、挤挤攘攘，空气里满是交易的味道、讨价还价的味道、女人脂粉的味道和男人狐臭脚气的味道，混浊得让人透不过气来。收订单的喜悦也难掩空气的沉闷，我几次到卫生间里去呼吸新鲜空气……总算挨到傍晚，人渐渐稀少了，我把光盘样品和订货单收起来，想躺在床上歇一会儿，南京经销商孟老板打来电话，说他晚上尽地主之谊，招待我们吃饭。

孟老板和我认识时间不长，是B城图书圈的朋友介绍的，据说孟老板过去是做图书批发生意的，盗版贾平凹的《废都》挣了不少钱，现在要扩大经营范围，准备开辟电子游戏产品批发业务。初次见面给我印象不错，粗粗拉拉，大大咧咧，人生在南方却有不少北方人的豪爽仗义。两杯酒下肚，三句话不到就和你熟络得称兄道弟，搂着你的肩膀："兄弟，听哥一句话，钱不是好东西，但谁也离不开这玩意儿……在外创业不容易，今后要是资金周转不开，有个为难着窄啥的只管跟哥说，哥两肋插刀，眼睛眨一下都不是人揍的！哥有口吃的就不会让兄弟们喝汤。"

我穿上外套，去隔壁房间喊上和我一起来的B城电子出版物管理中心的王处长一起下了楼。孟老板带着几个大腹便便油头粉面书商模样的人，手里攥着手机在酒店大厅等我。孟老板张着胳膊迎过来和我拥抱，我把身边王处长介绍给他。孟老板哎哟一声，赶紧奔过去和王处长握手。

孟老板说："辛苦辛苦！领导是头次来南京吗？"

王处长朝后捋了下背头说："常来，但那都是政府接待的会议，这种订货会还是头次参加。"

"哦哦。"孟老板说,"那可得让希总带您好好玩玩。希总是我兄弟,我兄弟的朋友就是我的朋友,在整个南京我不敢说一手遮天,翻云覆雨,但在图书界我还是咳嗽一声就有响声的人。只要您高兴,有啥需求尽管说。"

王处长笑笑说:"不客气,不客气。"

吃饭的地方离酒店不远,不用开车,我们一行人边走着边说话,没多长时间来到一座装饰得青砖碧瓦、古色古香的大饭店。几个身着阔袖窄襟、裤腿和袖口镶着金丝花边的古装女子在门口迎接。服务员把我们带到楼上孟老板预订好的包间里。大伙按主次位置坐定。孟老板招待我们吃南京独具特色的"金陵菜"。据说金陵菜是苏菜的四大代表菜之一,久负盛名,起源于先秦,战国末期那个跳江的大诗人曾在一首诗里记载过,到民国时期金陵菜更是享有极高的声誉,有"京苏大菜"之称,受到当时的王公贵族喜爱,设宴无不以"京苏盛宴"为傲。大家都竖起大拇指,称赞孟老板的殷勤好客。开席前孟老板介绍同来的几个人:矮胖脖子上挂着拇指粗金链子的天津清正书店的金老板;瘦高戴着金边眼镜的上海黄浦书局的戴总监;穿着花衬衣、说话总诡异地眨眼睛的杭州西子书院的徐院长;留着板寸、机灵干瘪的成都四川图书公司的涂董事长;五大三粗、连鬓胡子戴墨镜的徐州同庆书局的马经理。孟老板故意卖个关子,拿起桌上的杯子喝口茶水,站起来,拍拍坐在他身边一个留着两撇小胡子戴着鸭舌帽的中年男人说:"最后,我向大家隆重介绍一位大作家——无语老师。无语老师堪称国内顶级大文豪,才高八斗,学富五车,著作等身,过去国内发行量名列前茅的《爬墙头》《骚狐狸》《扒灰》都出自无语老师之手。无语老师的新作《被窝》

由我和出版社合作出版发行，是这次在二渠道订货会上文学书籍方面最引人注目，收到订单最多的一部文学作品。"大家啧啧称赞，都投去崇拜羡慕的目光。大作家无语半瘫着坐在椅子上，没有站起来，面无表情，也不说话，拱拱手算是跟大家打了招呼。

饭后自然要去歌厅唱歌，去洗浴中心找小姐按摩。但去了几家洗浴中心都不满意，不是环境不好就是太干净。孟老板说："南京刚经历了扫黄，现在娱乐行业还没有完全放开。我带你们去郊区吧，郊区山高皇帝远，管理得松，小姐干净脸蛋也好看。"

大伙都说："那就赶快走吧，别瞎耽误工夫了！"

孟老板给郊区熟人打了电话，就叫了辆金杯大轿车拉着我们一行十多人往郊区走。楼越走越矮，人越走越稀，路灯也越走越暗，大轿车不停地颠簸着像是走在乡村路上的拖拉机。车上的人都不耐烦了，说："这么远的路！还要走多长时间呀？"孟老板说："少安毋躁！少安毋躁！俗话说心急吃不了热黏粥嘛。"有人说："你不是把我们绑架了吧？"孟老板笑着说："我要是绑架了这一车老板，那可就发大财啦。"有人说："你发财个屁！我们除了裤裆里挺硬的家伙一分钱也没带！"

嘻嘻哈哈的一车笑声。

金杯大轿车穿过玉米地之间坑坑洼洼的泥路，在村头一座两层土楼的洗浴中心门前停下。孟老板走到披着军大衣等在那里的旅馆老板娘跟前，说："你们这鳖路真难走！"洗浴中心老板娘说："以为你们不来了呢，我都把浴池的水停了，人也都打发走了。"孟老板急了，说："瞧你办的啥鸡巴事！说来肯定要来的，你把人都弄走了算啥！赶紧招呼去！"洗浴中心老板娘就到屋里拿手电照着路去村子里找人……过了很长一段时间，十几个睡眼惺忪的姑娘走进前厅来，洗浴中心老板娘让她们顺墙一字排开，让客人挑选。孟老板把老板娘拉到一边小声说："咋净找些歪瓜裂枣呀！"洗浴中心老板娘说："有几个好的白天都被书商接走了，这我还费了好大劲儿凑的呢！"孟老板让洗浴中心老板娘把姑娘们介绍给大家。我看见王处长眼睛在一个白皙的高鼻子高颧骨的姑娘身上转，就抢先把她叫到身边坐下。王处长不高兴地用手指头朝我点点，只好要了个胖得像皮球一样的姑娘。我带着那个姑娘开了房间。姑娘要给我按摩，我说："免了吧，咱们用蒙古语说说话吧。"

　　姑娘惊愕地张着嘴巴说："你知道我是蒙古人？"

　　我说："血液里的东西用脂粉是盖不住的！我们都是堕落的蒙古人！"姑娘就捂着脸呜呜地哭起来，说："家里的草场都被苏木（乡镇）卖给城里人建了旅游点，牛羊没草吃都饿死了，家里父母年岁大做不了农活，弟弟妹妹念书花销又大，没办法才……"

　　我说："都是为了生活。活着就好！活着就好！"

　　按摩的人从房间里出来，坐在大厅里抽烟歇息说话。过了很长时间王处长才系着衣扣骂骂咧咧地跟着胖姑娘走出来。胖姑娘按摩时手劲大，没轻没重，疼得王处长龇牙咧嘴；王处长伸手去搂她的胖腰时，她又杀猪似的叫唤起来没完。王处长从鳄鱼皮钱包里抽出一张纸币扔到地上，胖姑娘捡起来说："不是说好二百吗？"王处长说："你没让我尽兴！"两个人就对骂起来。孟老板掏出一百块钱塞给胖姑娘，朝她使个眼色说："赶紧走吧，别惹领导生气。"

　　往回返时王处长气还没消，噘嘴坐在车后座上不说话。

　　孟老板趴在我耳边悄声说："出来玩怎么带这么个屌玩意儿，丢人现眼的！"

　　我说："还不是求他拿光盘号嘛，要不然我尿他！"

3. 您好，我叫曾小莹

我不知道夏林子什么时间出去的。我在屋里往脸上擦了化妆水和营养乳液，准备擦珍珠防晒霜时，还听见他在厨房里烧水。等我往脸上涂完隔离霜，想要用开水泡杯鲜柠檬排毒水的时候，喊他没有应声，到厨房没有看见他的人影。暖瓶里有他烧好的开水，门半开着，楼道阴湿的酸霉气味儿从外面飘进屋来。我赶紧带上门，心里埋怨着夏林子没有一点安全意识。前段时间，也就在上个月，小区里刚刚发生过一起盗窃案：一对退休的老头老太太出去晨练时忘了关防盗门，小偷趁机钻进屋里把老人攒了好长时间的钱才买的彩电搬走了，还顺手拿了孩子给老人买的皮大衣。到现在公安还没有破案。常看见有闪着红蓝灯的警车在小区里进进出出，弄得人心惶惶的……我把门关上并在里面上了锁。回屋时，看见走廊饭桌上打豆浆的水瓶不在了，想夏林子肯定是下去买早点了——近来夏林子总是这样，不管我早晨在不在家吃早点，也不管我有从来不吃地摊上东西的习惯，买早点时总给我带一份上来，然后独自坐在那里默默地吃。给我的那份早点冒着热气，摆在桌子上，荒唐中有了一种祭奠的味道（我想他这是存心用这种方式和我对垒，向我施压。有时候我真怕被他这种方式击毁）。

我推开卧室的窗子想把夏林子喊住，但已经看不见他的影子了。早市上人的臭味、鱼的腥味和夏蝉的聒噪混合成的热浪向我迎面扑来，我打了个趔趄，赶紧把窗了关上。

不记得在哪本书或杂志上看过这样一句话："现实是理想的支撑，理想是现实的延伸或目的。"我不认同这种说法。现实就是现实,理想就是理想,这是两个风马牛不相及、八竿子打不着的事情。但我在生活中不排斥有理想这种说法。我认为理想和现实既大相径庭,背道而驰,又互相制约,互相困扰,就如事情都是有好的方面也有坏的方面一样。比如现在,我就时常因居住条件受到这样的困扰:家住在城里闹市区出门倒是方便,办事也顺遂,逛商场呀下饭店呀什么的都比较集中,但就是太吵闹太拥挤。每天生活在这繁杂之中,让你觉得生活空间被压缩得憋闷气短、拥挤得没着没落。就像一只熙熙攘攘的蜂巢,你在一种惯力吸引下不自主地运动着,无所适从又茫然无措,像一个循环往复的圆圈,没有起点没有终点,让你无法停歇下来,直至血液流干垂老成干瘪的外壳为止……你看吧,我觉得城市里高血压和心脏病的发病率每年都像物价一样不停地上涨,就跟居住环境密切相关。难怪人家有钱人都到郊区去买房子置地呢。

等我有了钱,也到郊区置买一处大房子,宽宽绰绰、舒舒服服住着。我在心里咬着牙说。随后又长叹一口气。想想,这只能算我和现实风马牛不相及、八竿子打不着的理想了。

水沏好了,淡黄色的柠檬片在玻璃杯里慢慢浮动,很是好看。我喝了一口,酸爽的水流冲进胃里,并向全身疏散,冲淡了我早晨起床后的慵懒。走回卧室时,在镶嵌通道墙壁上的穿衣镜前站住脚,看看化妆效果,发现被隔离霜提亮的面部皮肤显露出几个暗黑色的痘印,我赶紧到屋里涂遮瑕膏。

过去我从来不化浓妆的。我从做商场保洁员的母亲那里继承了皮肤姣好的基因,不用脂粉,淡淡地擦些廉价的护肤霜我的脸照样白皙鲜亮,健康美丽。那时是多么自信啊,在街上阔步走着,目不斜视,撩撩披肩长发,都透着一股青春气息……

容颜是女人的生命，而衰老又是容颜的天敌。女人不像男人，男人的衰老表现在生理上，而女人的衰老往往先从心理上开始，然后才是生理上的。就像马路边的树，感觉到了秋天的凉意后叶子才开始逐渐变黄脱落……我热衷化妆，是从那次在美容店做头发后开始的。理发师往我头发上打透了营养液，让我到加热罩下去蒸干。为打发客人的无聊寂寞，理发店特意在躺椅旁设置了不锈钢书架，上面摆放些大开本精装杂志。我是不看像《知音》《家庭》《大众电影》这类鸡汤和明星崇拜杂志的，那都是些热恋少男少女和家庭妇女喜欢读的玩意儿。我选着抽出几本杂志放在膝头上翻看。《瑞丽》和《时尚》模特身上展示的白领或贵妇人的服装高贵典雅，能让你大开眼界耳目一新，虽然商场不一定买得到（就是能买到我也不一定付得起钱），但看看也能让你眼界洞开，大饱眼福。《健康与生活》上的生活常识让你学到很多美容养生之术。有条生活提示写着这样的话："环境压力和工作压力是催人衰老的两大杀手……"想想我不正是在这两大杀手追杀的范围内吗？做完头发回到家里，我在镜子前仔细地检查着自己。突然发现看上去鲜亮滋润的皮肤底层已经泛出细小的纹路，这让我产生了一种韶华将逝的恐慌感！

——女人，特别是干我们这行的女人，是靠青春吃饭的。姿色就是资源，容貌就是财富。客户总希望你是他们插在花瓶里的花朵，时刻给他们带来赏心悦目的视觉享受，给他们混浊的交际空间带来清新的气息。一旦你青春不再，他们就会毫不客气地像对待用过的一次性纸杯一样把你扔进垃圾桶里。

化浓妆，依赖高档化妆品让青春暂驻是我唯一的选择。女人的悲哀，就在于偏爱自己的容颜胜过自己的尊严。就像寄居蟹，我每天把真实的自己隐藏起来，而用粉黛构筑起的坚硬外壳去应对职场上的明枪暗箭和生杀予夺……

　　夏林子对我理解多少，我心里没谱。正像我不理解他一样。尽管我们同室而居（有时也同床共枕），却形同路人，但他还是和我挨得最近的男人，我很在乎他对我的感受。他必定是我虚假外壳的一部分——不是物质的而是精神上的……我有我的底线和审美——和有钱人打交道并看重他们的利用价值和财富是一方面，更多是被他们成功的魅力所吸引。我当初并不是像现在这样把物质看成重中之重、高过一切的人，我也曾经有过追求和梦想，钟情于晴耕雨读、红酒咖啡的浪漫，也曾迷恋在琼瑶言情小说和席慕蓉爱情诗里不能自拔，要不然我也不会和夏林子这样的人走到一起。我们的相识没有像现在流行电视剧里的情节那样，有什么前世冤债或后世情缘，完全是出人意料的邂逅——那年我高中还没毕业，就顶替因酗酒得了脑血栓的父亲去了市里的一家工厂上班。这家叫"二毛"的厂子是国有企业，从事毛纺织和成品衣制作，我被分配到纽扣车间，虽然是非常简单的操作（把各种扣子用机器缝缀到半成品衣服上去），但毕竟是技术活，需要培训半年才能上岗，于是我报名到郊区的职业技术学校学习。为了提高学员的文化修养，学校在教授职业技能课程的同时，每周隔三岔五请成人高校的老师来讲堂文化课或历史课。夏林子来技校讲课时，听说他是个作家，学员们感到很好奇，觉得作家都应该是风度翩翩、衣冠楚楚的天外来物。等夏林子站在讲台上，让我们很失望，蓬乱的头发、短T恤、牛仔裤，眼镜片厚得像啤酒瓶底，一双从没打理过的皮鞋猛一眼看上去，分不出是棕色还是黑色。这一身装扮和我们小区门前小巷子里卖鱼的摊贩没什么区别。等他开口讲课，遮在厚眼镜片后面的眼睛顿时放射出光芒，那洪亮且有磁性的声音和妙语连珠口吐莲花的口才，与之前判若两人。夏林子讲课幽默，能把枯燥无味的历史讲成通俗故事，逗得讲台下笑声不断。但你们别往别处想，什么情窦初开呀，什么怀揣小鹿呀，这些词汇都沾不上边，当时我只是对夏林子有些印象罢了。

从技校毕业后不到半年我就下岗了。工厂优化组合，我属于优化后剩余的那部分。拿着买断工龄的几万块钱做服装生意，天南地北跑了几年，钱赔光了，一事无成。为躲避脑血栓后遗症父亲含混不清的咒骂和母亲唉声叹气的埋怨，我赌气从家里搬出去租房住。这期间谈了几场恋爱，都无疾而终。在一个雨后黄昏我从梦中醒来，觉得孤独得可怜，想到了嫁人。于是我起身到楼下小卖部买了副扑克为自己算了一卦，然后按扑克指引的桃花运方位走到城南的地铁口，背靠着水泥墙壁等待碰到的第一个男人——我要和他结婚的那个男人，无论是白发苍苍的老者还是拖着一条腿的残疾人我都认了。这时候，下夜课的夏林子胳肢窝里夹着教具从地铁里出来，我赶紧凑过去说："我特想喝酒，你能请我喝杯酒吗？"夏林子愣怔了一下，上下打量着我说："我们认识吗？"我说："我是你的学生啊。"他说："哪儿的学生？"我说："夏老师你真是贵人多忘事，技校哇，你在技校给我们讲过历史课哪。"他嘴里哦哦着点头，但脑子里还在翻找着对我的记忆。我不容分说地架起了他的胳膊。我们顺着马路找到一家通宵营业的酒吧，走进去，要了两扎黑啤酒，坐下来边喝酒边听鲍勃·迪伦疯狂的歌。

分手的时候我们都有些恋恋不舍。

夏林子说："你像是行为艺术家。"

我把一只手伸给他。

我说："那就把你的联系方式留给行为艺术家吧！"

他在我手心用流利的字体写下了他的电话号码。后来我知道了他写小说时用的署名，我找来了他所有发表在杂志上的小说，边喝着啤酒边读完了它们。这是个才华横溢的作家，我被他表现在小说里的丰富感情和人物独特的心路历程打动了。生日那天我给夏林子打了电话，约他出来我们共进晚餐。饭后我把他带到我租住的居所。我们都很幸福。那夜我把虽然不是身体上的第一次，但却是精神上的第一次给了他。随后便是和芸芸众生如出一辙地装修房子、登记、结婚、成家……如一场梦般的游戏。直到一天我被一阵妊娠反应惊醒，看着这狭小鄙陋的居住环境和躺在身边被小说情节淘干了激情的瘦小枯干的男人，我才恍然意识到这游戏玩得有些过头。我背着夏林子到医院堕胎。当我看见医生把从我身体里分解出来的那团果冻一样的所谓爱情的结晶和肮脏的纸巾一起丢进垃圾桶里的时候，心里一阵解脱般的轻松和快慰。

　　街上有鸣着警报的消防车驰过。隔着窗子隐约看见西城的天空被浓黑的烟雾笼罩着。空气里有股木炭和烧焦胶皮的臭味。我看着电视里关于西城家具城凌晨遭了火灾的报道，说动用了市里所有消防车才把火势控制住，现在还不断有死灰复燃……我不关心这些，火灾有政府应急预案和消防战士去扑，与我无关。我现在所关心的是怎样把眼前这段枯燥的时间打发掉。我歪在床上用遥控器把电视调到湖南卫视台，看了会儿韩剧，剧情婆婆妈妈腻腻歪歪，觉得没有意思，就从枕头底下抽出贾媛媛推荐的、刚从书店买回来的玛格丽特·杜拉斯的《情人》来读。

　　电话铃声骤然响起。我拿起手机："您好，我是曾小莹。"听出是希总，我声音立刻柔润起来。

4. 小说情节（之一）

　　离开营子（村子）三年后，他梦游般地回来了。

　　猎人迈开沉重的步子，朝前走着，坚硬的靴底将路边的土块踩得吱嘎乱响，纷纷破碎。猎人眼圈发黑，须发蓬乱，身上穿的鹿皮猎装落满了长途跋涉的灰尘。脚上的野猪皮靴被山石刮擦的痕迹纵横交错，像干旱龟裂的土地，有的地方已经崩裂开口，钩上去的云纹被泥巴糊得踪迹全无。只有肩膀上挎着的那支祖传短尾巴猎枪和系在腰带上的火药钵完整无缺，毫发无损，骄傲地闪着耀眼的亮光……土路被前面山坡拦阻，在山脚处转了一个大弯，又伸向山的对面去。猎人偏离土路，顺山坡往上爬。

　　山岗的风比下面的风大，呼呼地吹着猎人的须发。猎人找块石头坐下，举目朝远处望着，寻找着营子的影子。尽管在一派绿色里什么也看不清，但他凭感觉知道离营子越来越近了。猎人已经从山岔吹来的风中闻到柴火烟和牛羊粪便的气味。但猎人脸僵硬着，没有即将回家的欣喜，反而心里沉重得像压着块石头——毕竟已离家太长时间了。三年啊！在这杳无音信的三年里，茫茫的大山林把猎人隔绝成瞎子、隔绝成聋子，见不到营子的人、听不到营子的消息、闻不到营子的气味。漫长的三年啊！三年里能使树毛子（幼苗）长成榆树、能使石头开花（生苔藓）、能使牛犊子长成健壮的牦牛。三年三年，他想：人生能有几个三年呢？这样的几个三年叠加起来不就是人的一辈子吗？

　　山风吹起来了。一只鹰隼在天空中盘旋，忽上忽下，忽东忽西，忽左忽右，像失去牵绳的风筝或离开树干的树叶。不知是冷还是别的缘故，猎人打了个冷战。猎人定了定神，裹紧衣服，嘴里叨念着："走吧，继续往前走。"猎人站起来，摘掉挂在裤脚的几颗鬼针草籽，继续赶路。走下山坡，遇到沟堑横在面前，猎人只好耐心地绕到土沟上头寻找浅显的地方，在牛羊攀爬的足印引领下翻过沟去。被雨水淋酥长着榆树毛子的沟畔经不住猎人体重和粗大手掌的牵拉，有时候会坍塌下来，飞扬的尘土灌进猎人的衣袖里，弄得猎人像从土堆钻出的泥猴儿。

　　"呸！"猎人抖抖衣服，把嘴里的沙粒啐到地上。

　　爬过一条沟堑，灰白色的土路又出现在猎人的面前。土路上清晰地留着雨天行车时车轱辘轧下的干硬痕迹，还有人走过的足迹。猎人没有再回到土路上去，专拣荒僻地方走。离营子越来越近了，猎人怕遇见营子里的熟人……

　　走出大兴安岭森林的第十天，猎人在一个鄂伦春人居住的小镇遇到一个收购山货的商贩。商贩看着古怪，穿着山里很少见的绵羊皮衣，毛领竖起来遮着脉子。商贩在狭窄的巷子里摆开摊位，咋咋呼呼地举着胳膊招揽生意。猎人侧着身子从商贩的摊前挤过去，商贩突然从身后扑过来抱住猎人的腰。猎人一惊，下意识地一侧身，一个背跨把商贩摔在泥地上。

　　猎人咬着牙齿说："我们无冤无仇，你偷袭我！"

　　猎人把商贩按在地上，提起拳头刚想教训他，猛然看见躺在地上的商贩脸上的一块疤痕，立刻停下来。

猎人瞪大眼睛："是你——色楞？"

色楞说："不是我，还能是谁！"

色楞爬起来，嘻嘻地笑着，扑打着身上的尘土。

猎人说："你咋在这里？"

色楞说："做生意嘛，不就得四处跑。"

色楞是蝴蝶沟的猎人，上下营子住着，彼此相熟，曾为争夺同营子住着的寡妇荞麦和猎人大打出手。荞麦答应嫁给猎人之后，色楞把猎人约到山坡的榆树林里。他们把猎枪放到地上，摘去身上的所有金属物件，赤膊上阵，打了起来。开始他们拳脚相加，不分胜负。但是色楞过于心急，猎人躲过色楞的拳头后，瞅准机会抓住他的胳膊，一个扫堂腿把色楞撂倒在地上。色楞恼羞成怒，爬起来挥着拳头朝猎人扑过来，猎人一记重拳打在色楞脸上，把色楞再次掀翻在地上。色楞被打服了，趴在地上直哼哼。

色楞收了摊了，和猎人走进街角的一家酒馆。色楞在猎人眼里是个失败者，现在却有着胜利者的大度。色楞慷慨地点了一桌子酒菜。猎人坐在桌子对面看着他。喝酒时，精明的色楞明知道猎人最想听啥话，但他却拐弯抹角，绝口不提，只说生意上面的事。小酒馆黑暗异常，在罗筛大的窗子下猎人无法捕捉色楞的表情。话说完了，又找不到别的话题。两人只顾闷头喝酒。但从色楞醉后的只言片语中，猎人还是听出了一点弦外之音……

爬过两个山坡，猎人来到离营子很近的一个山谷。山谷被山体环绕着，宽阔而温暖，是片被遗弃的牧场。时值蒙历青翠月（农历四月），山谷里的青草已经冒出了嫩芽，远远看去淡淡的绿意连接成一片，像是铺散开来的牛毛地毯。东一棵西一棵、星罗棋布的榆树也都返了青，枝头上挂起一嘟噜一嘟噜的榆钱儿。一道道沟壑在草地和树木的映衬下，不像是和地面断裂开来，倒像是地毯上凹下去的褶皱。前面的空气逐渐湿润起来，并且有泥土的香气吸进猎人的鼻孔。果然没走几步，一条小溪从草地上跳出来，弯弯曲曲地流向远方。溪水哗啦啦地流淌，清澈见底，乳白色的草根和褐色的榆树根须都能在水底清晰可见。"哦哦！"猎人兴奋地大声地叫着。跋涉这么多日，总算见到家乡的泉水了！激动赶走了疲劳，瞬间让他恢复了体力。猎人在小溪旁停下，把猎枪从肩膀上摘下来戳在榆树干上，用手掬着溪水咕咚咕咚喝了个够。脱下野猪皮靴倒掉里面的泥渣块，再穿上，然后顺势躺在草地里，手掌拢起后脑勺看着天空。那一只鹞鹰依然在天空翱翔着，忽高忽低，像一片在风中飘动的荞麦皮儿。

　　想到这，猎人心里不由得抽动了一下。

　　猎人闭目养神。迷迷糊糊中，闻到空气里有淡淡的腥膻味儿。猎人睁开眼睛，歪头看见有几只白绵羊朝溪边走过来。猎人躺着没动。可是瞎摸合眼的羊倌却把猎人当成了走乡串户的乞丐或流浪汉。羊倌在山岗上喊："喂，要饭的，说你呢！大白天睡草地不怕长虫钻屁眼啊！帮我把那几只羊营营（拦截拦截），也算你有眼色，没白吃百家饭……"猎人没有动，依然闭着眼睛假寐，举起的穿着野猪皮靴子的脚像只张着口的兽头，把正在溪边喝水的羊吓了一跳，羊们掉头呼啦啦就往山上跑。后面趴着歇息的羊也跳起来起哄。羊群轰的一下炸了营，像开了口袋嘴子的米粒似的撒得满山坡都是。羊倌在山岗上跺着脚诀（骂）起来："你这个吃人饭不拉人屎的家伙，把羊都给吓跑了，瞅我不把你的牙齿打掉喽，让你喝西北风吃狗屎去！"……羊倌用粪权从地上铲起鸡蛋大的一块土坷垃，抬手嗖的一下朝猎人甩过来——在山上放羊的羊倌有两样绝技：一是号嗓子，二是用杈子甩石块。撒羊时有调皮的羊不跟群或裂单帮不听招呼，羊倌就用手中的杈子甩石块教训它。这绝技羊倌在山上天天练，十拿九稳，指鼻子不打眼睛，威慑力很大。猎人躺在地上听见土坷垃带着风声飞来，临近腮边时猎人抬手接住了它，随后土坷垃以更大的力量更快的速度朝山岗上得意扬扬的羊倌返回去，嘭地砸在他的肩膀间。羊倌一个跟跄跌倒在地上。

被打蒙的羊倌捂着肩膀从地上爬起来，嘴不再嚷嚷了。眨巴着眼睛，明显有些心虚胆怯的意思。

羊倌问："你是谁？"

猎人被羊倌的啰唣弄烦了："你爷爷！"

羊倌说："我爷爷早就死了！骨头都烂成了灰儿！"

猎人说："你活爹！"

羊倌不吭声了，捂着肩膀拖着粪权从山岗上怵怵忐忑走下来。猎人依然躺在草地上一动不动。等羊倌走到跟前把猎人看清楚的时候，羊倌像蝎子蜇了似的浑身哆嗦了一下，跟跄着又一个屁股蹲儿坐在地上。但这次不是土坷垃打的，而是被猎人吓的。

"哈斯朝鲁……"羊倌结结巴巴地说,"哈斯朝鲁兄弟是你!你不是已经……已经……已经……"

猎人说:"以为我死啦?"

羊倌说:"营子里的人都说你……"随后羊倌又把话憋回去,改了话头说,"好哇,好哇,回来就好!回来就好!……那个啥,兄弟你先歇着,我得去山坡上拢拢羊……"

猎人过去听说过羊倌这个人。他在营子里是个油滑如泥鳅又胆小如鼠的家伙,谁也不帮助谁也不得罪,不像个蒙古人。看他车轱辘一样不停打转的小眼睛,猜出他心里肯定有事瞒着。猎人坐起来拉住羊倌的衣襟说:"坐下,我想听你说说营子里的事情!"羊倌眨巴着小眼睛说:"营子的事情有啥好说的!盖了些新房,房脊上早晚就多了些冒烟的烟囱。河套边的老榆树砍了不少,站在营子里就能瞅见前山的黄土梁……"猎人说:"我想听营子里人的事!"羊倌说:"营子里人的事情更没啥好说的!巴图的姑娘出嫁,孟和的小子娶媳妇。阿拉坦仓家的小孙子不知咋的落下了哭夜的毛病,夜里号丧似的老哭老哭,哭得营子里的人都睡不好觉。萨日娜用朱砂写了道'天皇皇,地皇皇,我家有个夜哭郎,过路君子念三遍,一觉睡到大天亮'的符贴在路口的电线杆子上,这才让孩子止住哭声,村里人才睡个安稳觉……"猎人知道羊倌在跟他打弯弯绕。猎人也不吭声,他站起来,捉了条青虫放在蚂蚁窝边,立刻有很多红蚂蚁拥出来抢食。猎人朝羊倌招招手:"你过来,我给你看样好东西。"羊倌信以为真,他刚走过来，猎人上前把羊倌小鸡似的拎起来，夹在胳肢窝里，头朝下控在蚂蚁窝上。看着红蚂蚁开了锅似的在头皮下打着旋，羊倌杀猪般号叫着告饶："兄弟！你是我活爹还不行吗！你放了我，我啥都跟你说……我知道你要听荞麦的事情……荞麦……你走第二年她……生了孩子！后来河北银匠就……"

猎人把羊倌扔在地上，从褡裢里掏出一包在大兴安岭采的黑木耳砸在羊倌怀里，拎起猎枪向营子走去。羊倌坐在草地上看着猎人远去的背影，拍着腿说："完喽！完喽！这下营子要出人命喽！荞麦这可不能怪我多嘴，这种事瞒得了一时瞒不了一世！纸里包不住火呀！我不说他会把我喂蚂蚁的！"

5. 我是一棵榆树

我是一棵榆树。对，你没有听错，我就是一棵你们城里人在书本读过或在电视画面里看过，但不一定在现实生活里见过的榆树。我本来生活在山林里，但命运却阴差阳错地把我安排在城市郊区阔绰的庭院里。庭院的主人是一家私营家具企业公司的老板，生意做得很大，坐家里吃山珍海味，出门用人相随，坐奔驰宝马，女主人雍容富态，长得就像我们山里夏天树林里满地都是的那种含苞待放的打碗花。不知道这比喻是否恰当，但在我们榆树心中山里的打碗花是最漂亮的。庭院里不光我一棵榆树，还有众多树木，比如木槿呀，比如玉兰呀，比如棕榈呀，比如银杏呀，比如文冠果呀，还有腰膝酸软、枝条乱伸，就像骚娘们似的总爱勾搭人的藤蔓植物：迎春呀、玫瑰呀、三角梅啊等等；还有那种并不好看，但主人只图吉利的树木：能结出金元宝样果实的发财树，傻乎乎地站着、昂首挺胸的梧桐树。不是人们都说"没有梧桐树，引不来金凤凰"吗？就凭这句话，主人就喜欢得不得了，把梧桐树栽在庭院的门首……这些老板从南方运来的名贵花树们，都金枝玉叶、涂脂抹粉、趾高气扬得像大家闺秀似的。一开始，她们打心眼里瞧不起我这个从山里来的粗鄙的榆树，嘀嘀咕咕，指桑骂槐；朝我翻白眼，对我哼鼻子，往我身上扔脱下来的枯枝败叶和枯萎的花朵，毫不客气、不留情面地跟我争抢地里的水分和养料。但我不怵她们，尽管她们人多势众，我不卑不亢，以牙还牙，对她们冷眉面对。我想："你们是啥东西，有啥了不起的！不就是有漂亮的外表和满身迷惑人的妖冶吗？拿山里人的话说你们都是'绣花枕头'上不了台面的！是雌是雄掀起尾巴才知道，是钢是铁斩斩钉子才知道，是骡子是马牵出来遛遛才知道！"果然——感谢长生天的眷顾，我这话没说出多长时间就应验了：那年春天B城刮起了沙尘暴。天刚亮风就起来了，狂风携带着沙尘铺天盖地袭来，推倒了火车站的广告牌，掀翻了街边的洗车棚，刮飞了商铺贴在门口的招牌。天地一片昏黄，伸手不见五指，整个城市都淹没在混沌之中……沙尘暴肆虐了一天一夜。第二天风停息了，打开门一看，"哎哟妈呀！"吓了娇美的女主人一跳，但见满庭院的娇花贵树们都蔫塌了，花容失色、衣衫不整、披头散发、撕皮裸肉，个个像被强暴的娘们似的，一地零碎、一地哀号，只有我还岿然不动、毅然决然地挺立在庭院的角落里，像是倔强不屈的奇迹！

沉默寡言是我的本性，内在的坚实是我的骄傲。

人类对我们榆树的误解由来已久。特别是在你们自以为见多识广的城里人眼中，我们榆树只是没有生命没有言语没有行动的死木头。父亲在恐吓教训不听话调皮捣蛋的儿子时，总瞪着眼睛说："再惹祸，看我不用榆树条子抽死你！"母亲在说服总按自己意愿做事不知悔改的闺女时，总爱说："你个死妮子，就是根不知回弯的榆木棍子！"老师教导脑子总不开窍的学生时，气得用板擦敲着黑板，总会说："瞧你的脑子，笨得像榆木疙瘩！"有时候，我们榆树也成了人们用来饭后插科打诨的工具——几个乞丐狼吞虎咽、哙风冷气地吃了别人的残羹剩饭后，心满意足地打着饱嗝，抄着手，靠在朝阳的墙根下晒太阳时，昏昏欲睡间不知哪个欠起屁股，底下便爆出冲天一响，惊得大家睡意全无。嘻嘻哈哈笑过之后，便有人说："谁干的？站出来，看我不用榆木橛子塞他屁眼里！"如此种种，不胜枚举。我跟你们说，其实我们榆树也是思想活跃、感情充沛的生命群体。我们生长在野外田陌间、生长在山岗上、生长在沟谷里、生长在河套旁、生长在石崖下，我们接受长生天的雨露滋润，生长得稳稳当当、淳朴敦实。我们忍辱负重，贫瘠的土地和生硬的山风锻炼了我们强健的筋骨，铸造了我们坚忍的性格和不屈的精神。我们感觉敏锐，见微知著，岁月的雨雪风霜都滴水不漏地记录在我们的年轮里。在山里我们榆树要比人类普及得更广，比人类更有话语权——因为我们榆树是大山的原居民，我们的祖先要比那里的人类来得更早也活得更长久。

如果你们有时间也有兴趣的话，请你们往放在茶几上的茶杯里添上新茶，关掉电视里正播放着的那种由白痴编剧智障导演们胡编乱造的、虚假得连傻子都不信，三岁孩子都笑岔气的煽情连续剧和抗日神剧，听我讲讲关于我们祖先的真实故事……

我们榆树的祖籍原来在漠北草原深处，并不在大黑山。那么你们就会问我们是咋么来到这里的，在我讲我们的来历之前，我先给你们看下号称蒙古编年史的《蒙古秘史》这本书里的记载："铁木真承奉天命，性坚毅勇敢，自小立下称汗天下，统一蒙古诸部大志，命多劫而不死……铁木真的少年时代在互相杀伐、兵荒马乱中度过。其父也速该去世以后，家族日益衰落，生活越来越艰难。一次，泰亦赤兀惕人追捕铁木真到深山密林，铁木真在林中躲藏了三夜，当牵马出林时，出现了天意……牵着马出来时，准备的鞍子脱落在地。回头看去，板胸肚带依旧扣着。说道肚带扣着，鞍子脱落犹可，板胸扣着，鞍子如何落的。莫不是天止当住我吗？复回去住了三日。又出来时，密林口子账房般一块大白石倒下塞着。铁木真说，莫不是天止当我吗？铁木真回到深林又待了三天。"连续九天粒米未进的铁木真再也无力坚持，用刀子砍倒荆棘，绕巨石走出山林，虽被泰亦赤兀惕人捉住，但在好心人锁儿罕失剌搭救下，捡了条性命。铁木真成年后，蔑儿乞人来寻仇，铁木真躲藏进不儿罕山的深山密林，蔑儿乞人"绕不儿罕山三遍拿不得……铁木真脱险后，椎胸告天说：'……我的小命，被不儿罕山遮救了。这山久后时常祭祀。我的子子孙孙，也一样祭祀。'说讫，向日将系腰挂在项上，将帽子挂在手上，椎胸跑了九跑，将马奶子酒奠了……"

看到这里，脑瓜灵活的你们肯定已经意识到我引这段历史记载的真实用意了。没错，这个胸怀大志的名叫铁木真的青年多劫而不死，都承蒙我们山林树木的搭救，不儿罕山到处都是我们榆树祖先的影子——蔑儿乞人的马队穿过柳树丛和沼泽追赶铁木真，由于茂密的山林掩护，他们只能眼巴巴地看着铁木真的马留下的蹄印，却总也找不到他。在深山密林——也就是在我们祖先的掩护下，躲藏的铁木真，拿他后来自己的话说："骑马行过野鹿踏出的小径"，住

"用杞柳编织的茅舍",靠饮泉水、嚼食野果和我们榆树祖先的树叶和树皮果腹度命,"命微如虫蚁"。蔑儿乞人在山林外围了多日,不见铁木真的踪影,只好驱马撤退,到营子里抢些财物女人,悻悻而去。铁木真才得以脱身,留下蒙古帝国最初的火种。

也许是我们榆树祖先给了年轻的铁木真力量,也许是我们榆树祖先激起了他的勇气。不久铁木真率部打败蔑儿乞部,被推选为蒙古乞颜部可汗。在一次忽里勒台(聚会)上,被冠以"成吉思汗"的尊号,成为蒙古大汗,开始了统一蒙古各部的宏图大业:打败扎木合的十二部联军、消灭宿敌塔塔尔部、征服乃蛮部……为感谢不儿罕山救命之恩,成吉思汗封不儿罕山为圣山,每年亲自率领部众及其子孙杀牛宰羊,带着马奶去不儿罕山祭祀,并把我们榆树祖先的幼苗带走,移植到斡难河畔。自那以后,我们榆树的祖先就在斡难河生息繁衍起来:春天为情人伴舞,夏天为路人遮阴,秋天为牧人歌唱,冬天为牛羊挡寒……征战年月,在用牛皮和毛毡搭起的军帐前,苏鲁锭飘扬,旌旗猎猎,鼓角争鸣,我们榆树祖先奉献出的鲜嫩树叶就成了得胜归来的将军们庆功宴上独特美味的佐酒菜。每年春天到来的时候,我们祖先结出的榆钱儿炖的羊头汤和一碗碗滴着羊血的烈酒,又成了蒙古大汗为出征的将士们壮行的佳肴和旗开得胜的祝愿。

蒙历后羊儿年(古代蒙古纪年的称号,相当现在你们人类的十二生肖属相),成吉思汗率领大军征讨金国,命哲别和古亦古捏克两位将军为前哨,由于出征前吃了太多的榆钱儿,大军向前挺进到大黑山时,威严的古亦古捏克将军感到肚子一阵吃紧,他顾不得将军形象,脱盔提甲,褪下裤子蹲在一块黑石砬子上拉了泡冒着绿沫的稀屎——于是我们榆树祖先的种子就借着古亦古捏克将军勇敢的肠胃和他臭烘烘的通道传奇般地落脚在那块土地上……我们祖先的种子在将军的粪便里分解、脱落，在日照雨淋里生根发芽，逐渐长成了一棵敦实厚重的榆树。当时大黑山还是没有人烟的荒蛮之地，到处是乱草怪石飞禽走兽。我们祖先以它坚强的毅力和在古亦古捏克将军身体里沾染的勇气，坚强而倔强地生存下来。每年春天我们祖先挺直身子，把满树成熟的又肥又大的榆钱儿随意抛撒：借着山风射精，凭着山体受孕，于是在大黑山这片肥沃的土地上养育出我们这些榆树的后代……

我们榆树的繁衍壮大吸引了你们人类的目光。多年前一个游猎的猎人来到大黑山腹地的黑山沟。他吁的一声叫停胯下的黑色骡子。举目四望，看着这座黑黝黝的山林和沟谷间清澈的溪流，口中啧啧称奇。于是猎人跳下骡子，卸下马鞍，便忙乎开了。猎人裸露肩背，斫树折枝，依山搭屋，在黑山沟建造了第一所用我们树木的枝叶和稗草搭起的人类住宅。随着肥壮的大屁股女人到来，草棚里烟囱里溢出的烟火气息，招来了更多山外的人类到此落脚居住。没几年，黑山沟沟畔便有了十多户人家居住的村落。

那时候我们榆树和居住在这里的人类和平共处，相安无事；树中有人，人中有树。有天灾时，我们干枯的枝叶为人类提供取暖做饭的烧柴，我们鲜嫩的叶子和软皮被人类巧手的女人采回去，拌上少量的面粉做成香甜的"布洛"和筋道滑腻的"咯咯豆"食品，渡过灾荒；有人祸时，人类保住我们不被坏人砍伐，我们也日夜站在山岗上，保护人类不受外敌的侵袭和强盗的掠夺——有一年，河北来的一伙过路的土匪趁男人们都上山狩猎的空当，涉过锡伯河，冲进营子抢掠。土匪们赶着掠夺的牛羊想抄近路翻过山岗，当他们走进山坡的榆树林时，我们齐心协力，手拉手，舒展枝叶，组成无边无沿、遮天蔽日的迷魂阵。土匪们迷了路，在我们榆树林里转了两天两夜也没有走出去，土匪们人困马乏，一个个瘫倒在地……直到营子里狩猎归来的男人们闻讯追上山来，这伙土匪还像死猪一样昏睡在地上没有清醒……

那时我们榆树在山里是自由的、快乐的。

但是后来我们的境遇变了，甚至到了每况愈下的地步……

6. 我是作家夏林子

我拎着水瓶走出屋子。因为是老城区的旧楼，没有电梯，我一层一层顺着步梯往下走。天虽然已经大亮，但潮湿的走廊里还黑暗如夜，蒙昧不清。一线亮光从装着防盗网的楼道里窄小的窗口透进来，斑斑驳驳地照在锈迹可寻的贴满小广告的铸铁楼梯扶手上。冷不丁有垃圾从楼上的通道里倒下来，先是"呼呼啦啦""叮叮咣咣"的坠落声音，然后是落地发出的扑通一声的炸响，吓得我心惊肉跳！……走出楼道口，闷热的空气扑面而来，就像件用热水浸泡的衣服冷不丁湿漉漉地裹在你的身上。院子里用砖砌着几个花坛，里面的丁香树开着碎密的白色小花，香气浓烈扑鼻。花坛墙上坐着几个聊天的大爷大妈，穿着背心裤衩，手摇蒲扇，聊的都是大话题：从国际形势到国内改革，从海湾战争到科索沃战争，从苏联解体到北约东扩，从宇宙飞船到不明飞行物……见我走过来，他们收住话题，交换了眼色，神秘而小声地说着什么，然后满脸笑着和我打招呼："夏老师早啊您哪。"我朝他们招招手，回应着，没有停下脚步。

一个背着皮包的保健品女推销员突然从大爷大妈中站起来，见缝插针地上前和我搭话："夏老师，我们公司代理的补肾壮阳龟宝丸，您不瞧瞧？"尽管我连连说："不用，不用。"女推销员还是固执地往我手上塞了份宣传单说："夏老师，如果需要尽管跟我联系，单子上有我电话。"

快走出小区时，我想起订的几份报刊要拿。于是又转回身朝收发室走去。设在小区门口左侧的收发室是用铝合金做的简易房间，上面盖着喷了蓝漆的石棉瓦。房间不大，仅两臂宽，收发室兼做保安室。一台吊在屋顶有气无力地转着的小风扇没带来多少清凉，反而使狭窄的空间更加闷热。我走进去时，看见小保安正坐在椅子上全神贯注、鬼鬼祟祟鼓捣着一个什么东西。抬头看见我，小保安赶紧把手里黑乎乎的东西塞进抽屉里，然后正襟危坐着，和我打招呼。小保安名叫刘打桩——据他自己说他母亲生了他们兄弟姐妹五个，但都早夭了。母亲为留住他这个老疙瘩，就给他取了这么个古怪的名字，取意为他被打在地下的木桩牢牢拴住，就能长命百岁不会夭折了。刘打桩刚来小区做保安不久，内蒙古喀右旗人，说话带着浓重的口音，总把"你干什么呢"说成"你揍哈呢"。跟人打招呼，不管时间早晚不分地方，总是问："吃饭了哦？"常弄得人不知怎么回答，十分尴尬。人倒是不错，热情能干也勤快，崇拜城市和城市里的文化人。听说我是大学教师又是作家就对我百般殷勤，帮我提东西灌煤气打开水，有事没事总往我跟前凑，搭讪着说话。我从他身上看到久违的乡下人的纯真质朴，听他说话的口音也感到莫名的亲切。

我说："你在搞什么鬼呢？"

"没搞哈鬼……"小保安说，脸僵硬着。

我说："没搞鬼你在干什么？"

小保安见瞒不住，就从抽屉里把那东西拿出来。我看是个从地摊上买的冒牌俄罗斯军用望远镜。我说："你买这东西干什么？"小保安挠着后脑勺说："不干哈……就是……就是想用它瞅树上的蚂蚁，瞅天上的鸟……"我说："蚂蚁和鸟有什么可瞅的！别乱花钱，把钱带回家孝敬你爹妈，或是让你爹妈攒着给你娶媳妇用。"小保安低着头小声说："是，我知道了！"接着他又抬起头用忽闪着长睫毛的好看的大眼睛瞅着我，像是有话要说。

小保安说："夏老师，我有件事情要跟你说呢！"

我说："什么事你说吧。"

小保安满脸通红，吭吭哧哧吞吞吐吐想说不说的样子。最后他挠挠后脑勺，改了话题，一本正经地说："夏老师，按说城里人和乡下人都是人……有些事情我咋琢磨不透呢！"

我被他的表情逗笑了。我拍拍小保安瘦弱的肩膀说："这不是你能琢磨的事情！不该琢磨就别瞎琢磨！你现在就是把工作干好，多挣些钱寄回家里去！知道吗？"

我拿了报纸从收发室里走出来。小区门口的街面就是早市。卖蔬菜瓜果的、卖米面粮油的、卖早点小吃的摊铺顺着街道摆出长长的两溜，像是小学生超出写字格伸腿拉胯的字体。今天是周末，人比较多，各种拉着长调吟唱般的叫卖声混合着鸡鸣狗叫的声音，高低错落，此起彼伏，组成一曲嘈杂而又祥和的乐章——这是我从小就熟悉的环境和声音。我每天把买早点的事情揽下来，一是替曾小莹分担些家务（尽管曾小莹从来没有干过家务。但我始终觉得干家务是女人的事情，她不干是我都替她干了的缘故），二是想到这儿寻找儿时的感觉，唤醒沉睡的记忆……

母亲去世后，家里就剩下父亲和我两个人相依为命。父亲没有固定工作，只靠经营在这样喧闹的街市一角的修鞋摊维持生计——父亲既当爹又当妈，洗衣做饭，一把屎一把尿地拉扯着我。当我牙牙学语时，父亲就把我扛在他宽厚的肩膀上，教我唱那种他小时候从祖父那里学来的我听不懂的气壮山河、慷慨激昂的歌曲；当我刚会像虫子一样在地上弯曲着身躯爬动时，如果正赶上父亲忙着出摊，他就用一根绳子的一端拴在我脚脖子上，绳子的另一端拴在他壮实的腰上，以防我趁他忙于给别人掌鞋时爬到路中间去；当我蹒跚学步时，父亲就把我装在用破布做成的褡裢里，背在背上，边给别人修鞋边替我擦掉挂在嘴唇上的鼻涕……等我懂些事后，父亲把一只别人遗弃的破马扎子修好给我坐，拿一本在收废品的邻居院子里找到的他也不认识的像砖头一样厚的旧书让我看。尽管我当时还不识字，但光看书里为解释字义的插图也让我明白好多事物，学到好多东西。（事情歪打正着，这本书竟是当时在市面上很难见到的大名鼎鼎的、被奉为奇书的康熙年间编撰的《康熙字典》。当时，不识字的父亲并不知道这本书的价值，只是看到了它的沉实厚重。按他朴素的理解沉实厚重的书肯定是本有知识有学问的好书。想我后来对文学和历史发生浓厚的兴趣与此有相当大的关系）。那时我父亲的修鞋铺生意很好，父亲以他厚道的人品和精湛的修鞋技艺赢得了附近居民的信赖，来修鞋的人络绎不绝。别看我父亲身体瘦弱，但粗壮的骨骼还是透出一丝雄壮。想想看，闹市间僻静一角，高大的父亲弓着腰，腰间系着条生硬如铁的粗帆布围裙，坐在一只摇摇晃晃咯吱乱响的马扎上，用粗大的手指捏着细小钢针，飞针走线地为人缝鞋补袜就是幅既滑稽又让人心痛的画面……

父亲修鞋有耐性，他不但把客人的鞋修好，还要认真地把鞋上的污点用抹布擦拭干净，让客人试穿看针线缝得紧不紧，打的鞋掌偏不偏，高度是否合适。如果稍有不适，父亲就让客户脱下来重新修补。父亲油腻腻的脸上总挂着微笑，修鞋间隙如果有多嘴的女客户逗他说："师傅脾气真好！看你一天不声不响的，总是埋头干活，肯定从来没生过气吧？"父亲也不回答，只是拿眼瞥了下女人坐在马扎上翘着的一只涂着红指甲的脚，然后用指头从纸盒里捏出一根黑色的秋皮钉，在嘴角抿了下蘸湿，按在裂开的鞋底上用小铁锤叮叮咣咣地敲下去。

就这样，父亲用不分寒暑不辞辛劳、起早贪黑挣来的散发着各种脚臭气的钱供我念完了小学、念完了中学直至考上大学。送我到大学报到那天，父亲到地摊上给我买了身新衣服，把他藏在鞋箱子里的所有积蓄都拿出来准备给我交学费。那天父亲特别兴奋，父亲一路不让我沾手，只自己帮我扛着行李箱。到学校后父亲咧着大嘴岔，乐颠颠地爬了一层又一层楼，到报名处给我报名，到教务处给我签到，到财务室给我交学费时，戴着金边眼镜说话娇滴滴的女会计却捂着鼻子嫌钱太零太破不肯收。向来好脾气的父亲突然大发雷霆，嘭地把拳头擂在桌子上。

"不收，为啥不收？这钱都是我一分一毛挣的。"父亲嘶吼着，"你敢说这钱不是钱？你敢说这钱不是国家出的钱！"吓得女会计花容失色，赶紧招呼保安。两个穿制服戴着大檐帽的保安冲进来，扭住父亲的胳膊，父亲双膀只是一抖，两个保安便像挂在他身上的稻草一样栽倒在地上……

这件事在学生里引起轰动，同学们都把我父亲视为英雄。我在诧讶中也对父亲刮目相看。但忍气吞声、默默无闻一辈子的父亲，却为他这次冲冠一怒付出了生命的代价——父亲在学校里把我一切都安排妥当,回家的路上却栽倒在楼梯上。我闻讯赶回家去,父亲已经因脑血管破裂而死亡。父亲去世后,只留下孤零零的我,和我还没来得及问清的谜一样的身世……

我挤过菜摊和街上穿梭的人流,走到早市拐角的修鞋摊前,一个弯腰驼背的老者守着黑铁扎鞋机坐在那里。生意像他须发一样冷清惨淡。我把刚买的一份包在纸里的煎饼果子默默地放在他面前的木头箱子上,打开折叠马扎子坐下。老者也不看我,他从怀里抽出烟袋,在鞋底上磕了磕,然后到荷包里挖满一烟锅烟丝,点燃抽着,长长地吐出一口烟,然后用悠远空洞的声音说:"你爹和你爷爷都是好人!但他们都没你有福气……你爹你爷爷这辈子伤就伤在骨气上头……你爷爷是大富大贵的命,本该端公家的碗,吃公家的饭,就因为一个'倔'字,丢了吃饭的家伙……"接着,老者精神错乱起来,开始说些让人摸不着头脑的梦呓般地自言自语:"有脚气用达克宁,痔疮就用肛泰,感冒了吃止痛片……最好吃的糖还是过去的甜疙瘩……分地主浮财那会儿,咱金不拿银不拿,只想着拿盒胭脂粉回家讨好老婆……"

我站起来,掏出钱包,抽出一张纸币轻轻地放到老者脚下的铁罐里,然后朝前面的豆腐坊走去。

7. 咱是小区保安

我尊敬的夏老师从大门口返回来,朝收发室走过来的时候,我竟然没有发现。这绝对是作为保安的重大失职!

我们小区有四个保安,大白、二旺、老迷瞪和我。大白和二旺负责小区内的安保,我和老迷瞪负责小区门卫和邮局信差送来的报纸邮件的收发。现在城里有了网络，人们写信大都从电脑网络的邮箱里往来发送，很少有写纸质的书信，鸿雁传书了，所以邮局邮差送来的邮件并不多，除了固定几户订的报纸刊物外，最多的是些印着花花绿绿图片的宣传单或超市做活动的销售单。我们主要的任务是守护大门口，监督进进出出小区的人，别让小偷或生人混进来。开始小区的保安队长安排我和老迷瞪两班倒，老迷瞪值夜班我值白班。这样干了半个月，老迷瞪嚷嚷着不干了，他觉得这样他吃了亏，而且亏大发了。他说："值白班多好啊，白班不用熬夜，还有看不完的景致。夜班就难受死了，直挺挺坐在值班室里，不能睡个囫囵觉不说，还得高度警惕，瞪大眼睛盯着黑咕隆咚的夜，以防小偷翻墙而入。"戴着大墨镜的小区保安队长骂了句："就你他妈老迷瞪事多。"但琢磨琢磨他说得也有道理，以后就让我们每周轮流调换一次，我值一周白班，让老迷瞪值一周夜班；老迷瞪值一周白班，我值一周夜班。

　　这天轮到我值白班，我嘴里嚼着一口饭，早早来到小区大门口和老迷瞪换班。老迷瞪熬了一宿，眼睛红红的，老迷瞪说困得不行，早饭不吃了，赶紧回去狠狠地睡一觉。我心里说："你是懒牛托生的？除了睡觉还是睡觉，'老迷瞪'的绰号没叫瞎喽。"老迷瞪迷迷瞪瞪走后，我到小区门口转了一圈，摸摸门桩，看看栅栏，用脚踢踢灯柱，用手中拎着的胶皮警棍戳戳自行车棚的石棉瓦棚顶，见没有哈么异常，然后赶紧钻进保安室里，掏出钥匙，打开属于我的那个抽屉，拿出我那个前几天从地摊买的、让我惦记了一夜、藏着掖着、不敢拿到宿舍去的宝贝。

　　正当我用手摩挲着宝贝稀罕得不行，哈口气，扯衣襟认真地擦拭黏在上面的灰尘时，夏老师不知啥时候走进屋来，我赶紧把宝贝又藏回去，推上抽屉。我定定神，站起来跟夏老师打招呼："夏、夏老师，吃了没？"夏老师没回应，只是哦了声，眼睛盯着我的手，那样子就像讲课的老师盯着不认真听课，在下面搞小动作的学生一样——其实，我悄悄跟你们说，我把宝贝藏起来并不是故意隐瞒着夏老师，那只是在没有防备、突如其来的情况下人人都会有的下意识动作。我觉得对你尊重的人应该是明明白白、坦坦诚诚的，不应该有一丝一点的隐瞒。直到夏老师问我"搞什么鬼呢"时，我才反应过来。我说句："没搞哈鬼。"就毫不犹豫地拉开抽屉，把藏着的宝贝拿出来给他看。夏老师拿着那宝贝看了一眼，自言自语说了句哈我没听清。还给我时夏老师问我："不就是个望远镜吗，还藏藏掖掖的。你买这东西干什么？"夏老师这一问，我有点蒙。老实说——天地良心，因为我当时不知道该咋么回答，确实就顺嘴撒了句谎。我说："看天上飞的鸟，看树上爬的蚂蚁。"不知夏老师信没信。夏老师没再说哈，说教了我几句，便取了他的那份报纸走了。

我把脖子从窗口探出去："夏老师您慢走啊。"

随后又补一句："有哈出力气的活尽管吭声！"

不知夏老师听见没听见，他没有应声。夏老师准是把注意力都放在路上。这会儿夏老师停下脚步，等着小区里出来的一辆红色的夏利车开过去，他才朝我挥挥手，穿过马路，朝早市街那边走去。我目送夏老师远去的背影，心中泛起一阵荣誉感，为结识像夏老师这样有文化有知识的知名人物而感到自豪和骄傲。你们睁着眼睛也好闭着眼睛也好，你们笨想想吧，人家夏老师是哈人物哇，大学教授呢！大作家呢！能认识夏老师是多大的荣耀哇，真是祖上积了德。我庆幸我找了这份工作，如果我不进城当保安，还像过去一样窝在乡下的山沟沟里,拿村里人说的"顺着垄沟找豆包"的话,别说能结识夏老师这样高级的知识分子哇,就是连气味你也闻不到,就是连影子你也见不到。

想起跟夏老师的初次认识,我现在还觉得脸臊得慌。夏老师和蔼可亲,没有架子,从衣着和相貌上看不出一丁点儿大作家的样子。我来小区当保安的第一天,保安队发了新服装。我穿一身套着袖标的黑色保安制服,腰扎红皮带,头戴大檐帽,脚蹬黑色高勒陆战靴,那威风不亚于昂首阔步巡逻的武警。晚上下班人流高峰,我把双手放在裤线上,挺着胸站着,一辆辆小轿车从我眼前滑过去,我睁大眼睛盯着每辆车窗上贴的出入证。正当我对一辆忘了贴出入证的轿车进行盘问时,一个中等身材脸色黧黑,戴着深度近视眼镜、穿着粗布衬衫牛仔裤,后背背着帆布双肩包的男人从我身后走过去。

我喊:"站住站住!"

那人站住,回过头疑惑地瞅着我。

那人说:"你喊我吗?"

我说:"不喊你喊谁?你去哪儿?"

那人说:"不去哪儿,回家呀。"

我想住在这小区的都是有钱人家,上下班不是开轿车就是打的,咋么会坐公共汽车呢:"你家在这小区?"

"没错。"他说。他微笑着,没有不耐烦的意思。他掏出身份证给我看,上面住址确实清清楚楚地写着这个小区。我记下他的名字,晚上回宿舍跟我们队长一打听,吓了我一跳,哎哟妈呀,这个不起眼的人竟然是大学的教授,著名作家!我开始骂自己是有眼不识金镶玉,以貌取人的土老帽。

我懊恼不已，后悔得脑后筋青了。有哈说的呢，你还能说哈呢，谁叫你长双猪眼睛呢！只有以后留心寻找补救的机会了。于是，当我值班的时候，每到邮局信差把邮件送来，我都把寄给夏老师的报纸杂志和信函从乱七八糟的邮件堆里挑出来，捋捋整齐，放在一个我认为干净的地方。夏老师来拿时，我的心怦怦跳，像是干了哈么坏事见不得人似的。但夏老师见了我脸上依然带着微笑，没有丁点儿对我冷淡或怨恨的意思。我挠着脑勺，凑上前去，搭讪着和夏老师说话，顺便找机会赔礼道歉。夏老师大手一挥说："有这回事？我早忘了。你是内蒙古人？"

我吃了一惊。

我说："是呀。夏老师您咋么知道？"

夏老师用手指指嘴说："口音。从口音听出来了。"

我说："夏老师去过内蒙古？"

夏老师说："不但去过，我祖籍还是内蒙古的。"

我吞吞吐吐地说："那么说，咱们是——"

夏老师说："没错，是老乡呢。"

我高兴得不知咋么着好了。这时候夏老师伸出手和我握手。我一激动，差点被拦在身前的不锈钢椅子绊倒……

夏老师是很容易接近的人。俗话说："老乡见老乡两眼泪汪汪。"有了老乡这层关系，以后我和夏老师越来越熟悉，也知道了他家住哪栋楼几单元几楼几门。有时夏老师下班忘了来收发室拿报纸，我就给他送到家门口，把报纸杂志信函塞到防盗门的缝隙里。夏老师家里没车（这是我很难想象的），上下班都坐学校的通勤车。通勤车在小区门口停几分钟，扑哧一声放个屁，门慢慢打开，夏老师下来了，夏老师要在小区步行走段路才能到家。有时候我值班看见夏老师拎着重点的东西，像一袋米呀一袋面呀，一桶食用油呀，一捆书哈的，我都会主动跑出去接过来，帮他送到家里去。夏老师让我进屋坐坐，喝杯茶，我开始不好意思进屋：一呢是怕脚踩脏了人家的地板，二呢是怕夏老师只是礼节性的让让，不能太实在，蹬鼻子上脸。有次帮夏老师往家里送煤气罐，倒是进了他家，但是还差点出了丑——好家伙！我扛着五十多斤重的煤气罐爬了七层楼，累得呼哧大喘，骨头和筋都酸麻了。你们笨想想，这么重的东西我不能放在门口吧？只好扛进屋去。夏老师家里并不像你们想象的那样豪华，夏老师的家和他的人一样普普通通、平平凡凡的。简单装修，家具都是不新不旧的，客厅靠东边的墙壁摆着一溜木制的格子书架，书架放不下的书籍就这一摞那一堆地摆在地板上。夏老师拿毛巾让我擦汗，打开冰箱拿出一罐冰镇可乐让我喝。我扯开可乐拉环猛喝一口，我的妈呦！一股冰凉的气体从肚子里直往上冲，呛得我鼻涕眼泪都出来了，还差点把喝进肚里的可乐喷出来。我用手捂着嘴巴赶紧往外跑，直到我跑下楼，那股气才顺下去。

我边走路边咯逗咯逗地打着嗝儿，把在路边香椿树上叽叽喳喳叫的麻雀吓得扑棱棱飞到楼顶上去，把趴在路边配电盒子上晒太阳的流浪猫吓得刺溜钻进树墙里。路过公共电话亭边时，我突然想起我那还在乡下干活、相爱多年虽然已经公开但还没有正式订婚的恋人谷丫来。前几天我给她写信说了夏老师的事。我说我在城里认识了一位大作家，并且认了老乡，还交了朋友。谷丫不信，她在回信中说："你就吹吧，吹牛皮好大胆，吹死大母牛，憋死小牛崽儿……"她撇着好看的薄薄的嘴唇，布着雀斑的鼻翼带着不屑，就差没从她写满歪歪扭扭字迹的信纸里伸出指头，戳到我的脑门上。我看了看夏老师给我的、现在还拿在手上喝了一口的可乐罐，心想证据在手上，看谷丫你还咋说！

我从兜里摸出一枚硬币，塞进投币孔里，接通了谷丫家的电话。接电话的是谷丫妈的大嗓门："谁啊？"我说我是刘打桩。她声音柔软了些，说你等等啊，然后是谷丫谷丫的吆喝声。我想谷丫肯定在她家院里干着活呢，不是起猪圈，就是摘豆角。我突然怜悯起谷丫来，发誓好好干，混出模样，将来把谷丫接进城里享福。这么想着时，听见噔噔小跑的声音，我在话筒里仿佛闻到杏树花的香味儿。谷丫不说话，只是呼哧呼哧喘着。

我说："你猜我去了哪里？"

谷丫说："去了哪儿？"

我说："你猜。"

谷丫说："电影院？"

我说："闹闹。"

谷丫说："动物园？"

我说："闹闹。"

谷丫说："供销社？"

我差点笑出声来。我说："宝贝，大城市哪儿还有供销社哎。那叫商场超市。在城里说出这话，不叫人笑掉大牙啊——我去了大作家夏老师家，夏老师请我吃烧鸡喝冰镇可乐。"

谷丫惊讶："真的？"

我举起捏在手中现在已经渐渐失去凉意，甚至变得有些烫手的可乐罐。突然想起谷丫在电话里不会看见。于是我举着一根指头，赌咒发誓地说："真的，谁撒谎谁是小狗儿……"

8. 我，公司老总希贵

  飞机在缓慢地降落，白云逐渐向机翼上方流动。我侧过脸，从飞机舷窗看着逐渐清晰的城市和郊区工厂冒着白烟的烟囱。等机场高大的建筑和四周隔成方块的碧绿的菜畦越来越清晰时，机身猛然顿了下，我知道飞机已经降落在地面上，开始在跑道上滑行。轻柔的萨克斯乐曲中，女广播员用标准的但有些发嗲的声音说着结束旅途欢迎再来的客套话……飞机停稳后，在乘务员的引领下，乘客们开始整理行李准备下机。睡在我身边的王处长还没有醒的意思，领带垂挂着，秃顶上渗着湿润油亮的光。我用手推推王处长的肩膀，对着他的耳朵小声说："领导醒醒吧，哎，服务员来查房间啦！"王处长耷拉着的脖子立刻像充进气体的胶皮管子似的扑棱棱挺起来，睁开眼睛，蒙怔而惊恐地四处看着说："在哪儿？在哪儿？"我笑着说："到家啦！再睡飞机又把你拉回南京了。"王处长回过神来说："你丫的没正经，净他妈恶作剧！"下舷梯时脸嘟噜着，我要帮他拎皮箱他也不用。

  我们推着拉杆旅行箱，随着人流在航站楼里往出口走。一道道步行走廊，一段段人行自动电梯。人们边走边说着话，脸上洋溢着旅途结束即将回家的喜悦或是正在旅途中到达一个新城市的期待，但王处长脸上却看不出一点儿表情。

  我说："你还生我在南京的气呀？"

  王处长睒起眼睛："你别胡嘞嘞！我可没到过什么南京。我是出差去杭州刚坐飞机回来的啊！"

  我赶紧说："是呵是呵，瞧我这嘴，领导可不是刚从杭州回来嘛！"随后我说："一会儿出了机场，我到杭州街给你买点杭州特产，带回去送给嫂子和单位的同事们，这样不更像些？"王处长脸上有了些笑模样，说："你做事还考虑得挺周全嘛！"我说："这些年跟着领导鞍前马后的，还不是您教导有方！"王处长笑着说："你丫的是打破的茶壶就剩下个好嘴。"

　　曾小莹站在航站楼出口处等着我们。远远看过去，亭亭玉立的她头顶浅蓝色系着深紫色梅花结的精仿卷檐帽、高挺的鼻梁上架着宽边玳瑁框的茶色太阳镜、身穿一袭白色长裙、脚蹬米色镂空高跟长靴站在接站的人群中分外显眼，一副鹤立鸡群的样子。我朝她挥挥手，曾小莹就兴奋地挤出人群，张开双臂，鞋跟敲着光可鉴人的大理石地面，扭着腰肢搓着碎步跑过来，要和我拥抱的样子。我朝她使了个眼色，把身边的王处长介绍给她。曾小莹立刻收住轻佻的举动，把手大方地朝王处长伸过去说："您好，我叫曾小莹，希总麾下的广告部兼公关部经理，请领导多关照！"王处长看着曾小莹，眼睛一亮，沉了一路的脸立刻松弛下来，有了喜色。王处长握着曾小莹的手说："了不得，了不得。"然后扭过脸对我说："希总，你们公司还真是藏龙卧虎啊！"我笑着说："不敢不敢，藏龙卧虎不敢说，阆苑仙葩倒蛮恰当的。"王处长说："那我以后可要常去走走啦！"曾小莹边接过王处长手中的行李箱边说："像您这样的贵人，我们巴不得呢，那希总可是福星高照了。"王处长爽朗地哈哈笑着说："开个玩笑！开个玩笑！不说不热闹，不说不热闹。"随后又问："曾经理是哪里人呀？"曾小莹说："祖籍是哈尔滨人，但在这B城市已经落了三代了。"王处长说："都是这样，都是这样。B城本来就没有多少土著居民，在这里落脚三代就算是这城市的人啦。哈尔滨我常去，是个人杰地灵美女如云的好地方呀！"

出了航站楼，我和王处长站在路边等着，曾小莹乘电梯去地下停车场开车。车开出来接上我们，曾小莹坐在宝马车的驾驶座上，系着安全带问我是不是回公司。我说去杭州街。曾小莹就把车开上高速路向城西的颐和路驶去。曾小莹用带着黑丝手套的修长的手握着方向盘，胳膊肘搭在车窗上姿态优雅地开着车，吹进来的清风把她的长发瀑布般向身后泼洒过去。坐在曾小莹身后座位上的王处长向前倾着身子，双手抓着曾小莹座椅两侧和曾小莹搭讪着说话。到了城区，车子出了高速路，路过西城家具城时曾小莹放慢了车速，用手指着家具城的一角说："今天凌晨那里失了火，看着那一片焦黑的样子，烧得不轻啊，可惜了了！"我和王处长都摇下车窗玻璃，向曾小莹手指的方向看去。见阔大的家具城西北角，一处别墅样的建筑被火烧得黢黑一片，七零八落，庭院里的树木也被烟熏火燎得面目全非，像电视里演的战争片里战场上被炮火烧焦的树桩，看着十分惨烈。树身上冒着不知是烟还是热气的白色气体，几个戴橘色头盔身穿橘色防护服的消防人员正拖着水管朝废墟里有死灰复燃迹象的地方喷着水。车滑过去，我们缩回脑袋，摇上车窗。我和曾小莹感叹世事无常，惋惜这场火给商家造成的经济损失。王处长则不以为然，他坐正身子，抚平衣襟说："那些家具商平时思想麻痹，没有防范意识。这回好了，失了火烧成这样。得举一反三，以此为戒，让他们接受深刻的教训！"

到了杭州街，曾小莹在众多轿车的缝隙里找到了停车处。下了车，王处长看着街上比肩接踵的人流，说他最怕人多杂乱，看着就有点打怵，不想往前走了。于是我在街边僻静处找了家茶馆让王处长坐着喝茶，我和曾小莹进街去给他选购物品。杭州街是西城最大也是最乱的集休闲娱乐购物于一体的商业圈。整条街围着偌大的人工湖,街面商铺林立,岸边小桥流水,堤畔细柳垂杨,轻歌曼舞,尽可能地仿照真实的杭州景观而造。店铺里售卖的琳琅满目的商品不全是杭州货:国产品牌、走私洋货、东西南北、各式各色,真真假假,鱼龙混杂,应有尽有,你得识货才能买到西湖真品。曾小莹对购物懂行,有她在身边我不担心受骗。我们给王处长选了两盒精装的龙井茶和西湖藕粉,又挑了把王星记檀香扇子。曾小莹提建议说买这些西湖特产都不算什么,最要紧的是给王处长夫人买件杭州丝绸料的衣服,这样既能打动他,也让他在夫人跟前有了面子。我想想有道理,常言道"女人是男人的后把门,把女人这道后门攻破了,男人的前门自然而然就打开了。"我在心里暗暗夸奖曾小莹办事稳妥,有谋略有远见,但在表面却没表现出来。在给王处长太太选衣服时犯了难。曾小莹:"不知道王处长夫人的胖瘦高矮、颜面深浅、多大年龄,怎么给她选衣服的颜色和样式呢?"我想想说:"听说王处长离了两次婚,现在是三婚。"曾小莹说:"那我心里就有数了。王处长夫人肯定是个胖瘦适中,不高不矮,面皮白净,年轻漂亮的。"于是曾小莹就给她选了身鹅黄色的杭锦旗袍和豆绿色的绸缎贴身掐腰小袄。

我说:"你也挑一件衣服吧。"

曾小莹说:"为啥?"

我说:"不为啥,算是我给你的奖励。"

曾小莹嘟起嘴说:"还说呢,去了这几天,连个电话都没有!"

我说:"会场上太乱太忙。"

曾小莹说:"是忙还是被哪个美女缠住了?"

我说:"别瞎说。快去挑件衣服吧。"

曾小莹嘴上推辞着,但眼睛已经在衣品柜上搜寻。精明的女售货员看出端倪，马上凑上来给曾小莹如数家珍地推荐衣服。曾小莹伸手从衣架上摘下一件昂贵高档的烟紫色蚕丝套装，到镜子前去比试。女售货员赶紧竖起大拇指夸奖说："美女真有眼光，这套衣服正适合您这样漂亮的成功女士，穿上既上档次又显气质。"进试衣间穿上蚕丝套装的曾小莹出来，在我面前转动腰身，摆出一个模特式的站姿说："咋样？"

我说："还可以吧。"

曾小莹说："啥叫'还可以吧'，我挺喜欢的。"

女售货员见我不冷不热，过来敲边鼓说："多好的衣服啊！虽然价格贵了点，但是品质在那儿放着呢。俗话说得好，夫荣妻贵，把妻子打扮漂亮了，你做丈夫的脸上也有光啊。"

尽管我心中不悦，但我还是尽量装出无所谓的样子，大大方方让售货员开了票，硬着头皮到前台付了款。

买好东西回到茶馆，王处长不见了。问茶馆前台，前台说王处长出去一会儿了，她也不知去了哪里。我和曾小莹从茶馆走出来，远远看见王处长正站在街对面一家精品书店门口和浓妆艳抹穿着红衫绿裙的女老板说话。女老板虚着一条腿，斜倚着门框噗噗地嗑着瓜子。王处长看见我们走过去，站起来说："这家书店不错，别看门面小书还挺全。"曾小莹说："领导每天还学习呀？"王处长说："不读书怎么提高觉悟呵！"我看王处长选的都是些人体摄影和明星写真画册什么的。我掏出钱包，给王处长付了款。女老板神秘地说："过几天有几套港版万历本的《金瓶梅》来呢，绝对的原版影印本。"王处长来了兴趣，一本正经地说："那好啊，那可是有收藏价值的好东西！"我抽出一张名片递给女老板说："来了货给我打电话，我过来给领导取。"

从杭州街出来，车拐上宽阔的马路。进城时正赶上下班车流高峰，车前车后都排着长龙。车速提不起来，走走停停，停停走走，不是塞车就是等红灯。等把王处长送到位于城市中心天通御苑的家时，已是黄昏。我和王处长一起下车，我把一捆钱塞进王处长的衣兜里，王处长也不推辞。我说："光盘号审批的事情还请您操操心砸实了，现在可是万事俱备只欠东风啦。"王处长拍拍我的肩膀说："估计没问题，估计没问题。"走两步，又想起什么，转回身来，握住曾小莹的手说："以后希总忙，有事情你替他过来跑跑就行。"曾小莹说："少麻烦不了您！"

9. 小说情节（之二）

翌日，艳阳高照，猎人拎着猎枪来到小南沟。他心里清楚，翻过小南沟前面的山坡就是他日思夜想的营子了。小南沟是营子开辟的果园。果树林里杏树已经开花，团团簇簇，白白的一片，就像铺了层雪。李子树花蕾初吐，香气袭人。猎人走到沟畔的一棵杏树前，撅一条杏枝放在嘴里嚼嚼，一股苦涩的滋味蔓生出来，但是猎人没有将汁水吐掉，而是生生地吞咽下去。他突然想起什么事情，把手中的杏树枝扔掉，加快了脚步，急匆匆地爬上前面的山坡，站在一棵生长在山岗黑石岩旁、状如伞盖的大榆树下，顿时，目之所及，偌大的营子就像拉开大幕的戏台一样出现在猎人面前：一间间的石板房，一栋栋的土坯屋，弯弯曲曲的街道，高低错落的土墙，家家户户门前的老榆树，和堆在门前发酵着的冒着热气、飘着臭味儿的牛羊粪肥，以及在街上行走的人，蹲在石阶上的狗，拱土的猪，围着碾道咕咕叫的寻找食物的母鸡；驴打滚扬起的灰尘，马仰起脖子的嘶鸣，牛嚼着干草偶尔发出的哞叫，以及男人教训不听话牲口的咒骂，女人召回贪玩孩子的呼唤，微风中飘扬着幌子的商铺酒肆……多么亲切熟悉的情景啊！但现在对猎人来说，这些却让他觉得既遥远又陌生，仿佛眼前蒙了层厚厚的膜，让他无法看清，甚至无法把握。

　　猎人下了山坡，没直接走进营子去，而是折身朝营子前面的黑山沟走去。和村子一河之隔的黑山沟阳坡过去是营子的初始之地，人们刚来时就定居在此，有很多用石头垒起的房子。后来人们都从黑山沟搬出沟外居住，年深日久，石头房子都坍塌了，只剩下些残垣断壁，只有猎人一家还住在黑山沟祖上留下来的两间石头屋子里。爹死后，猎人和荞麦结婚，从黑山沟搬出来住进荞麦家里。黑山沟的石头屋子空出来，成了进山采山货的人们歇脚或牧羊人躲避风雨的理想场所。由于多年没人居住，院子里满是干枯了的有待返青的齐腰深的荒草，摇摇欲坠的木门上的铁件生了红锈。猎人用双手推开门，走进屋。屋里潮湿霉腐的气味呛得他透不过气来。打开窗棂上还残存着牛皮窗纸的窗子，一片阳光便泄进屋来，照亮地上堆积着的厚厚的尘土和尘土上面满是昆虫的爬痕以及老鼠的爪印。多日的跋涉使猎人身心俱惫，他顾不得收拾屋子就一头倒在土炕上，头枕着猎枪就睡着了……猎人不知睡了多长时间，临近傍晚时他苏醒过来，他翻了个身，但是睁不开眼，眼皮像压了磨盘一样沉重。他就那么闭着眼睛眯着。不一会他又迷迷糊糊睡着了——但不是那种真正的睡眠，而是一种孕育梦境的浅睡。猎人开始梦见自己站在一条河边，河水向东滚滚流淌着。河对岸一个面容姣好的女人蹲在麻石上用木桶汲水。女人起身撩发的时候，他们四目相对，他认出了她是谁，于是他大声呼喊。当他噼噼啪啪地踩着河水冲到对岸，女人却不见了，只剩下一只空瓢在倒映着天空云影的水中悠悠晃晃地打着转……接着他梦见一条灰色的小鱼，一条被一只乌龟追逐着仓皇逃命的鱼。浑身长满绿毛、硕大无朋的乌龟十分敏捷凶狠，张着血盆大口，挥舞着钢钩般的利爪，尽管小鱼拼命奔跑，越过一条条浅滩，穿过一丛丛墨绿的水草，钻过石缝，但是也逃不过乌龟的追逐。乌龟把小鱼逼到浅滩河卵石组成的一角，无路可逃。乌龟瞪起磨盘大小的眼睛，狞笑着，张开满是獠牙的大口向小鱼扑来，当小鱼横下一条心，硬着头皮抱着拼死一搏的决心冲向乌龟时，他被自己的怒吼声惊醒了……猎人猛然坐起来，好长一段时间弄不清自己是鱼还是人。他摸摸脸，眼睛、鼻子、耳朵都在，无一样缺少。用指甲掐掐大腿，有痛楚的感觉，方才清醒过来，知道刚才只是一个梦。梦境过于离奇凶险，他无须预测也能知道梦境的预兆。这使他刚刚平息的怒火又燃烧起来。他四处撒么，寻找发泄的对象。恰好一只山鸡落在院子的石墙上，歪动着小脑袋，用绿豆大的眼镜朝石屋里窥探，猎人稍一欠身，从炕沿上掰起块泥片嗖地掷过去，被击中的山鸡哀号一声，咯咯咯咯一路惊叫着飞进山谷的榆树林里去。此时已经接近傍晚，霞光尽敛，石头屋子逐渐黑暗起来，猎人起身走出屋子，在满是枯草的荒凉的院子里转了一圈，便爬上石头屋子后坡的山岗，坐在一块黑色的大青石上，用细布开始擦拭怀里的猎枪……

黑山沟外，越过静静流淌的锡伯河，咫尺之遥、笼罩在一片暮色中的营子，人影稀廖，炊烟袅袅。告别一天忙碌的人们，开始解开腰带，宽松臂膀，挑亮灯芯，准备享受夜晚的休闲温馨。一个身材单薄但并不瘦小的女人从地里干活收工回来，孤单地走在街上。女人走进营子西头的一座院子里，摘下裹在头上的头巾，掸去上面的尘土。她突然觉得一阵莫名奇怪的心慌，不由自主地扭头朝黑山沟望去。女人的心咯噔一下停止了跳动，扯衣襟擦擦眼睛，再望过去时，她的心又像奔跑在石板路上的驴蹄子一样哒哒哒哒地跳动起来。女人扔掉肩上的工具，疾步奔进土坯房里，把一个两岁左右正在炕上玩耍的男孩紧紧地抱在怀中，她隔着窗洞看着黑山沟山岗上那被夕阳放大的身影，心里又惊又喜的同时，也隐隐地嗅到了空气里铁器坚硬的气味儿……

猎人坐在石头屋子后面的大青石上。面容严峻，眼露凶光，缩肩曲背像只夯起翅膀随时准备扑向猎物的鹞鹰。大青石是爹在世时晾晒火药和夏天纳凉的地方。现在没有了爹的体温，却满是耻辱。猎人的眼光在山下的营子里扫过来扫过去，连自己都闻到了睫毛被怒火烧着的焦煳味儿——此刻他的脑子里总是转着一个念头，心智也被这念头堵得像石头一样沉实。这件事确实给了他难以预料的打击，让他无法忍受。猎人想他独自闯入深山老林，多年音信皆无，寡妇荞麦改嫁别人情有可原，因为走的时候猎人自己也说不清能不能活着回来——干猎人这行当就是命悬一线，跟生死打交道，全靠长生天照拂，稍有不慎，掖在腰带上的脑袋就会被阎王爷取走。但真正惹恼他的是荞麦耍了他！背叛了他！按羊倌说他走后不到一年就生了孩子的时间推算，荞麦和他好的同时暗地里还扯挂着别的葫芦瓢，他头脚走荞麦后脚就跟相好的野男人睡到了一起，并且怀上了孩子……当年在山林里叱咤风云的猎人，老虎见了打战，豹子见了也胆寒的猎人，却让脚下卧着的一只野鸡绊个跟头，让一只蠓虫撞瞎了眼睛。这让谁受得了！猎人想："是谁这么大胆敢把绿帽子戴在我头上呢？"

  天渐渐黑了。猫头鹰在远处黑黝黝的山林里咕嘟咕嘟叫着，声音不紧不慢、单调冗长，像一个昏昏欲睡的老人用铁锤有节奏地敲击着木板。溪流声中，一轮月亮从东边的平顶山慢慢露出头来，清辉洒落处，氤氲缥缈，把山谷渲染得更加神秘落寞。带着湿土和花香气味的夜风从山谷吹上来，猎人打了个冷战，感觉有些凉意。他把鹿皮猎装的领子竖起来，站起身，顺着原路返回到坡下的石头屋子里。肚子咕咕地叫了声，他才意识到饿了，该吃点东西了。猎人打开行囊，取出一包他上路时从住在大兴安岭的鄂伦春朋友那里带的鹿肉干。猎人大口大口地嚼着色泽紫红、味道鲜美、没有加任何作料没有经过任何人工烤制的自然风干的鹿肉干。吃完一袋鹿肉干，感觉口渴，猎人在石头屋里转了一圈，没有找到别人遗留下来用来解渴的野果，于是他只好从行囊中解下在山林中跟了他三年的小铁桶，借着月光到沟底的泉水里舀桶水上来。把盛满水的铁桶用石块架在没有锅的空锅腔里，找了些干草木柴，用打火石点燃烧了桶热水。吃饱喝足后，猎人回到土炕上连鞋也没脱就和衣躺下。白天睡足了觉，现在夜里猎人睡不着了。由于烧热水时锅腔里生了火，土炕不像刚来时生冷了，有了些热气。猎人就这么脊背靠在炕面仰面躺着，感觉异常温馨舒服。黑灯瞎火中，猎人瞪着眼睛瞅着黑黢黢的屋脊，把营子里所有的成年男人都像过筛子一样细细地码算了一遍：第一个出现在面前的是嘴唇上留着两撇小胡子、矮墩墩的呼尔查，作为一村的保长，他有机会和权力接触营子里的所有女人。但随后又否定了。猎人想保长和他是表亲，别看他们年龄相仿，但萝卜小却长在背上，论起来还是他的长辈，见面叔叔叔叔地叫着，有这层亲戚关系他不会背着他做这种丧尽天良的事，俗话说兔子还不吃窝边草呢。第二个出现在他面前的是马车夫"阴阳脸"，马车夫"阴阳脸"真名叫胡和鲁，因为一块从娘胎里带来的紫色胎记覆盖了半张脸，谁见谁怕。娶不到媳妇，就到城里逛窑子找女人。但自从得了那场花柳病后他就成了残疾人，裆里的东西连举都举不起来，早就没了插犁播种的能耐。第二个出现在面前的是皮匠希日巴拉，但随后猎人摇摇头——皮匠希日巴拉小时候和他一起玩尿泥一起长大，亲如手足，猎人对他非常了解：皮匠希日巴拉是个光明磊落、讲义气重交情、能为朋友两肋插刀的响当当汉子，他绝不会在背地里对朋友干这种偷鸡摸狗、伤天害理的事情……第四个牛倌巴根，这个名字刚在眼前浮现，猎人马上就否决了！他想巴根更不可能了，这个有色心没色胆的人，自从那年猎人揍了他一顿后，怕猎人怕得像耗子见猫，喊一声能吓得他浑身哆嗦，甚至都尿裤子，就是给一百个胆他也不敢……"那么这个藏在暗处朝我捅刀子、给我戴绿帽子的人到底是谁呢？"猎人躺在土炕上，想得脑瓜仁疼也没有想出个头绪来……

在炕上翻来覆去一宿。早晨起来的时候胡茬子蹿出一指长，眼皮也有些浮肿。猎人用手使劲在脸上搓了把，在行囊中找出件稍干净点的衣服换在身上，拎着猎枪向山下走去。

10. 我，公司老总希贵

送走王处长后，就剩我们二人世界。我就像在一间没有窗子和门的屋子里憋闷久了，猛地出来，长长地舒一口气。曾小莹也像卸去一个沉重包袱一样感觉浑身轻松。曾小莹用隐在太阳镜后面的杏核眼望着我，我感觉到目光里的脉脉含情。这让我这几天在图书会场上混浊的心沉淀了下来。我想曾小莹开了大半天车，肯定也疲倦了，就主动打开车门坐在驾驶座上。曾小莹没说什么，乖巧而顺其自然地坐在副驾驶座位上。我一只手把持着还留有曾小莹手温的方向盘，另一只手背到身侧去系安全带。但由于是贷款刚买不久的新车，再加上这辆公司唯一拿得出手的豪华车一直是曾小莹开着在外面跑业务，我这个公司总经理坐多开少，并没有熟悉到手到擒来、游刃有余的程度，以至于摸索了半天也没有系好安全带，还是坐在副驾驶座的曾小莹出手帮忙引导，我才准确无误地把安全带的锁舌插进座位一侧的锁孔里。

曾小莹瞟我一眼,抿嘴一笑,想说什么,随后一抹红晕飘上面颊,又把到了嘴边的话咽回去。

宝马车在前面十字路口掉了个头,顺原路返回去行驶了一段路程后,右转驶上了一条虽平坦宽阔但却禁止鸣笛限速的别墅区的公路。此时尽管已近黄昏,公路两边的街灯还没有完全亮起来,但稀廖的流光溢彩已经映衬出路边西式建筑的奢华高贵轮廓。望着一座座别墅庭院里高昂的芭蕉树和葱茏的绿植、街心公园喷涌而出的水柱,以及从车窗前疾速而过的一个个门首草书烫金字"水榭花都""龙湖花盛香醍""万科翡翠四季""白河湾""红杉溪谷""台湖银河"等字样的牌匾和森严的铁栅前穿着一身制服戴着白色头盔肃然而立的保安,让人感觉到躁动的富丽堂皇中的安逸与宁静。曾小莹隔着车窗玻璃,静静地向外瞭望着。我看到她满含渴望又羡慕的目光的时候,真想对她说句:"好好干吧,面包会有的,一切都会有的!"

这句是我经常挂在嘴边,鼓励公司员工的话。当我猜想这句假而空的话在曾小莹心里产生的那种没有回应、司空见惯也不置可否的反应时,我心里油然升起一种既尴尬又愧疚的滋味。确实,实话实说,这几年来公司经营状况不太理想,大不如前了,一直不温不火,跌跌撞撞,濒临倒闭的边缘。给员工规划的宏伟蓝图实现不了,看不到希望的业务骨干都拍拍屁股走人或是被同行挖走了,谋求更好的发展,只有像曾小莹这样少数几个心腹还留在公司,死心塌地跟着我,等待东山再起的机会。

曾小莹刚来的那会儿,正是公司兴旺发达的时候。由于接连代理了几个国产游戏的发行权及攻略的制作权,公司挣笔钱,这给了本来靠在电子街苦苦打拼的我一种即将成功的幻象，觉得自己一夜间成了一颗冉冉升起的商界新星，能和那些行业大咖们比肩齐眉、相差无几了。公司扩大规模，自然少不了人才。在一次招聘会上，众多应聘者中鹤立鸡群的曾小莹分外显眼。看她一身时髦装束浓妆艳抹的样子，给我初步感觉她是那种娇生惯养、爱慕虚荣且不实际类型的女性，所以也没打算留用，胡乱地把她递交的简历丢在一旁。谁知，后来因曾小莹的"欲擒故纵"使我改变了主意——招聘会后的第二天，曾小莹打过电话来——不是公司负责人事的办公室，而是直接打我的手机（我不知道她是怎么弄到我手机号码的）。我以为她像其他应聘人一样想试探问下结果，顺便套套近乎，或者是表表决心，打励志牌，这种应聘人司空见惯的伎俩我屡见不鲜。我推托说我们是家小公司，雇不起您这样的高等人才……曾小莹却反其道行之，她满不在乎地嘻嘻一笑，说："我本来也没打算应聘你们公司，只是好奇试一下……看你们以貌取人，觉得公司也不会有什么大发展。聘不聘我无所谓，我获得了经验，但损失的是你们公司。"说完啪地挂了电话，弄得我一头雾水。我琢磨琢磨，突然喜欢上了这个人的性格：敢作敢为，风风火火，泼泼辣辣的。我想："公司广告部不正需要这样一个公关人才吗？"于是我又把电话打过去，好言相劝，答应试用她，并答应了转正后她提出的高额薪金要求。事后想起来，证明这是我近年来做出的唯一正确的选择——果然不失所望，试用阶段还没结束，广告公关部在曾小莹的带领下，不知用什么手段，神奇而出人意料地击败众多竞争对手，和国内一家大型游戏开发公司成功地签下久拖未决、几乎易主的广告和电子产品总代理订单，为公司赢得了声誉。

开出别墅区，又穿了条狭窄的商铺遍布的小巷，驶上了宽敞的环城公路。这时候街灯已经全部亮起来了,路边的高楼大厦瞬间隐去,夜幕使城市变成了霓彩纷呈的海洋。路上的车辆比街里稀少些,我把驾驶座后背调到舒适位置,轻松地驾驶着宝马车。宝马车匀速地向前行驶着。曾小莹关了车载空调,打开车窗,夜风便长驱直入地吹进车来。她把架在高耸鼻梁上的宽边玳瑁框的太阳镜推到前额上,摘下拢在头发后面的发卡,摇摇头,让满头长发瀑布般披散下来,在肩上随风拂动。一股熟悉的洗发水特有的香气让我精神为之一振,但我压制着由此而产生的生理上的激情,没有表现出来,脸上平静如初。曾小莹从真皮手包里掏出一块提神的薄荷味口香糖,扒了皮塞进我的嘴里,试探着问我:"订货会的情况怎样?"我说:"还不错,这款产品市场上挺看好。"曾小莹眉毛一挑说:"哇,那咱们公司可要翻身了!"我说:"现在还不好说,还有很多工作要做。哪里出现一点差错都会前功尽弃的。"曾小莹说:"那倒是。但起码咱们看到希望了。"我点点头说:"嗯。"曾小莹随后说:"咱们庆贺一下?"我把嘴里嚼得没有味道的口香糖吐出来,用纸巾包好,放进车门的垃圾盒里,说:"可以。"曾小莹高兴地举起攥紧的拳头:"耶!去哪儿?"我说:"随便。你说吧。"曾小莹想了想说:"要不——全聚德吃烤鸭?"我说:"那就全聚德。"

全聚德是曾小莹招待客户常去的地方,我对路不熟。我降低车速,把车靠边停下来,我和曾小莹换了座位,让她来驾驶。宝马车再次上路时,我从真皮手包里掏出手机,按了开机键。手机叮叮咚咚一串响,显示出几个未接电话和一条信息。未接电话都是妻子杜婷婷打来的,我回过去。杜婷婷用睡眼惺忪的声音问:"订货会开完了吗?"我说:"开完了。"杜婷婷问:"啥时候回B城?"我说:"南京还有些事情没办完,得明后天才能回去。"我用眼角余光看见曾小莹朝我吐舌头，做个鬼脸。我用手指点点她，示意她好好开车。杜婷婷说："那好吧，少喝酒多注意安全。"挂了电话，我打开信息，看是南京书商孟老板发过来的："这次来南京没陪好您多担待！您的新产品南京我包销了不要再给别人。俗话说肥水不流外人田。哈哈哈哈……有需要帮忙的事只管说，兄弟两肋插刀在所不辞。"我心里有些感动，想孟老板是个挺够哥们儿的人。

  全聚德在B城中心老城区狭窄的古巷里，由于巷子里停满了车，使得烤鸭的香味儿和挂在翘檐上的一溜古色古香的红灯笼虽然就在眼前，举目可见，抬鼻可闻，但却像水中月镜中花一样虚幻，难以靠近。一不小心开进死胡同，前后左右都是车，想倒出来都很难。曾小莹在我的指挥下，前突后撤，费了好大劲儿才在隔了一条街的百货商场前停车场找到一个车位。我们停了车，步行着往回走，本想抄段被树木遮蔽了灯光的近路，但却弄巧成拙，不知不觉走进一条狭窄陌生的小巷。前面的商铺正在装修，地上横着砖头瓦块和沙堆，几个穿着短裤光着膀子的民工边蹲在小凳子上端着碗吃饭，边看着架在窗台上的从旧货市场低价买来的纸盒大小的黑白电视。我们走过一家家生意并不太兴隆，正准备打烊的店铺。凹凸不平的混凝土路，曾小莹的高跟鞋敲不出任何声响，她像唯恐被大人丢弃的小孩一样手抓着我的胳膊。随着道路越走越窄，灯光越发稀疏黯淡。行至小巷转角处，一阵随风而至的风铃声把我的思绪拉回到似曾相识的场景里：街树、短墙、在黑暗中集聚在枝头的乌鸦，以及迷离的星光。恍惚中，我突然迷失了方向，竟不知身在何处，心在哪里？这让我想起多年前那个冰雪覆盖的深冬，我的住处兼存放盗版光盘的窝点——一间月租金五百元的地下室被跟踪多日的警察查抄了。为躲避警察的抓捕，穿着单薄衣衫打着赤脚的我整日在大街上游荡，不敢回家。夜里，为了抵御能把狗屎冻成石块的寒冷，我跨进一间门楼，潜入一所庭院，不加选择地钻进一间屋子的杂物堆中。等早晨醒来，一阵风铃声中，我竟然发现自己躺在一座喇嘛庙的偏厦里。我趋着阵阵的梵呗声音走过去。大殿里，穿着黄袍的喇嘛们正在做早课，一串拉长了声调抑扬顿挫的诵经声飘进我的耳朵，使我几近崩溃的心立刻溶解了。我热泪盈眶。因为这部被称为《般若波罗蜜多心经》的佛经我太熟悉了，虽然对经意不甚懂，但经文却到了耳熟能详，倒背如流的程度。小时候，我在奶奶的怀抱里或脊背上，时常在她嗡嗡的念诵这部经的声音中沉沉地睡去或骤然惊醒……那天，喇嘛庙里施舍的米粥让我冰冷的心泛起热量，冲走晦气，给了我继续在城市里生活下去的勇气和力量。

喇嘛庙依然存在。我们走进去，想给佛祖菩萨上炷香。但大殿都关着门。想可能是时间太晚，暮鼓已歇，香火息了。我和曾小莹就在门外拜了拜，往功德箱塞了几张纸币，然后走出去。

11. 我是作家夏林子

豆腐坊在早市的东头，我又折回身，融入比肩接踵的人流，顺着街往东走。我在一个腌菜摊停下脚，戴着卫生帽和白套袖的酱菜摊主边和我这个老顾客打着招呼，边从罩着玻璃隔断的三轮车上取出我要的带点肉皮的辣菜丁和酱咸菜，极其麻利地分别装进两个塑料袋里，缠了个扣儿递给我——每天吃早餐时都要吃点咸菜，不然就不能下咽，总觉得缺少了点什么。为此曾小莹常在饭桌上因为我这打小时候留下来、多年不曾改变的饮食习惯打嘴仗：曾小莹嘲讽这习惯是陋习，对健康有百害无一利，说我是山老帽，土得掉渣。

我回撑曾小莹太过讲究，搞小资产阶级情调。最后结果是俩人谁也说服不了谁，都闹得不欢而散，曾小莹摔筷子搁碗赌气走人，我也没了胃口——在豆腐坊买豆浆和油条的时候耽误了时间。豆腐坊前排着长长的等待队伍。我排在后面，不一会儿我后面又接上了人。我的前面是个穿着后背上印着周杰伦图像T恤衫的年轻小伙子，耳朵上塞着MP3耳机，随着音乐不停地扭动着身体。我后面是几个刚从公园里扭完秧歌回来穿着宽松的大红大绿的丝绸衣服的大爷大妈，脸上被汗水弄花的妆还没有卸下来。队伍走得慢，等我排上号，买上油条豆浆往回走的时候，太阳已经升起来了，阳光从远处高档社区高楼大厦的缝隙照射过来，使小区变得明亮起来。这预示着早晨的时光即将结束，白天正式开始了。聚集在槐树和椿树上浓绿茂密枝叶间的蝉们开始活动起来，试探性地轻轻叫几声，随后便爆发似的"吱吱吱吱""嚯嚯嚯嚯"地叫起来。蝉声和小区内开工装修房子人家传出的电锯切割地板的声音吞噬着仅剩一点的清晨安静。

我走到小区大门口，穿着帅气保安服的刘打桩正站在门中央涂着红杠的水泥安全岛上疏导进出车辆。眼睛好使的小保安刘打桩远远看见我，朝我打招呼，我没有停步也没有回应——这段时间正是小区进出车辆最多的时候，大大小小，不同颜色，不同价位的轿车拥拥挤挤，排成一条长龙。我集中精力地躲过一辆辆过往的车辆，等前面的车因为塞住稍一停顿的空当，我抓紧时间从车头车尾留下的缝隙挤过去，才能穿过马路走到对面去——我想不明白：人们大周末的不老实在家待着，看看书啦、读读报啦、上上网啦，做点有益的事情，干吗大热天都扶老携幼、拉儿带女的往外跑，到繁华的街上去凑热闹？去人头攒动比肩接踵的商场购物？到人声嘈杂、南来北往的景区闻人的汗臭味儿？到车水马龙熙熙攘攘的马路上呼吸汽车的尾气？……穿过马路，走到人行便道上，我才想起小保安刘打桩跟我打招呼的事，我回过身，朝正在疏通车辆的小保安挥挥手。

我爬上七楼回到家里，屋里不见曾小莹的踪影，喊了几声，也没有回应。化妆品凌乱地摆在化妆台上。此时虽然天亮，但由于前面楼房和窗口的爬山虎的遮挡，餐厅里还是昏暗一片，我打开走廊的壁灯，看见在冷清的饭桌上有张曾小莹留下的纸条，上面写着："公司有事，我去公司了。"我把买来的早餐摆在桌上，照例把曾小莹的那份分出来放在一边，然后坐下来吃我的那份早餐。吃完饭，我把碗筷收起来放在水池里洗了，收拾下屋子，关了走廊的壁灯，用紫砂壶沏了壶绿茶，坐在窗前光线稍明亮些的沙发上边喝茶边翻看从收发室拿回的邮件。三封信五份杂志两份报纸。三封信：一封是市某酒企寄来的邀请函，这种冠以"国际诗酒文化论坛"名号的活动无非是组织一些爱出头露面的所谓"文人""名士"到酒厂转一转，吃顿饭，听西装革履的厂长和经理们自吹自擂、如数家珍地炫耀下酒厂的悠久历史和骄人的销售业绩以及灿烂的发展前景，再以厂标志性建筑为背景摆姿势拍个合影照，然后让你带着"吃人家嘴短，拿人家手软"的心情，写篇违心而肉麻的吹捧文章完事。这种没有意义的活动我鲜有参加。另两封都是文学杂志社寄来的约稿信，不用看，里面的内容千篇一律，都是编辑用那种既显尊重又带着"给你机会你不可错过"的笃定口气，让你把好作品寄过去；五份杂志是我每年必订的文学刊物：《小说月报》和《小说选刊》是专事选载小说作品的刊物，借此可以概览国内小说创作的大致情况。《民族文学》是国内独一家以刊登少数民族文学作品的刊物，我的第一篇小说，也就是我的处女作在此刊物发表，在文学界产生了轰动效果，坚定我文学创作的信心，使我走上文学创作之路。《文学评论》和《世界文学》两本杂志是我提高创作理论水准和浏览掌握世界文学动态的窗口。两份报纸分别是《环球时报》和《B城早报》。《环球时报》大部分报道的是国际一周内发生的新闻事件。头版头条报道：美国总统布什和俄罗斯总统普京，在莫斯科举行会谈，商定双方削减战略核武器的条约。接下来的一篇报道让我不禁骤然间哑然失笑，差点把喝到嘴里的茶水笑喷出来：据外电报道，英国一名叫里德的男子，本月初在英国北部的泰恩河畔纽卡斯尔，在女王伊丽莎白二世的座驾旁突然脱下其所穿的尼龙拉带长裤裸跑，臀部赫然写着"无礼的英国"字句。法院销毁裤子，因其过去十二个月行为良好，所以无须坐牢。

《B城早报》登载的是国内两天内的新闻事件。第一版刊登了"第九届南京国际图书博览会闭幕"和"西城家具城凌晨失火"的消息。这让我联想起早晨听到消防车从街上开过去的警报声。第二版体育新闻：国际特奥理事会经投票表决，一致同意把二〇〇七年世界夏季特殊奥运会的主办权授予中国，主办城市为上海市。今天，国际特奥会首席执行主席蒂姆·施莱佛通过录像，在美国华盛顿和中国上海同时宣布了这一结果。随后是用很大篇幅登载了题目为"伏明霞出席体育论坛开幕式：我已告别跳水"的文章：马尾辫、黑西装、甜甜的微笑、随和大方的举止，"跳水皇后"伏明霞今天出现在世界体育论坛上时，立即成为会场上的焦点人物。除了她头上三届奥运冠军的光环外，也许还因为她与香港特区财政司司长梁锦松的关系公开而格外受人关注。巧合的是，当伏明霞以形象大使身份出席世界体育论坛时，梁锦松也同时在B城出席另一经济论坛。伏明霞表示，她知道梁锦松要来B城出席会议，但具体到他B城之行的安排并不想过问。她说:"这是他的事情。"两人是否利用这次机会聚聚?伏明霞笑答:"他这次是以工作为主,能否聚聚要看我们能否抽出时间。"正在清华大学经济管理系就读的伏明霞将于明年毕业。对于未来,她说,面前的道路有好几条,但是她需要非常谨慎地做出选择……

在末版社会新闻里,一条豆腐块大小的消息引起我的注意,让我眼前一亮,由于职业敏感,我隐隐感觉这是条不同寻常而有价值的新闻:北郊嘎鲁村村民盖房子挖地基时挖出些瓷器碎片,经专家鉴定为元代至元年间的古物。离该村五里,有一处叫沾齿的土丘,据推测可能是元代遗留下来的古建筑遗址。我感觉土丘的名字有点奇怪,嘴里默念了几句:"沾齿,沾齿"恍然间想起了什么,"沾齿"是不是"站赤"的谐音呢?想到这里,我扯衣角擦擦眼镜,又拿起报纸,重新把这段消息读了一遍。因为有"元代遗留下来的古建筑遗址"这前提佐证,我基本已经确定自己的判断是正确的。《元史·兵志》中记载:"元制,站赤者,驿传之译名也。盖以通达边情,布宣号令,古人所谓置邮而传命,未有重于此者焉。"驿传也就是驿站。元代疆域辽阔,驿传运输非常发达。元代邮驿可上溯到蒙古国创始人成吉思汗年代。大规模的邮驿设置则开始于忽必烈时期。忽必烈迁都燕京,建国号为元。在耶律楚材的主政下,颁布《站赤条划》,并以此为依据,统一蒙古站赤及汉地邮驿制度:适应统治中心的转移,规划以大都为中心的邮驿系统;建立以驿站为主体的马递网路和以急递铺为主体的步递网路。从而形成规模庞大、称雄一时的元代邮驿,成为沟通中央和地方的重要枢纽……我为这意外的发现激动不已。我从沙发上站起来,在屋子里来回地踱着步。我搓搓手,准备给在区文化馆工作的学生巴雅尔通电话。

我给巴雅尔拨通电话,但只是嘟嘟的蜂鸣声,没人接。我又拨一次才听见巴雅尔在被窝里懒洋洋的声音。他听出是我,清醒了许多,边打哈欠边跟我说话(我仿佛隔着电话看见他用指甲抠眵目糊弹到地上的动作)。巴雅尔说他昨晚在学校寄宿生的宿舍里斗了一宿"地主",天亮才回家睡觉。我的电话把他吵醒时,他还以为是深更半夜!(因为是成人学校,学生都是些市里企事业单位的小头小脑或是职工干部,到成人高校进修只是为拿文凭评职称晋级。学员年龄和我差不多,有的甚至比我还要大许多,所以师道尊严就不那么讲究,说话也比较随便)。

巴雅尔说:"夏老师有事吗,派对还是饭局?"

我说:"什么饭局派对的,有件重要的事跟你说。"

我把在《B城早报》看到的"北郊嘎鲁村农民挖出元代古迹"的消息跟他说了。巴雅尔面临毕业,毕业论文是《关于马背民族邮驿文化与政治经济发展的关系》,我是他的指导教师。为此我们查阅了大量文史资料和文献书籍,但由于元代史书鲜有这方面记载,一直没有进展。巴雅尔听到这则消息非常兴奋:"哎哟喂!咱们正愁找不到史料呢!这回好啦,赶明儿有时间夏老师您跟我去瞅瞅,回头我请您吃全聚德烤鸭。"我说:"烤鸭就免了吧!只要你的论文能顺利通过拿到文凭比什么都强!"

我和巴雅尔初步敲定好去北郊的时间,挂了电话。想想没有别的什么事情要做,就往紫砂壶里续了新水,然后放在写字台上,坐在电脑前开始接着写小说……

12. 小说情节（之三）

　　由于重重山峰的围绕，山里的节气要比山外早一个月。猎人回来路过大青山时看见那里还是冰河初融，积雪压顶，但黑山沟已是绿叶舒展，青翠满坡了。苣荬菜冒芽，苦麻子打蕾，而绽放的婆婆丁已经把朝阳的山坡染成一片金黄。生长在梁岗上一墩墩的山花椒散发出的浓郁香气引来蝴蝶和蜜蜂的争闹，给这静止的春意增添了许多情趣和动感。山脚下的榆树林里，不时传来雌雄胡勃勃（布谷鸟）隔着田地一呼一应的鸣叫，声音清晰悱恻，缠绵悠长，透过稀薄的晨雾传到猎人耳朵里时，已变得像梦一样虚无缥缈了……拐过山湾，走出沟嘴，前面豁然开朗，一片沃野一览无余地展现在猎人面前。猎人觉得鼻孔湿润润的，脚步还未踏到锡伯河的岸边，已经闻到了水流的气息。河边的青草茂盛，杨柳低垂。一头老黄牛晃荡着尾巴在岸边吃着地上的青草，不时抬起头来用慈祥的目光朝杏树林里望一眼。杏树已经落了花蕊，由于叶子还没有舒展开来，手指肚般大小带着茸毛的青杏毫无遮拦地裸露在树枝上。几个男孩正躲在杏树林里嬉戏：有的爬上树顶，张开双臂做着飞翔姿势逞能；有的骑在杏树斜生的枝杈上摇荡，做出马背上颠簸、奔驰在草原上的样子；有的把草地当床，四仰八叉躺着，一手捂着被青杏酸倒的牙，一手举着肥大的车轱辘菜哼哼唧唧地唱着：

车辘轳菜，圆又圆，
养活丫头不值钱。
三碗豆腐二两酒，
打发丫头上车走……

尽管踩着湿漉漉的草地，孩子们还是听见了猎人的脚步声。孩子们都寒蝉似的住了声，都从地上站起来或从杏树上溜下来，前前后后站在地上，指头伸进鼻孔里，瞪大眼睛像看外星人似的看着猎人。猎人朝孩子们招招手，小心翼翼地朝他们靠近。还好，孩子们并没有因为眼生一哄而散。倒是有一个胆大的男孩子问："你是谁？是来我们营子做生意的手艺人吗？"猎人摇摇头说："不是，这营子常来手艺人吗？"胆大的孩子指着站在他旁边的一个四五岁穿着开裆裤、留着茶壶盖头的小男孩说："他后爹就是个银匠。他亲爹让狭歹（狼）掏了。他娘就给他找了后爹。"留着茶壶盖头的男孩在后面用指头戳了戳说话男孩的腰，暗示他不要说下去。说话男孩回头推了留茶壶盖头男孩一把。两个男孩嘻嘻哈哈打闹一阵。留茶壶盖头的男孩跑到杏树的树荫里。胆大男孩揪空又说："前两年他后爹常来，近来不知咋地就不来了……"猎人朝躲在杏树荫里的那个留茶壶盖头的男孩瞅了一眼，心里莫名其妙地抽动了一下。猎人走过去，留茶壶盖头的男孩没有再躲闪，而是迎着猎人的目光看着他。猎人低下身，蹲到和男孩一样的高度，抓着男孩一只沾满泥巴的小手问："你叫啥么名字？"男孩咬着另一只手的大拇指指甲，刚要回答，胆大的男孩又冲过来抢着说："他叫绿豆虫。"男孩回击说："你才叫绿豆虫呢！你叫大绿豆虫、臭绿豆虫、死绿豆虫！"两个男孩你拉一下我扯一把，追逐打闹着跑进杏树林深处。猎人站起来，走到河水边，在清澈的河水里看了看自己的倒影，又回想着留茶壶盖头男孩的稚嫩的面容。这世上的事情真有这么巧合吗？瞧他那眉毛、那眼睛、那嘴巴、那身形和自己多么相像呀！

猎人推算了一下，如果没记错的话，他走时还在蹒跚学步的儿子，现在也该和这些孩子一般大小了吧？

这么想着，猎人心里一横，加快了脚下的步伐。

营子还是原来的老样子，没有多大的变化。街道还是那条尘土飞扬、石头裸露、到处漫撒着黑色羊粪蛋的街道；房子还是那些茅草苫顶、石板压檐、矮趴趴的土坯房；磨坊还是那个缺窗少门、土抹石垒、碾道被拉磨的毛驴蹄子踩踏得锃光瓦亮的磨坊，壕沟也还是那条干涸的、树根暴突、蚂蚁筑巢、老鼠倒洞的壕沟；鸡刨着路边的粪土，猪拱着墙根的谷草，狗趴在墙根抖着浑身的长毛，猫蹲在石阶上舔着沾了泥土的爪子；牛卧在地上闭着眼睛悠闲自在地倒嚼，马站在石槽边津津有味地吃草，毛驴仰起粗壮的脖子声嘶力竭呜啊呜啊地嘶嚎……

村头一棵大榆树上喜鹊喳喳，蚂蚁搬家，树叶渐浓，树荫所及的一家土门土户的小酒馆，门前挂着的用罗圈做的酒幌子抽筋拔骨，懒洋洋地迎风飘动着，像是还没有睡醒的狸猫的尾巴。酒馆里光线昏暗，黑咕隆咚，几个汉子坐在用草纸糊的窗户透进的微弱亮光下，围着一张桌子悄无声息地喝着酒。土垒的柜台后，由于上火犯了牙痛病、腮帮上糊了片白菜叶子、穿着一身麻灰色蒙古袍的酒馆老板海日罕正在数钱。他把一堆硬币摞在一起，放在抽屉的一角，又把脏兮兮的毛票拢起来捏在手里，用蘸了唾沫的手指捻着一张张数。这时候屋子突然一暗，他以为是到山上捡蘑菇的孙子回来了，张口就骂："没长眼睛啊！人不大尸首倒不小，挡着亮啦！……"待来人嘭的一声把几只野鸡扔在柜台上，海日罕才抬起头来，禁不住蓦然吓了一跳，他以为眼睛看花了，扯衣襟擦擦眼睛，又定睛一看，才大惊小怪地叫起来："哎哟哟，这——这不是哈斯朝鲁老哥嘛！你——你啥时候回来的呀？"坐在黑暗处喝酒的几个男人听说都停下酒杯，朝这边看着。猎人压低声音说："别吵吵嚷嚷、惊惊炸炸的，赶紧煮肉烫酒去！"海日罕赶紧把角落的一副桌子摆正，用袖子擦个木墩让猎人坐下，随后沏一壶热茶端来放在猎人面前的桌子上说："老哥你先坐着喝口水歇歇，酒和肉都是现成的，稍等就来。"

没一会儿工夫，海日罕把半瓦盆手抓羊肉和一葫芦马奶酒搁在桌上，也不顾生意了，只坐在旁边的木墩上和猎人说话。

海日罕说："听说你要回来，没想到回得这么快！"

猎人说："你的耳朵可够灵的啊。"

海日罕说："我一直惦记着老哥哪！那年听说你……我伤心地哭了一鼻子，还到灵悦寺找喇嘛为你做了道场……"

猎人说："亏你还想着我，感谢了！"

海日罕说："咱们谁跟谁呀，还客气啥！你和你家老爷子都是我的恩人，我报答还报答不过来呢！那些年要是没有你们爷儿俩照拂着，我这小酒馆早就黄了……只可惜他老人家……那只该死的母猞猁咋样？你把它逮住啦？"

猎人没有说话。他自己倒了半碗酒，仰脖子干下去，然后把空碗放在桌上，抹抹嘴巴。海日罕又给他满上。

海日罕说："不用说，老哥费这么大劲儿，肯定让它跑不掉，肯定逮住了！逮住就好，逮住了就把它千刀万剐！把它的筋抽了做纳绳，把它的皮剥下来当鞋踩，把它的肉割下来扔在树上喂老鸹……要说也怪我，那天我要是劝劝老爷子不让他喝那么多的酒，老爷子也不会遭到那该死的母猞猁暗算！"

猎人拍了拍一副悔不当初样子的海日罕肩膀，又把碗里的酒喝干。虽然没说话，但猎人没有埋怨海日罕的意思。他心想：这能怪谁呢？谁也不怪，这都是命！命中注定的事情谁想摆脱也摆脱不了。就像爹欠了公狼的命要还，母狼欠了爹的命也要还一样……寒冬腊月，天寒地冻，天空不紧不慢地飘着雪花，就在锡伯河冻裂的冰包持续发出脆响、营子里的人们正忙着淘米碾面准备过年的那天黑夜，村头苏日格家的羊圈被狼袭击了。狼咬死了头羊，掠走圈中一只最为肥胖的绵羊。爹拎着猎枪，码着雪地上的踪迹追进山里，在大黑山的一条沟谷里和狼相遇了。这只身经百战刁钻狡猾的公狼和爹较上了劲，在猎枪射程之外的距离慢慢悠悠，不即不离，时隐时现地围着爹兜兜转转。从公狼的奇怪的动作和被它叼走还没来得及吃掉就不知所踪的羊来判断，狼窝肯定就在附近，公狼为掩护什么，故意给爹设圈套，想借此耗费尽爹的体力，以便寻找进攻的机会。爹在心里笑了笑，他不追了，往猎枪里装足火药，用雪搓搓脸，然后躲在山坡一块石崖下守候。果然，公狼见后面没了追踪的猎人，顺原路返回来想看个究竟时，正好撞在爹的枪口上……打死了公狼后没过两天，带着崽子的母狼就循着踪迹来复仇了。母狼虽然不敢和爹硬杠，但它躲在暗处，像幽灵一样缠绕着爹，让爹的麻烦接踵而至：头天傍晚在山岔下的套子，第二天早晨满怀信心去收时，套索却空空如也，一无所获——母狼守在路口，把路过的所有山鸡野兔都轰进树林里去；挂在屋檐下晾晒了一春天的牛肉干，一夜间蒸发、无影无踪，换成了几只发臭的死老鼠吊在绳子上悠荡。冬天爹肩上担着扁担去村口挑水，"吱吱扭扭"摇着辘轳。当爹打满两桶水，哼着小曲，担起扁担正想回家时，脚下突然被一泡冰冻的母狼稀屎滑倒，人四仰八叉摔在井台冰地上，水桶也失去控制，不但水泼满地，还顺着斜坡咣咣当当滚出半趟街。大年夜，年夜饭准备好了，一家人团团圆圆，乐乐呵呵放完鞭炮，回屋准备煮饺子吃时，发现包好放在盖帘上的饺子乱七八糟地倾倒在地上，上面不但有狼踩踏的痕迹，而且还散发着刺鼻的尿臊味儿……更可气的是，有次爹和营子里一个追了多年才得手的女人汪堆在村口榆树林里幽会偷情，两个鳏夫寡妇干柴烈火、腻腻歪歪、呼哧带喘，正做到要紧处时突然被身后响起的凄厉狼嗥声吓了一跳，等缓过神来，俩人再也没有做下去的兴趣。气得爹举着猎枪朝山林号叫："有种你站出来咱们来个痛快的！我杀了你，或是你杀了我！"

应答他的只有大山渐行渐远的回音。

爹被母狼纠磨得精疲力竭，意志消沉，每天只有借酒消愁。一个春末夏初的夜晚爹在海日罕酒馆喝多了酒，烂醉如泥地睡在回黑山沟的路上时，给了母狼绝好的报仇机会……

13. 我是一棵榆树

我们榆树临风而立，婆娑身姿。我们享受着快乐时光，一点也没有意识到黑暗时刻正像夏夜的黑云一样一步步向我们逼近。

那时候大黑山区域漫山遍野都长着树木，种类虽然繁多，但说起来都是我们的同类：山杨树、白桦树、大叶榆、枫树、柳树、刺槐和生长在土沟帮上总是矮矮墩墩长不高、肥大的叶片上挂层绒毛的山桦榆。山桦榆几乎就是我们的近亲，只是生长的地点不同，享受的阳光有限而出现了变异。这都不足为怪，就像你们人类，在繁衍过程中也难免会出现基因转变，生出些比如侏儒、残疾、聋哑、智障人一样。还有生长在山谷坡地上的山榛、乌苏里鼠李、浑身带满尖刺秋天能结出猩红色豆粒般大小果实的老虎潦子，这些植物虽然都带着可怕动物的名字，但它们都是丛生乔木或灌木，我们认为带"木"字的都是我们的同类——我们榆树随和质朴，在山林里我们互相亲近，不论高下、不论胖瘦、不论贫富，一视同仁，同等对待。我们是喜欢群居的植物，我们互相依偎，根连着根、手牵着手，我们繁衍生息，众多的血亲同族组成的树林子是给我们后代的屏蔽和乐园。随着祖辈的种子随风飘扬，我们不断繁衍生息。我们的幼苗在长生天的呵护下天真快乐地成长着：山林野外、石崖断壁、山湾河畔、乡间陌路、村街窄巷、房前屋后，我们的身影和足迹遍布漠南广袤无垠大地的角角落落……我们榆树和人类同生同存，休戚与共，在这方面我们祖先最有发言权，因为它们为此做出了有史可鉴的典范。

　　说到这里，请你们再往茶几上的茶杯里添些新水。或者把残茶倒掉，换些新茶。如果还打不起精神，昏昏欲睡的话，干脆来杯提神的不加糖的苦咖啡，然后坐直身体，听我给你们讲讲我们榆树祖先挽救你们人类的故事。

　　大黑山腹地山林可以说是这一地域你们人类的摇篮——对，没错，这话千真万确，一点也没有掺杂虚夸的成分。自从你们人类在大黑山脚下的黑山沟平展的沟畔定居下来后，男人们狩猎，女人们持家。他们夏采野蔬，秋收榛实野果，我们山林提供的丰盈食物把男人滋养得个个高大威猛、身强体壮，把女人个个滋养得臀肥乳丰、满面红光。就这样，除了白日山上山下的劳作之外，你们祖上把憋在身体里无处可用的剩余的精力都花费在夜晚男女间的床笫之事上。通过不遗余力的努力，辗转腾挪、隐忍与嘶叫，使你们人类的繁殖能力迅速提高。随着秋天我们树木落果般地噼里啪啦一个个婴儿呱呱坠地，多年过后，黑山沟沟畔已经形成几十户人家的村落。这时候，你们祖上发现初来时用树枝搭起的草棚由于霜侵雨淋和风吹日晒，多数已经变得破烂腐朽不堪了，再加上你们祖上心里早有要在此长住下去的打算，于是人们行动起来，用石块和泥土围着黑山沟沟畔垒起一间间坚固而紧实的石头屋子。人们在石头屋里打水做饭，垒灶烧汤，每到傍晚炊烟升起的时候，灶膛里烤肉的焦煳味和煎煮野蔬的香味儿从刚刚盖好、用石头垒起的还散发着黄泥湿气的屋子里飘出来，随风飘出山口，散向山外。随后，更多的你们人类都朝这块隐藏在大山深处的桃园般的富庶之地拥来。这些从关外或是漠南漠北由于灾荒或兵荒马乱而失去家园、流离失所的饥民们，赶着毛驴拉的几乎散架、吱嘎乱响、轱辘上沾满蝗虫汁液的勒勒车，载着破旧的行囊、拉扯着蓬头垢面破衣烂衫的大儿小女，吆喝着半路还没被悍匪抢劫或因为填饱饥肠辘辘的肚子而宰杀的幸存下来的瘦骨嶙峋的几头牲口，来到黑山沟。当这些山外人趴在黑山沟饱饮从沟岔流淌出来的甘甜的山泉水，抹抹嘴巴，用从过路的猎人那儿乞讨来的半只鹿腿和狍子的前肢填饱肚子后，身上有了力气，脸上有了血色后，他们脱掉脚上磨破的靴子，磕打掉路途上留存在靴子里黄色的泥土和沙粒，然后拔掉在路途上扎在脚后跟上的蒺藜，摘下挂在裤脚上的鬼针草和野茅子，赖着不走了。他们磨磨唧唧，软磨硬泡，求人们收留下他们——最终，我们黑山沟的山林接纳他们。于是，他们卸下行李辎重，和黑山沟原住民融合在一起……多年后，随着你们人类人口的不断增加和山外人不断迁入，狭窄的黑山沟已经无法容纳，你们人类的目光开始穿过山林，投向更广阔的山外。人们看中了黑山沟外那片草木茂盛的开阔地。于是你们祖上抓住冬春交替之际那个星辰还未隐没的黎明当口，挽起裤腿，吆喝着睡眼惺忪的牲口，蹚过横陈在黑山沟沟口哗哗流淌的、还带着冰碴的锡伯河水，来到锡伯河北岸。你们祖上寻了块平展宽广的平地，用从山外带来的放置多年不用已经锈迹斑斑的铁制工具开始开荒破地，砍伐我们树木，修整地基；那时，你们祖上积累了成套盖房搭屋的经验——就地取材，用土坯垒墙，用砍伐下来的我们榆树前辈的坚固的树干做梁柱，用我们榆树前辈身上的枝叶苫盖屋顶；抹上黄泥，上面盖上从黑山沟后坡石崖上撬下来的薄如瓦片的石板，建起屋舍。一栋栋屋舍连接在一起，形成一个井然有序的自然村落，并把这理想的家园取名为"大金地"——意为闪耀着像金子般光辉的福地。

你们人类祖上从黑山沟沟畔走出来后，和我们山林渐行渐远了。眼界开阔了，他们轻轻松松地缓口气，仿佛打破了某种桎梏，摆脱了某种枷锁；你们祖上像得了健忘症一样，开始变得不管不顾，一夜间把过去赖以生存的我们山林从头脑里清除得一干二净；随着一条条铺着石子的道路的修通，营子和山外连接在一起。互通贸易之后，你们祖上的腿变快了，手臂变长了，贪心也逐渐变大。他们用打磨得锋利雪亮铁制的工具，把生长在营子周边的树木们砍伐卖掉，换取金钱和物资；随后铲除杂草，翻新土地，把他们从山外用我们树木和牲口的皮毛换来的粮食和蔬菜种子均匀地播种下去。肥沃得一抓一把油的土地和充足的水源光照，使播种下的这些粮食和蔬菜种子无须花过多的时间和精力侍弄，便能迅速生根发芽，迅速成长。秋后，你们祖上得到了理想的收获，同时也激起了更大欲望。他们在锡伯河河畔建起一个个圆形穹顶坟墓似的粮仓，并想方设法砍伐更多树木，开辟出更多田地，以便用秋后的收成填满它们。由于不断扩大自己的田园土地，男人们常常为一块坡地、一垄秧苗、一只走散的羊或一头翻进菜园误吃了别人家蔬菜的牛犊而和邻居吵架翻脸，甚至发展到肢体冲突，大打出手。营子里的女人们也忘记千百年来祖宗立下的规矩教训，她们披散开本该在头顶绾成髻的头发，穿起不系腰带的单薄的能露出皮肤的衣服，大胆地在锡伯河道里洗衣洗澡、倾倒废水、堆积谷草垃圾。这样年深日久，山上的树木逐渐稀少，锡伯河河道也被淤泥堵塞，酿成了那场水淹大金地的灾祸。

对于那场突如其来、翻过大黑山山脊奔涌而下的洪水，有各种各样的版本。但无论怎样，所有的版本都指向同一种说法——这是一场本可以避免的人为灾祸！

蒙历后猪儿年，河水冒泡，蜻蜓乱飞。在没有一只兔子踪影、山坡上蒺藜花被烈日晒得打蔫、剪去长毛的羊儿们都光光溜溜地挤在墙根的阴凉处张嘴喘息懒得动弹的夏日，一个穿着破旧的袈裟打着赤脚的游僧从营子东头的平顶山下来。本该托钵化缘的游僧却没有停下脚步，而是从因为人们午睡而变得杳无声息的营子穿过，径直朝西头那棵在乱砍滥伐中幸存下来的千年老榆树——也就是我们榆树的祖先走去。受到我们祖先如盖浓荫的吸引，游僧停下脚步。用眼睛打量了我们祖先粗糙但紧实的身围后，念了声佛号，嘴里啧啧称奇一阵，便盘腿坐在我们祖先突出地面的树根上打坐。进入禅定后，随着一阵带着河腥味儿的凉风吹过，游僧看见两只神龟从溟蒙中走来。两只神龟一前一后、一高一矮、一胖一瘦。后面矮个儿的瘦神龟紧走几步撵上前面高个儿的胖神龟说："兄弟，你这么急急慌慌为哪样？"前面高个儿的胖神龟伸着长长的脖子，晃动着小脑袋答道："刚得了东海龙王爷命令，叫我去统领水军。"后面矮个儿的瘦神龟眨巴着小眼睛问道："统领水军为哪般？"前面高个儿的胖神龟答道："水淹大金地。"……游僧陡然一惊，从溟蒙中醒来，他透过我们榆树祖先的树荫抬头仰望，只见天际一片烧锅底一样的黑云疾速从头顶滑过，正向东边移动。游僧吸吸鼻子，河腥味儿更浓重了。他感到奇怪。喘息片刻后，游僧再看，大黑山山顶隐约有水光闪现，涛声可闻。游僧念了声佛号，叫声不好！赶紧跳起来冲进营子，挨家挨户拍门呼叫："赶紧醒醒，赶紧醒醒，大水来啦！大水来啦！"正在午睡中做着香甜美梦的人们以为游僧被日头晒晕了，没人相信他的胡言乱语。骂一句："这秃子疯了！大晴天的，没打雷没下雨，哪来的大水！"翻过身去继续瞌睡。游僧在营子里呼喊着走了一圈，没有一个人出来，家家大门紧闭着。开始狗还追着他叫几声，时间长了也懒得搭理他，只趴在篱笆的阴影下瞪着眼睛盯着他瞧。走到村西的时候，情急之下，游僧冲进一家设在门口的牛圈，抱起两个正在石槽里玩耍的幼童就跑。等村里的人们被孩子的哭喊声惊醒，拿着棍棒铁锹追到村口的大榆树下的时候，滔天的洪水已经翻滚着冲进村子，营子瞬间淹没在汪洋的洪水中。

人们攀缘着我们榆树祖先粗大的枝杈，爬到高高的树冠上，才得以幸免，没有被洪水冲走。惊魂未定之际，突然想起引他们到我们祖先榆树下避难的赤脚游僧时，却咋么也不见了踪影……

14. 我，公司老总希贵

我们穿出小巷，走上正街，眼前的灯光瞬间明亮起来。路面平坦了，曾小莹的手并没从我的衣袖上拿开，而是直接落下去，滑向我的手掌。我并不躲避，顺势握住她柔软的手。在大手盖住小手的瞬间，一股女性特有的温热立刻从手臂传播开来，流遍我的周身，让我在小巷阴暗里产生的迷离感消失殆尽。

烤鸭店里的人依然很多，熙熙攘攘，座无虚席。曾小莹到前台拿上号，我们坐在外面的凳子上等着。我真弄不明白，吃顿烤鸭还要这么费劲！曾小莹看出我的烦躁，拍着我的胸脯，好言安慰着我说："耐心等待，耐心等待，好事不怕晚，心急吃不得热豆腐嘛！"我说："不就是吃顿饭吗，还这么费劲。我们的时间都浪费在这里了！"曾小莹笑着说："这可不光是吃顿饭填饱肚子的事。这是B城著名饭店，吃的是身份、吃的是脸面、吃的是排场。"然后曾小莹摇着我的胳膊，半哄半开玩笑地说："希总，别生气了。这样吧，今晚我买单！"我紧绷着的脸松弛下来，不自觉地笑了。在一旁等餐的人拿眼睛看着我们，不知是羡慕还是嫉妒。正在这时候，前台小姐用喇叭叫到我们的号，穿着紫裙高筒袜的引导小姐带着我们左转右拐穿过大厅的走廊，来到东北角的一个小雅间。桌子有点大，曾小莹让服务员撤去多余的椅子，只留两把椅子排在我侧面。我发现，越是在这种富丽堂皇高档消费的场合，曾小莹越是能找到自我。柔和的灯光下，她应付自如，举止得体，落落大方，像变了个人一样。曾小莹安排我在上位坐下，把一条白色的餐巾展开搭在我腿上，撕开塑封的纸巾递给我让我擦了擦手，对拿着菜单毕恭毕敬站在我身边的服务员招了招手，服务员会意地走过去，曾小莹接过菜单浏览了下，熟稔地点了烤鸭套餐，另加鲍鱼盅和我爱吃的椒盐里脊，随后又让服务员开了瓶法国红酒，倒进我们面前的醒酒器里。琥珀色的红酒在透明的醒酒器里微微漾动。曾小莹用一只手牵着窄袖，另一只手往我们面前的高脚玻璃杯里倒上红酒，然后举着杯子来到我前面："希总，这是咱们的私人宴席，不说应酬的话。莫误良辰美景，佳肴美馔。来，我敬希总一杯，预祝我们生意兴隆，马到成功！"

我举起杯回应说："预祝马到成功！"

两只高脚玻璃杯碰在一起，发出当的一声清脆声响。

两瓶法国红酒喝光，曾小莹又要了箱青岛啤酒。我和曾小莹都有些醉意。深夜我们互相搀扶着从烤鸭店走出来。酒精在我们身体里燃烧，趔趔趄趄地走在街上，看天空的月亮，踩地上的星星，说着醉言醉语，嘻嘻笑着，仿佛回到幼小无知的童年。此刻，一切烦恼和忧伤不在话下，仿佛世界都尽在我们掌握之中。一只野猫从街的黑暗处蹿出，擦着我们裤脚穿马路飞驰而过，惹得曾小莹一阵惊叫。宝马车是不能开了，反正在商场停车场也丢不了。我们站在路口打车。一辆红色两厢夏利出租车从街尽头开过来，曾小莹举着胳膊招手，出租车停在我们身旁。出租车司机是个眼拙且嘴贱毛长的二十多岁的年轻人，错把我们当成刚在街边大排档吃完夜宵、正准备找地方消遣的一对情意绵绵的情侣或虚情假意的嫖客和小姐，于是问我们要不要找宾馆开房间，他有地方，并信誓旦旦地补充说绝对安全。曾小莹不爱听这话，瞪了司机一眼说："安全你个头哇，去科技城！"

我们公司坐落在科技城商业街一座写字楼里。几棵高大的梧桐树像卫兵一样耸立着。写字楼设计精巧独特，从侧面看像一本竖立的书卷，从正面直视却酷似一台打开的大型电脑屏幕。外围通体镶嵌着深蓝色的玻璃砖，映衬着灯红酒绿的街景。因为已经到深夜，楼前花圃里的各色明开夜合花卉沉沉睡去，音乐喷泉也已经停止喷水，只剩下硕大的水晶风水球还在石架上湿漉漉地转动着。出租车在街道上拐下来，在写字楼前停下时，我和曾小莹的酒已经醒了大半。我们下了出租车，走进头戴钢盔手拎橡胶棍、庄严肃穆的保安把守的玻璃旋转门。曾小莹往大厅铜塑的财神爷面前的石台上放了一张纸币，然后我们乘电梯上到八楼。今天是周六没人加夜班，公司里异常肃静，空旷的走廊里，不断地回响着曾小莹走路时脚上高跟鞋敲击瓷砖地面的笃笃声，让我突然产生一种行走在千年古道上的感觉。这种奇怪的感觉一直持续到我走到我的总经理办公室门前。曾小莹去了卫生间，我掏钥匙打开玻璃门，按亮壁灯，虽离别几日，屋里的绿植以一股久违的清凉之气迎接着我。正当我把脱掉的西服外套挂在墙角的衣帽架上，迈步走到写字台前查看秘书小王放在那里的信件时，曾小莹悄无声息地随后跟进来。她扬手把坤包扔到写字台对面的真皮沙发上，突然从后面搂住我。我愣了一瞬间，我嘴上本想说"小莹小莹，别这样，别这样，这样不好！"时，但我身体里本能的反应却让我说出恰如其反话，我说："坐了一天车身上臭烘烘的，我去洗个澡。"曾小莹在后面抱着我不肯松手，添加了香精的洗发水香味直喷到我的脖颈上。曾小莹凑到我的耳根后，咬住我的耳垂轻声软语地说："不嘛，不嘛，我就要你的臭味！"我感觉一阵酥软的疼痛传遍全身，颤抖之余，我猛地转身，抱起曾小莹……于是我和曾小莹——两个都不缺乏经验的成年人，无须指导、毫不扭捏便配合默契地在宽大的真皮沙发上折腾起来。续而循规蹈矩；续而别出心裁：上上下下，前前后后，左左右右，直到把刚刚吃下的高档食品所积存的热量挥发掉，才消停下来。我们都衣衫不整地躺在沙发上，仿佛经历一场浩劫，一场暴风雨，一片被冰雹损毁后的大地，在一派狼藉的肃静中苏醒着，寻找着劫后重生的忏悔机会。此刻，如同闪电一般，我们幡然醒悟地都恢复了理智，仿佛从原始人类骤然间横跨到现代文明社会，发现自己裸露在众目睽睽之下的肉体。我们瞬间羞愧难当，无地自容，赶紧从沙发上坐起身来，手脚并用，寻找用以遮羞盖丑的东西，然后抱着各自的衣物冲进设在办公室后面的洗浴间。

　　洗了澡，我们都冷静下来。四目相对，从容淡定，仿佛什么事情也没发生一样。曾小莹去她办公室沏了两杯咖啡，放在托盘里端过来。我们披上浴巾坐在阳台上的藤椅里乘凉。曾小莹此时没了床笫的疯狂，变得像小学生一样乖巧宁静。我们喝着咖啡透过落地玻璃窗欣赏着城市迷人的夜色，憧憬着公司未来的前景。

曾小莹说:"希总能谈谈您的创业史吗?"

我说:"哪有什么创业史,只有流浪!"

曾小莹不解地歪着头说:"流浪?"

我说:"没错,就是流浪,像三毛一样。"

曾小莹说:"那您是怎么来到这座城市的呢?"

我用羹匙调着咖啡,看着咖啡在饰有金色祥云纹的白色的杯子里慢慢旋动。我端起杯子喝了口,然后放在玻璃圆桌的托盘上。我没有回答曾小莹的问话。我抬起头,透过宽阔的落地玻璃窗,极目远望,城市在阑珊的夜色中一片沉寂,仿佛一个狂躁的人奔波了一天又经过放荡不羁的夜生活后,终于在黎明前的黑暗中疲乏地闭上眼睛,沉沉地睡去。偶尔有通宵营业的洗浴中心或娱乐场所的聚光灯骤然亮起,几条光柱打向天空,瞬间像掉进海洋里的一根针一样被黑暗吞没。曾小莹从藤椅上坐起身,胳膊肘放在玻璃圆桌上,手托着腮帮,瞪着在微暗的吊灯下依然清澈如水的眼睛看着我。我不知怎么回答她。在乱如麻、自己也难以捋清的往事中,我不知从何说起。我无法想象,一个从小就在城市里长大的、娇生惯养的女孩子,是怎样理解一个遵照临终奶奶的嘱托、从未出过远门、愣头愣脑、两眼一抹黑地从山里走出来前往城市寻亲的年轻人的那种无助又无所适从的感受的呢?怎样看待那时的我——扛着行囊出门,从步行到坐上顺路捎脚的小驴车,从小驴车转到老旧的漆皮斑驳冒着柴油黑烟的乡间班车,再从班车倒到呜的一声从山洞里钻出来、像受惊的蛇一样昂着头疾速爬行的火车;让我彻夜无眠的火车轮子咣当咣当的敲击声中,我坐在几个男女相对而坐的拥挤的硬座上昏昏欲睡时,突然被穿着制服戴着大檐帽的人叫醒,我以为遇到了警察。当我清醒过来弄清是乘务员中途检票时,慌乱中想不起火车票放在哪里：背包、衣兜、前胸、裤兜，所有的地方都摸了个遍也没有找到，在带着冷笑、满脸鄙夷的以为我逃票的乘务员犀利的目光监视下，我哆哆嗦嗦地从裤兜里掏出一把脏兮兮的纸币，用仅有的计划购买回程票的钱重新补票时的那种尴尬和仓皇，以及乘坐了几天几夜的火车骤然在城市的终点站停下，我在乘务员的催促下走下火车，走出火车站，当我扛着行囊站在晨阳照耀下的车站广场上熙熙攘攘的人流中，望着面前一幢幢层峦叠嶂般的高楼大厦的那种茫然无措的孤独和恐慌的呢？

最后，我又喝了口有些失去温度的咖啡，把身子在藤椅上调整到更舒适的位置；没有正视一旁的曾小莹，只把收回的目光投到穿着拖鞋的脚尖上，然后化繁为简、胡编乱造、用几近轻描淡写的口气对曾小莹说："没什么，很简单。受临终奶奶的嘱托，来到这座城市寻找我的爷爷和大爷。钱花光了回不去家，就在科技城打工干苦力：打扫卫生、看厕所、帮人卸货、搬运器材、发传单、贴广告、送盒饭、推销产品的活都干过。后来倒卖盗版光盘挣了笔钱，就和朋友合伙办了家快餐店。后米和朋友闹掰散了伙，又靠倒卖二手电脑挣的钱创办了这家公司。"

曾小莹激动得满脸通红，拍着巴掌说："哇，真够传奇的！后来呢，后来人找到了吗？"

我摇了摇头，叹口气。我心想："这也许会成为我一生之痛，成为我终生也难以了却的心愿！"

中 篇
星期日

15. 咱是小区保安

我悄悄跟你们说，我们乡下人不像你们城里人那么多弯弯绕，我们乡下人都是直肠子，拿我们村里常用来骂人的话说，就是"狗肚子盛不了二两油"。但是现在，却有件事一直在我的心里头装了好几天。这件事沉甸甸的，就像是吊在脖颈上的面袋子，上上下下、左突右冲、悠悠荡荡。弄得我这两天吃不香睡不好，神情恍惚，就像腊月里捆住嘴巴和四条腿脚放在桌上待宰的猪，煎熬得难受。有时我真想一吐为快，但我一时又犹豫着，一时拿不定主意该不该说——我想象我要是跟我特别尊敬的夏老师说了这事情，夏老师该是哈心情，像正常人一样？紧咬嘴唇、浑身颤抖、满脸铁青、破口大骂；捶胸顿足、敲桌子摔板凳，或者是直接……我真不敢往下想了！

事情得从我在地摊上买的那个望远镜说起——摊主说这个望远镜是从俄罗斯走私来的正宗军用品，货真价实的水货。是不是水货我不懂，但是我还是买了它。有了这个望远镜，我的生活充实多了——我悄悄地跟你们说，别看我们当保安的上岗值班时头戴大檐帽、脚蹬陆战靴、腰系牛皮带、身穿四个兜的黑色制服，样子看上去神气得不得了，像早晨站在村子的土墙上打鸣的公鸡似的。但等下了岗，脱下这身保安服，回到宿舍后，就无聊得像长在地头割去穗子的高粱秆子一样。我们保安宿舍在小区西北角，顺马路走到小区的尽头，往右一拐，那间又矮又小的棚子就是。小区刚建设时，这里是建筑队用毛坯砖和纤维板搭起来放置建筑工具及杂物用的小棚子。小区施工完成业主住进后，建筑队撤离了，杂物棚子没拆，物业就地取材，把小棚子清理下，补了几个破碎的石棉瓦，当成了保安的宿舍。比乡下看瓜棚子大不了多少的保安宿舍，顺墙摆着两组上下铺的铁管床，睡着我们四个从乡下来的年龄高低不齐的秃小子和大男人。我们这些从天南海北来城市打工的乡下人，凑在一起叽里呱啦操着各种不同的口音，说着谁听着都费劲的南腔北调话，热闹中透着一种无聊和冷清。

现在，我给你们逐一介绍介绍我们同屋住着的四个人：我——你们都知道了，大名叫刘打桩，乳名打桩。来自内蒙古南部半农半牧区的山村。因为村里有个青梅竹马的心上人，被她当一村之长的爹和素来有门户观念的妈看不上，独自出来到大城市闯荡，下决心混出个人样，好让未来的岳父岳母瞧得起，另眼相看。现在自我感觉不错，已经有点模样了，或正大步向"人样"的目标行进着，充满信心。二旺——东北人，我们同年同月生，只是生日比我大半个月。二旺是个冷脸人，沉默寡言，整天抱着金庸的武侠小说看，《神雕侠侣》啦，《射雕英雄传》啥的，想象着有一天得到神功秘籍，成为飞檐走壁、行侠仗义的侠客，因此走路晃晃悠悠，抬胳膊迈腿都带着一股大侠风范。大白——哈，你们想错了，他不姓白，是因为头发白，四十岁刚出头的年龄，头发就白得像白头翁，这个湖北佬别看戴着近视眼镜，但眼睛却比谁都好使，不信你假装不小心掏兜往地上掉一枚一角钱的硬币试试，他准会第一个瞪起眼睛，第一个抢在手里。因此每到值班巡岗时，大白眼睛最欢实，瞪得也最大，总盯着路面撒么，不知道的人以为他警惕性高恪尽职守呢，其实他是在搜寻马路上有没有遗落的硬币。功夫不负有心人，大白来小区做保安不到半个月，就捡了半铁罐大大小小面值不一的硬币：壹分的、贰分的、伍分的、最大面值是壹角的。大白每天上下班都晃一晃，听着钱币在从老家带来的、早些年盛麦乳精的铁罐子哗啦哗啦响，心里才踏实。老迷瞪——没错，你们说对了，一听这名字就是外号。百家姓很少有姓老的。老迷瞪是四川人，和我一个姓，姓刘，大名叫刘小花，不知他爸他妈生他时搞错了还是咋的，给一个男孩取了个女孩的名字。老迷瞪拉着我坐在床上和我攀自家时，常把"你信不信，一笔写不出俩'刘'字"的话挂在嘴边。老迷瞪在我们几个保安中年龄最大，自己对我们说他四十二岁，但大白趁他去食堂办饭卡时溜了眼他夹在钱包里的身份证，上面清清楚楚写着他的出生年月日，算起来都五十出头的人了，不知他为哈对我们隐瞒岁数。老迷瞪有两大爱好，一是睡觉：整天迷迷瞪瞪睡不醒的样子。不论白天黑夜，脑袋一沾枕头就睡，而且随之而来的就是煮粥溢锅似的呼噜声。二是玩纸牌（不是游戏或赌博，而是用纸牌占卜的那种）：把纸牌流利地洗三遍，按东南西北四个方向摆好，然后再按规定程序抽出几张预测一年十二个月在四个方位的财运吉凶。如果抽到凶数，他就蔫头耷脑，像霜打的茄子，仿佛大难临头一样，一整天都打不起精神来；如果抽到吉数，人就喜出望外，像浇透水的庄稼，枝枝叶叶都挺拔支棱起来，仿佛打开的宝藏金库就在眼前，一夜间就腰缠万贯似的。

开始我们小区保安分两组，每组俩人，分别值黑白班。这样一组值完黑白班就能轮休一天一宿。后来小区丢了一辆自行车，保安队长感觉警力不够，就两组合成一组，分别由俩人值白班俩人值夜班。这天我和老迷瞪值完夜班回来，大白和二旺去值白班。吃完早饭，我躺在床上本想睡一会儿，补补觉，但低矮的宿舍热得像蒸笼，再加上老迷瞪没有洗脚刷牙的习惯，屋子里满是他的脚臭气口臭气和内衣长时间不洗的汗渍酸味儿。我被熏得睡不着觉，可下铺的老迷瞪却呼噜喧天睡得香。我只好躺在上铺数房顶的钉子。临近中午的时候才睡了一会儿。吃了午饭，本想再睡一会儿，可是睡足了觉的老迷瞪又开始折腾了。他把纸牌摆了一床，眼睛盯着，嘴里嘟嘟念念。这回赶上运气好，上手就抽个吉数。老迷瞪来了精神，眉飞色舞地拉着我分享他的快乐。我只好耐着心给他解释。我说："运气运气，那只是气，你总不会等着馅饼哗啦哗啦从天上往下掉吧？找到发财的法子才是最主要的。"老迷瞪想想说："对头，咋个找法子吆？"我说："哈地方钱最多？"老迷瞪："那还用说，银行嘛。"我说："抢银行可是犯法的事。"老迷瞪说："对头，要不得要不得！"我说："哈事来钱最快？"老迷瞪翻翻沉重的大眼皮："捏彩票嘛！"我模仿他口音说："对头！你没听说谁谁花两块钱买张彩票，一下中了五百万？你没听说谁谁用梦里梦见的一组数字抓了把彩票，一下中了八百万？"老迷瞪一拍大腿，仿佛得到高人指点，使他在迷途中幡然醒悟："对头，抓彩票去！"可是他刚走出屋子，翻翻钱包，又退回来。我为自己的小聪明叫苦不迭——我本想用这个法子把老迷瞪支走，省得他在我耳边叨叨着烦我，但挖了坑却把自己掉进去了！（你们肯定不知道，每月发工资，老迷瞪家里的小媳妇都打电话来呵斥他一顿，让把工资如数寄回去，不给他留一点零花钱）。我只好掏五块钱给老迷瞪，看他乐颠颠地去抓彩票了。

老迷瞪走后倒是肃静了，但是我的觉也没了。我在屋子里转了几圈，没有收音机听，没有电视看，那种无所事事的感觉啃噬得我心壳子疼。在屋子里待不住，我走出小区，自个儿去街上逛荡——大商场大购物中心咱不敢去！不是路远怕花路费，小区出门穿过条斜巷就是商业街，不用坐公共汽车走着也就十几分钟就能到。那里的高档商场一个接一个，就像我们老家秋天地里打成捆码起来的谷个子。高档商场里的东西多得没法跟你们说，也好得没法跟你们说。但瞅瞅下面的价格标签却能把人吓死，看上去稀松平常的衣服，都是千儿八百甚至上万块钱的！走在里面让你心惊胆战。我想《红楼梦》里刘姥姥刚进大观园里的时候保不准也是这种感觉吧？在穿着光鲜亮丽斯文体面的城里人当中，我肯定寒碜得像谷种里的沙子，让人一眼就能看出来，要不人家商场的保安（虽说我们同样是保安。但保安和保安不同就像人和人不同一样。人家萝卜小长在背上呢），为哈见我走进商场就拎着带刺的电棍瞪着眼睛盯着我呢。

我更喜欢逛荡的是小巷里头的地摊，我觉得那里才适合我。

地摊要到傍晚的时候才能摆出，我只好在街上瞎溜达，等着天黑。穿梭在城市傍晚满是人流车流和高楼大厦的马路上，那感觉绝对和走在黄昏满是玉米棒子的田埂上不一样。那骄傲那自豪那成就感是跟你们没法说的！就像蛄蛄头（蛾蛹）变成了艳蝴蝶。你觉得自己一下子融入了这座城市，觉得你就是这座城市的一分子。这样想的时候你眼前昏暗的路立刻变得豁然开朗了，就像秋天老家门前割倒的金光灿烂的黄豆地……街道也逐渐熟稔，不像刚来时那样陌生了。刚进城来的那天我还闹出了笑话：我和几个路上碰到的农村进城打工的人扛着纤维袋装着的行李在大街上走，东撒么西望望，找一个叫安居的建筑工地。眼看着太阳已经落下去了，都挺着急。

开夏利出租车的司机说那地方远着呢，走着半夜也不一定到。要不你们每人掏五十块钱我送你们去吧。我们坐上车，刚走几步司机就把车停下，指着马路对面灯火辉煌的地方说："前面就是。那里不让停车，麻烦你们就走两步吧……"弄得我们哭笑不得，但是人生地不熟又有哈办法？后来想想也值，咋着也是在城里头一次坐轿车呢！心里就平和了。

地摊上都是些杂七杂八的小商品。在店面上商场里买不到的东西，从地摊上都能找到：刀具、毛片、黄书、电击棒、能打钢珠的仿真手枪，还有据说能让男人持久的性药……

我走到盖着帆布棚子的地摊前，一个留着锅盖头，穿着短裤、胳膊上刺着展着翅膀老鹰的摊主，从一张桌子底下掏出一个望远镜给我："小伙子买个这东西吧，对你有用处！"

我说："也不放羊赶牲口的，我要它揍哈？"

摊主说："这东西不光看羊看牲口，还能看人！"

摊主举着望远镜在街对面的居民楼上搜寻一会儿，然后淫邪地嘎嘎一乐，举着望远镜让我过去看。我不知道他让我看哈，试试探探地把眼睛凑到望远镜前，立刻被眼前的情景吓了一跳——我清晰地看见一个只穿乳罩三角裤的漂亮女子正在阳台上晾衣服……我害臊得脸卜发烧，放下望远镜赶紧走开。

回到宿舍我睡不着觉，眼前老是晃着望远镜里的那个在阳台上晾衣服的白花花女人的影子。夜里值班，眼睛再望小区居民楼那些影影绰绰的窗子时，就想出许多心跳的内容。第二天，我鬼使神差地到地摊花了半月工资把那个望远镜买下来。白天我把它藏在收发室的行李里，夜里值班的时候再拿出来带在身边。在望远镜里小区居民的夜生活尽收眼底，我看到比地摊上看到的更刺激更精彩的画面。这让我既害羞又害怕，但心理的渴望和探秘的好奇又不停地诱惑我一次次这样干下去……有天夜里，我从望远镜看见一对男女在小区外的胡同口停着的宝马车里亲嘴。女的背影有点眼熟。等那个女的从宝马车出来走进小区后，我用望远镜跟踪着她，女人走进夏老师住的那栋楼那个单元门。过一会儿，夏老师家的灯亮了起来，那女人出现在夏老师家的窗口。我的脑袋嗡地大了——那就是说夏老师的媳妇背着他……这要是在我们乡下可是天塌地陷的大事情，谁家的媳妇偷汉子给捉住，要被打断腿不说，男人还会在她脖子上挂只破鞋送回娘家去。营子里的人也会唾弃她，让她抬不起头做人。就拿我来说吧，谷丫虽然是我对象，我们俩从小一块长大。别看整天在一起干活玩耍，但我连碰她一指头都没敢碰过。有次我俩在山上捡蘑菇，我说这小蘑菇白嫩得像你的妈妈头。她瞪我一眼说别不要脸啦，你看过是咋的！我说我要看，就把手朝她衣服里伸过去。谷丫酸了脸，哐哧在我手背上咬了一口。事后她抱着我冒着血津儿的手，心疼地落泪。她说女人的身子就像菜园里栽的葱苗子，没长成让野牲口踩踏了就没味了，也不值钱了……

我想夏老师肯定不知道这事，他还蒙在鼓里呢！昨天早上夏老师拿报纸时我想把这事情告诉他，被他岔话打过去了。我实在憋得难受，我想我得趁夏老师媳妇不在家的时候，把这件事情告诉他。于是这天趁上午倒班的时候，我快步朝夏老师住的那栋楼走去。

16. 我是作家夏林子

今天是周日，天气很好。我就睡了个懒觉，稍晚起床。我洗漱的时候朝曾小莹的房间看了一眼，她床上的被子好好地叠着，没有睡觉的痕迹,想她昨晚在公司过夜没有回来。她已经习惯了这种以公司为家的生活。我也理解,做公司广告的人不容易,整天像拧紧的闹钟发条,嘀嗒嘀嗒地走个不停,没有一时歇闲。于是我也没多想,洗漱完毕,到小区外的早点摊上吃了早点,回来便投入紧张的小说创作中。

我写作的时候对环境要求很高,近乎苛刻,除了墙上石英钟的嘀嗒声和我指头敲击键盘的声音外别无他声,所以当敲门声响起来的时候——尽管是一两声,且声音有些怯懦低沉,但还是被屋子营造的肃静渲染得很大,被我敏感的听觉神经及时捕捉到了。我创作的时候最怕也最烦别人打扰。那情景用不太雅观的比喻就像是从狗嘴里抢骨头。我好不容易集聚起来的脱缰野马似的灵感骤然一顿,就在我愣神的当儿消散得无影无踪了。这让我非常气恼。我想这是谁呢?我的大脑世俗部分(我通常把人的大脑分成两个部分:写作时使用的是优雅部分,而从事生活事务时使用的是世俗部分)飞快地运转着。我想我在这个城市里是孤单的,没亲没故,朋友也不多,平时很少有人造访;有几个在文学或学术上能谈得来的同事朋友也都住得很远,且都忙着创作,只在作协组织的采风或单位年头岁尾举办的年会上碰个面,平时都很少联系,聚少离多。由此我想,这肯定是那些上门推销商品的人或是化缘的尼姑和尚什么的,也就没去搭理。我转回身,回到电脑屏幕前,酝酿下情绪,让心绪沉下去,让定力升起来。但就在我往键盘上刚敲出一句对话时,敲门声又响起来。而且这次声音更响些,频率也更急促些,一副不依不饶的样子。我有些烦了,几乎怒吼起来。我走到门前,把眼睛贴在猫眼上,看见是小区保安刘打桩那张圆鼓鼓、扭曲变形的脸。

我把门打开条缝,问他:"有事吗?"

刘打桩吞吞吐吐地说："没哈事。"

我说："没事你敲门干什么？"

刘打桩左顾右盼，神神秘秘，欲言又止的样子："夏老师，我、我有件事，想、想进屋跟您说。"

我被刘打桩的故弄玄虚搞迷糊了，不知道他有什么话要说。我侧身把他让进屋。他站在我家客厅的地中央，既不动也不坐，就那么一根木棍似的直挺挺地杵着。他今天没有穿保安制服，穿了身从乡下带来的半旧的皱皱巴巴的衣服。他局促地站着，手好像在身体上是个多余的物件或者是个累赘，一会儿放在胯骨两侧，一会儿放在胸前，一会儿又扯起衣角在手指头上绞着。我不说话，盯着他瞅着。瞧他那为难的样子，我猜想出他肯定是有事来求我：不是来向我讨要旧衣服穿，就是向我张口借钱，再不就是往老家回信时有不会写的字要问我，或者是有不明白道理的事求我答疑解惑。我也不理他，只顾自己坐在沙发上，端起茶几上的茶杯，慢条斯理地喝着茶，等着他说出诉求。

刘打桩脸憋得通红、吭哧憋肚半天后才说："夏老师，有件事，我想告诉您，又怕、怕您生气！"

我说："什么事？你说。"

刘打桩说："我看见、看见，您家我嫂子……"

我说："她怎么啦？"

刘打桩说："夏老师，我说了，您、您可别生气！"

我说："不生气，你说吧。"

刘打桩说："我看见，您家我嫂子跟、跟别人……"

我说："怎么啦？"

刘打桩说："跟别人亲嘴！"

刘打桩使出吃奶的力量，终于把巨石一样沉积在肚子里的话搬了出来。他脸色苍白，瞪大着眼睛看着我，仿佛虚脱一般。我听了这话开始一愣，随后醒过腔来，一股无法遏制的怒火呼的一声从脚跟燃烧起来，迅速漫延全身。我感到自尊心受到了莫大的侮辱：一方面，恼怒之虫咬噬着我，和我同床共枕多年的妻子竟背着我做出那种让人不齿的事；另一方面，更让我颜面扫地的是，这种让人不齿的事竟让一个不该看见的人看见了，让一个不该说的人说出了口！这如同一件丑事在上层社会里发生并流传就是风流韵事，红杏出墙，有时被文人墨客加工渲染后甚至能成为千古绝唱，而在乡俗中就成了鸡鸣狗盗、偷人养汉的事情……我咕咚咕咚地连续喝了几口水，把空茶杯放在茶几上。摘下眼镜用衣角擦了擦，压制着怒火，控制着情绪。

我说："你怎么看到的？"

刘打桩说："那天晚上，我……"

我突然想起他在门卫室藏藏掖掖那个望远镜的情景。

我说："你搞偷窥？你一直搞偷窥？"

刘打桩不承认："不、不是……"

我说："偷窥是违法行为你知道吗？"

刘打桩吓得脸色灰白："夏老师！夏老师！"

我无比厌恶地瞪着站在地中央极力表白、手足无措的刘打桩，用手按压一会儿太阳穴，最后还是没有控制住自己愤怒的情绪。我忽地站起来，箭步冲到屋门口，咣的一声拉开门。我挥舞着胳膊，像轰撵一只偷吃了食物的动物，声嘶力竭地朝刘打桩吼道："出去！出去！你这个卑鄙的偷窥者！"

我的心境被该死的小保安刘打桩彻底搞糟，沉静不下来了。我坐在写字台前呆愣着。电脑屏幕闪了一下，进入屏保程序：一只卡通小白兔蹦蹦跳跳地从森林里走出来，去找妈妈，可是被眼前的小溪挡住了，于是小白兔开始坐在草地上伤心地一对对掉眼泪……小说写不下去了！我气恼地关掉电脑，站起来在屋子里来回踱步。我在书架前停下脚步，抽出捷克作家米兰·昆德拉的《生命不能承受之轻》，但是翻了几页也没有读进去。我把书又插回书架，走到窗前，打开窗子，外面的热浪伴随着树上尖锐的鸣蝉声像打开闸门的洪水一样冲进屋，在狭小的空间里肆虐起来。

我感到憋闷，换上短袖外套，走出屋子。

下了楼，我顺着树荫往前走。小区外，一群人正聚在一起抓奖。一辆竖着硕大的广告牌、拉着几辆带着大红绸花摩托的大篷车堵在路上，穿着西装革履斜挎着绶带的销售员举着喇叭嘶吼着鼓动一阵后，有怀里抱着奖票箱的销售小姐走出来，站到前台上，台下抱着一夜暴富心态的人们便一哄而上，将销售小姐抱着的纸箱里的奖票哄抢一空。我从人群后面绕过去，走到街的东头。一家快餐店的厨师正在露天的厨灶上炸麻花，戴着白帽子围着白围裙的厨师将三根面筋摊平，手指头捏着面筋两端，迅速一扭，反手丢进架在一边生着火的油锅里，面筋在沸腾的油锅里翻滚，立刻响起哧哧啦啦的烹饪声。街对面，一个带着孩子的女人站在菜摊旁，小男孩趁妈妈选菜的当口，跑到几步远的墙角，褪下裤子朝下水道的井盖上撒尿。妈妈发现后追过来，笑着说："傻儿子，光天化日下在大街撒尿，丢人现眼，害臊不害臊！"

我突然意识到自己不知来到街上干什么。我原路返回家，屋里依然闷热。把空调的制冷调到最大强度，还是满身大汗。我产生了一个强烈的念头：逃避这狭小的空间，逃避这难挨的燠热，到郊区去换换凉爽的空气。再不出去的话,我会在屋里窒息的,没见《早报》上常有老人在暑季的燠热中死去的消息吗?这么想着,我急不可耐地拿起电话,给巴雅尔拨过去。巴雅尔犹豫了下说:"去西郊没有市内的公共汽车,每天一趟的班车又错过了发车时间,我们怎么去?"我说:"你单位没有车吗?"巴雅尔说:"我亲爱的老师哎,咱从行政机关下放到文化单位是落草为寇。您还不知道现在区里的文化馆穷得叮当响,有口饭吃就不错了,还买得起车!"我说:"你和以前单位的同事朋友们借借呗。"

巴雅尔说:"今天是周日,大热天的,人家不是陪老婆孩子逛商场就是带小蜜去郊区冲凉,都指望不上!……夏老师您教这么多年书见识面广,结交的人也多,不然您……"

我说:"试试看吧。你哪儿也别去,就在家等我电话。"

我把名片夹拿出来从前往后翻找。这几年教的学生不少,但印象深的不多,毕了业都像摘了桃子的猴子,一哄而散,消失在茫茫人海中再也没有音讯。(我这人缺点不少,但有自知之明。我心里明白人家到学校里进修是冲文凭来的,而不是冲你学问来的。我不需要勉强的客套和尊重。)有次我去家出版社办理版税手续,碰到当了社长的学生,经我百般提示启发他才恍惚想起我来。这个当年的学生、现在的社长和我握握手说:"小夏啊您先坐昂,我有件事情处埋一下就米。"走后就再也没露面……找了半天也没找出一个能借得出车来的主。在屋里踱步时,突然想起我大学时候的同学刘旭东来。

刘旭东是班里唯一的内蒙古籍蒙古族学生,蒙名叫乌力吉图。但他从来不用这个名字,所以学校里除了我没有别人知道。刘旭东和我住同宿舍的上下铺。他有不爱洗脚的习惯,我常为他的臭脚跟他吵架。但他没脑子,吵过就算,从不记仇,每次回家照样给我带奶豆腐牛肉干吃。刘旭东崇尚城市生活,见到高楼大厦就激动得不行,张开胳膊做出拥抱样。他最大的志向是毕业后留在 B 城谋到学有所用的公职。但他是农村户口且没有门路,阴差阳错地被分配回内蒙古一家奶品厂当销售业务员。毕业的时候他哭得抽抽搭搭像个女人。班里全体同学到市里中心广场刚刚建起来市标志性建筑——世纪塔前合影留念时,他爬上世纪塔的顶端,把人站成大字形,举着双臂仰天呐喊:"我胡汉三还会回来的!"这一举动惹得街上众多人驻足观望,以为他要寻短见,跳塔自杀。结果被警察带到派出所以妨碍公共秩序拘留了三天……后来他果真又杀回了这座城市——但不是工作调动,而是辞职娶了城市郊区一个离过几次婚的女人落户进来的。他和那女人合伙在郊区开了家精品书店。女人在店里卖书,他开着辆几近报废的两厢夏利轿车到出版社或图书批发市场进货跑业务。名片印得考究奢华,头衔起得也大——B 城市精品文化图书公司董事长兼总经理,人却蹲在立交桥下吃盒饭嚼榨菜……我说:"你这是何苦呢!"他却理直气壮地说:"在城里当条狗都比在乡下强,竖起尾巴都比乡下的电线杆高!"

我从书架上司汤达那本《红与黑》书里找到夹在里面刘旭东的名片,拨打他的手机。对方的信号不好,时续时断,我想可能是他用的二手手机质量问题,但他却说:"我在国际大饭店里……跟台湾出版商签一本畅销书包销合同……咱就要发大财啦……什么,听不清?……高档饭店都这德行!封闭好,手机信号差!……你小子给别人办事用我车……啥!好!好!……可能是古驿站遗址?好啊!但油可得自己加……"

17. 小说情节（之四）

猎人喝光了碗里的马奶酒，海日罕又给他满上。这时候屋子又暗了一下，一个脸上被头巾裹得严严实实、穿着厚重袍子的女人拎着酒葫芦走进酒馆。女人站在柜台前朝他们觑了眼，便背过身去，用后背对着他们。海日罕猜出她是来给家里男人打酒的，便走过去，接过女人手中的酒葫芦，往墙角的酒瓮里一按，酒咕噜咕噜地倾进酒葫芦里。海日罕把盛满酒的葫芦递给女人时，顺便抬眼皮看了眼女人，觉得她裹在头巾里的脸庞轮廓有些面熟，但又想不起她是谁，谁家的媳妇。他歪着头，把洒在柜台上的酒滴用指头抹下，放进嘴里边咂吮边想着。几个坐在屋角喝酒的汉子过来结账，默不作声地走出屋子。这时候酒馆空了，没了客人，只剩下猎人一个人坐在那里喝酒。海日罕收拾完桌子上的碗筷，又坐回猎人桌前。猎人低着头不看他，也不再说话，只一碗接一碗地喝着闷酒。葫芦里的酒喝光了，猎人仰起脖子把葫芦里的酒底子倒进嘴里，晃晃，用拳头擂了下桌子，大声呼喊着海日罕的名字要酒，海日罕说："兄弟就在你跟前候着呢，哪儿也没去。"又去墙角的酒瓮里灌了一葫芦马奶酒放在桌上。眨眼间，葫芦里的酒又喝光了。海日罕知道猎人的酒量，觉得他喝得差不多了，当猎人再呼喊着要酒时，海日罕只到厨房拿了一葫芦掺了米汤的酒给他。猎人也喝不出清淡薄厚，只顾一碗接一碗往嘴里倒。直喝到肚子鼓起来，打起酒嗝，才放下手中的酒碗。

猎人站起身想往外走。

海日罕上前拦住他。

海日罕说:"你去哪儿?哈斯朝鲁老哥,你哪儿也别去,就在我这里住下吧,我这里有的是地方!"

猎人瞪着通红的眼睛瞅着他:"你可怜我?"

海日罕说:"嘻!这是啥话,老哥啥时让人可怜过。"

猎人说:"你笑话我无家可归?"

海日罕说:"嘻!这是啥话。越说越离谱了!我哪能这样想老哥呢!我是说老哥在我这儿歇歇,等醒了酒再走。"

猎人说:"你是说我喝多了,不中用了?"

海日罕说:"嘻!这是啥话。我知道老哥海量,再喝三葫芦两葫芦也醉不了,只是……只是……"

海日罕再不知道说啥好了。只干张着嘴,扥挲着胳臂站着。猎人哈哈一笑,拍拍海日罕肩膀,踉踉跄跄走了出去。

猎人从海日罕小酒馆里走出来。他没有往营子的深处走,而是朝着营子相反的方向走去。穿过一道土坝,走到锡伯河边的柳树林时,有一股小风从山坡上下来,掠过波光粼粼的河面,带着一股浓重的鱼腥味儿扑面而来,开始猎人感觉挺舒服,他解开衣扣,想借着风势散散身上热汗,醒醒酒气。但是适得其反,见了风的马奶酒的酒劲上来,立刻排山倒海般地直往脑袋上冲。他打了个踉跄,险些栽倒。他强打精神往前迈步走,但脚跟发飘,身子轻得像鸡毛,脑袋却又重得像磨盘。他扶住身边的一棵柳树,晃晃脑袋,眼前金星乱冒。他对自己冷冷一笑说:"这点酒就能把一个猎人醉倒?你这不争气的家伙,真是不中用了?喝了满天下的酒,却被家乡的马奶子酒给醉倒了?"

猎人瘫倒在柳树林的树荫里,不知昏睡了多长时间。醒来时,阳光已经穿进树林,把树荫从他身上移开老远。他坐起来,四处看着,一时弄不清自己怎么会在这里?他捂着脑袋,努力把被酒精搞乱的记忆碎片重新组合对接起来,才想起原本的记忆——他是打算从这里爬上后山,到爹的坟上烧纸祭奠的。

于是,猎人折回去,在营子边的一家祭品店里买了些香烛纸钱,又到商铺买了份用柳条篮子装着的祭祀用的烧酒熟肉,带着来到黑山沟后坡梁岗上。爹的坟上长满了蒺藜秧和蒿草,无限地凄凉。送葬时放在那里的花圈纸马在几年的风吹日晒中已零落成泥,了无痕迹,只剩下苍白的骨架还勉强支撑在那里。坟坡上的鼠洞深不见底,冒着森森凉气……猎人把坟清扫干净,用一根木棍围着坟山画了个大圆圈,把柳条篮子里的酒肉一件件拿出来摆放在石门前(用石板在坟前搭成的门形结构)的空地上,点燃香烛纸钱。一缕淡蓝色烟雾在宁静的山间袅袅升起来,直飘向云天。开始猎人强压袭上心头的悲伤,但是往事依稀,云烟飘荡,哽咽几声后,泪水便像决堤的洪水一样直泻而下。他扑通一声跪倒在爹的坟山前哭着说:"爹!不孝儿回来了!长生天有眼,给了我力量……儿为你报了仇……你可以瞑目了!"

说话间,猎人已泣不成声,哭成泪人。三年的生死别离、三年的爱恨情仇、三年的山林寂寞、三年的艰苦追杀、三年的风寒霜冻……一切都化成滂沱的泪水滚滚而下……

纸钱燃烧殆尽,香烛也在摇摆不定的山风中洒净最后一滴清液。猎人在灰飞烟灭中擦干眼泪,站起来。觉得心里轻松了许多。他想,爹的这段宿怨到现在算是有了交代,彻底了结了。眼下就该着手解决自己的事情了。他咬咬牙,想自己的这件事并不复杂,杀人偿命、欠债还钱,这是天经地义的事。欺骗他侮辱他、让他喘不上气,让他抬不起头的人必须付出代价!

猎人顺山坡走下去,回到黑山沟的石头屋子。没过多长时间,猎人拎着擦得铮亮的猎枪出现在离营子最近的山坡上。现在正是做晌午饭的时候,家家屋脊上烟囱冒出的乳白色柴火烟在上空连成一片,将飞鸟隐没其中。只有营子西头荞麦家院子里静悄悄没有一点儿动静:柴门紧闭着,短墙边沙果树上的花已经开过了劲儿,落了一地白白的花瓣,远看像是铺了层秋霜。饿了的鸡们缩着脖子蹲在台阶上啄脚爪上的泥巴,等着主人回来喂食……看样子荞麦不在家。猎人不知道她是去地里干活没回来,还是听说他回来了就……猎人打算找个人问问,但是想了半天也没想出该去问谁好。为这事猎人不敢去敲荞麦家左邻右舍的门,他说不出口,怕人笑话!猎人想起早晨在锡伯河边杏树林里见到的那几个放牛的小孩。把手遮在眉眼上,打眼罩极目望去,看不见小孩子们的踪影。他走下山坡,涉过锡伯河,在杏树林里找了半天,才知道小孩已经散了,河岸上空留下横斜的春草和日影下摇曳的细柳翠烟。一对被他脚步声惊动的野鸭扑棱棱从水草中飞起，哀鸣着，在柳絮飘动的天空中旋了个圈，又落在不远处的河岸上窥视着他。从野鸭不肯离去，他猜想它们的窝巢肯定就在附近哪个隐秘的草丛中，说不定窠臼里还有刚刚破壳嗷嗷待哺的幼雏呢！

看着野鸭们对家的痴迷眷恋，猎人心里禁不住生出感慨来，他不由得仰天长叹——连小小的飞禽都有巢可依，而自己却成了无家可归的流浪汉。知道这样，当初就不应该回来！

……爹出事那天他正和荞麦在院子里往屋墙上抹黄泥，为春末夏初老虎潦子开花时即将到来的雨季做着防漏准备。房子是荞麦前夫敖力迈留下的。敖力迈也是营子里小有名气的猎人，打猎手脚利索，留着小胡子，跟蒲团沟那只会翻跟头的熊瞎子较上了劲。和荞麦结婚不到三天就被熊瞎子舔了。营子里的人把敖力迈抬回来时脸上没有一点肉，白森森的像装毒药袋子上打着叉的骷髅头。荞麦给敖力迈披麻戴孝守寡三年，才答应嫁给他。和他生了取名叫锁柱的儿子。锁柱过完两岁的生日留了头，荞麦彻底断了前念，从前夫的阴影里走出来。煞下心来，想跟他死心塌地过日子，不想在家里留下前夫太多的痕迹，就和他商量把院子彻底收拾一下，垒起短墙，屋子也翻修一新。他站在竖起来的木梯上用抹子把涂上去的黄泥抹平，荞麦在地上把和好的泥用铁锨铲了递给他。正在两人有说有笑、其乐融融的时候突然听到了爹出事的消息。

牛倌巴根早晨撒牛。他扛着鞭子跟在牛群后面哼哼呀呀唱落子曲（一种北方民间戏曲，类似莲花落子）。牛群穿过柳树林，蹚过锡伯河，刚走进黑山沟沟嘴的狭路时，前面的牛群突然炸了群。牛倌巴根连吆带喝地费了好大劲才圈住潮水般向后退回来的牛们。他以为遇到熊瞎子，把鞭杆凌空一摇，鞭鞘便甩出一串放枪似的噼啪声。等一切安顿下来，牛倌巴根走到前面一看，却是住在黑山沟石头屋子的老猎人黑乎乎地躺在路边。牛倌巴根以为老猎人贪酒喝醉了，喊几声："哈尔巴拉大叔，哈尔巴拉大叔。"没有回声，用鞭杆捅捅也不见动弹。猛地看见地上有凝结的血滴。牛倌巴根吓了一跳，赶紧上气不接下气地跑进营子把这事情告诉了他。他扔下手中的泥抹子，跟着牛倌跑到黑山沟。见爹仰面躺着，由于酒精的麻醉作用模糊了生与死的界限，使他死时没有任何痛苦的表情，脸上依然留着睡梦中的安静和微笑；身上也没有太多的伤痕，只是裤子的裆部被掏开一个大洞，里面的命根子（生殖器）不翼而飞，裸露着白惨惨的骨茬像是掘断的榆树根子。他马上就明白是谁干的！——这个狠毒而又下作的野畜生！它不仅杀死一个仇敌，还对猎人的后代进行了侮辱和挑战！（在山林中和野兽面对面搏杀而死，是猎人最好的宿命，死得值，丢掉脑袋丢掉胳膊大腿是常有的事情，在所不惜。下葬时只要请萨满念了咒语，用泥巴或谷草填充缺少的部位就算是个囫囵尸首。但命根子是万万不能丢掉的！命根子不但是传宗接代的重要物件，也是男人气概的精神根源，更是子孙后代的脸面。命根子是用任何东西都不能替代的，丢掉命根子的猎人不阴不阳，到来世也做不成完整的男人！）他眼睛血红，咬着后槽牙发誓要杀死这只歹毒的野畜生，给爹报仇雪恨……他把老猎人抱到黑山沟的石头屋子里，一声不吭地坐在爹身边给他守灵。爹下葬没几天他就上了路。走到营子口时荞麦披头散发地追上来。

荞麦说："你要去哪里？"

他说："去找那野畜生，我要杀了它！"

荞麦说："四条腿的野兽，在大山林里你到哪儿去找！"

他说："它爬上天，我薅着尾巴把它拉下来；它钻进地，我掘地三尺把它挖出来！……

荞麦知道猎人的倔脾气，他认准的事情三匹马也拉不回来。荞麦跪在地上泪流满面求他："咱不去好吗？我求你了！……你不能丢下我不管！我肚子里已经……你要是有个好歹我们可咋活呀！……咱咽下这口气，在家好好过日子……咱犁地，种谷子，种高粱，种青豆……春天我给你摊小米面煎饼，夏天我给你压荞面饸饹，冬天我给你暖被窝、焐冷脚、给你烫烧酒、炖鸡渣…我给你生一堆儿子……"荞麦跪在地上，抱着他的大腿，呜呜地哭着。但这些话对报仇心切的他来说都已经是耳旁风了，她说啥他也听不进去了。那时的他耳朵被铁硬的"复仇"两字充塞着，眼睛被爹血淋淋的影子遮挡着。他甩开荞麦，毅然决然迈着大步走进山林时，荞麦还跪在村口声嘶力竭地哭喊：

"求求你，你别走！你回来，咱们好好过日子吧……"

18. 您好，我是曾小莹

我不知道什么时间睡着的。我依稀记得睡着前曾央求希总讲述他的创业史来着——其实那时我就已经困得不行了，眼皮老是打架，但我还是按住被一阵阵冲上来的哈欠弄得发酸的鼻子，装出一副认真听讲的样子。其间还假模假样地做出激动得满脸通红，说出"真够传奇"的话。但后来我实在忍不住了，眼皮一磕绊就进入了梦乡。至于希总又说了什么，我更是记不清了。我醒来时，发现我自己像小猫一样蜷缩在阳台的藤椅里，身上还穿着洗完澡换上的胸罩短裤，肩上还披着浴巾。希总也在我身旁睡着，他坐着藤椅，身子趴在面前的咖啡桌上。一副喝醉酒，或是小学生在老师的监督下，趴在桌上午睡的样子。我从藤椅上轻轻地舒展身体，伸开双臂，抻个长长的懒腰，当我伸着修长的双腿去钩落在地上的拖鞋时，一只脚却穿上了希总的拖鞋。

我想笑，忍了半天没忍住，最后还是咯咯地笑出了声。

好在，我的笑声并没有把希总惊醒，他依然憨态可掬地睡着。我找到自己的拖鞋，穿上，悄悄离开之前，我把从希总身上滑落到地上的浴巾捡起来，重新轻轻地披在他的背上。

我踮着脚尖离开阳台，走进希总办公室，找到自己凌乱地丢在老板椅上的裙子和外套，抖一抖，坐在沙发上穿上。我穿过一段走廊，回到隔了几个门的自己办公室。打开门，屋里一片黑暗，我开始没有马上开灯，就坐在黑暗中自己的座椅上呆呆地望着放在窗台上的绿植。过了好长一段时间，我才回过神来。我打开灯，从抽屉里取出化妆包到洗手间洗漱，给面部做了简单的补水保养，然后往脸上施了淡淡的脂粉，又用遮瑕霜盖了一下由于酒精和睡眠不足造成的黑眼圈，往口唇上涂抹一层肉色的唇膏。虽然这套简单的化妆程序没有用多长时间，但我从洗手间走出来的时候，外面的天已经亮了。我给窗台上的绿植浇透困在可乐瓶里的水，返回希总的办公室时，希总也醒了，他深呼吸一下，伸开四肢，又连续做了几个转体压腿的动作，然后从阳台走出来，把隔着阳台与办公室之间的落地玻璃门哗啦啦地全部推开，让外面清早的空气顺畅地通进屋来。希总走进办公室，坐在老板椅上穿衣服，当他和正在俯身扫地的我擦身而过时，我的全身禁不住紧缩了一下，我以为希总会冷不防从后面拥抱我，亲吻我白嫩的脖颈。但是没有，我担心的和我希望的都没有发生。希总只是若无其事地从我身后路过，悄无声息地朝卫生间走去。

洗漱完毕，刮了胡须的希总精神焕发地站在门口。

希总说："早上好！"

我也说："希总早上好！"

收拾完办公室的卫生，我和希总一起去吃早点。因为今天是周日，办公楼里其他公司都休息。我们公司虽然通知这周周日不休，但加班的员工还没上班，办公楼里依然很肃静。空旷的走廊里只有防火灯在顶棚上一闪一闪地发着艳红色的光。我们乘坐电梯下了楼，走出大厅，侧门还没有打开，只有玻璃门慢慢旋转着。两个穿着黑色制服的保安正坐在值班室里看电视里播的早间新闻，电视变换画面的荧光在屋子里不断闪动。不知有什么值得注意的消息，两个保安都直着脖子、聚精会神、津津有味地盯着电视屏幕不错眼珠地看着。走出写字楼，横穿马路，往右一转就是美食街。短短的街巷，店面装修考究独特，中西杂糅：永和人王、京味爆肚、湖北热干面、新疆大盘鸡、陕西羊肉泡馍、内蒙古小肥羊、日式吉野家、美式的肯德基、麦当劳、俄罗斯美食等。在选择去哪家吃早餐的时候，我和希总意见不一致。希总提议去小肥羊，我说大清早吃涮肉太油腻，容易增肥。我提议去京味小吃，希总拧着鼻子赶紧否定，说吃不习惯北京炸焦圈和豆汁的那股酸腐味儿。我们都笑着，最后就近去了跟前的日本料理店。希总对日式早餐不熟，我自作主张地代他点了早餐：两小碗白米饭，一份鲜香烤鲑鱼，一份松软的玉子烧，一份黏糊糊的纳豆，一份开胃的多彩腌菜，两份热乎乎鲜美的味噌汤。

  吃完早餐，我和希总走在回公司的路上，有电话铃声响起来，我从挎在一侧肩上的真皮坤包里掏出手机，是个陌生手机号码，我想肯定是广告或是推销商品的骚扰电话，所以没有接。但没走几步电话又响起来，还是同一个号码，我往后甩了甩长发，按了接听键，用很职业的声音说："您好，我是曾小莹。"电话里传来港台影视剧里那种柔柔嗲嗲的声音："晓得你是曾小莹！咋个不接我电话啦？"我的大脑飞速旋转着，但无论怎么在记忆里搜寻，也找不出我和遥远的港台有什么私人联系。我试探着问："您是？"电话里的声音立刻改变成生硬的带着玉米楂子味的东北话："我是谁？你问我是谁？你听不出来？我是马杜梅，你的同事马杜梅！"我恍然想起来，在郊区职业学校培训时那个整天抱着琼瑶言情小说、梦想着奇遇富可敌国的白马王子的女孩。女孩叫马杜梅，因两条细瘦的长腿被取名"蚂蚱"。她爱美，梳着高高耸起的鸡冠头。因为爱吃洋葱，身上总带着一股浓重的洋葱臭味儿，害得同桌且座位靠窗的我无论刮风下雨都不敢关窗户。她和我一起分配到市里第二毛纺厂纽扣车间。工厂重组后，她也和我一样下岗了。开始几年还彼此有些联系,她说她在广州做外贸服装生意,后来就石沉大海,音信皆无了。现在突然冒出来,还满口港台腔,确实让我摸不着头脑。

我说:"蚂蚱您在哪儿发财呀?"

马杜梅说:"哪个蚂蚱啦,叫我马总,不懂礼貌!我现在是台湾房产公司在华北区的业务代理啦。"

我说:"真发大财啦!恭喜恭喜!"

马杜梅说:"无影啦(没什么),毛毛雨,毛毛雨。想买房子找我啦,今天有楼房开盘,优惠多多哟。"

我有些激动,既为和多年失联的同事联系上了,也为我梦寐以求的房子,想去看看行情。你们知道,买房子这种事里面水很深。不管怎样,有熟人在,总比两眼一抹黑强。虽然不祈求天上能掉下馅饼来,但看看馅饼的形状,落下几粒芝麻也是好的。随后马杜梅从手机短信把新开楼盘地址发过来。我回到公司,各部门加班的员工都已经到齐,各就各位开始进入工作状态。当我正想绞尽脑汁编造理由走开的时候,希总打电话过来,说去会议室商量下新产品广告宣传的事。我对着镜子,补了补由于吃早餐弄淡的唇膏,便拿了纸笔朝会议室走去。偌大的会议室只有我们俩人,但希总还是用对所有员工讲话的口气,向我详细地介绍了这次订货会的情况。尽管有些话昨天在接他的车上听说过了,但我还是认认真真、像模像样地把希总的话记录在笔记本上。希总对这款代理的韩国游戏产品给予厚望。希总说为这款产品公司把家底都押上了,只能背水一战,不成功则成仁。产品销售好坏,全靠广告带。这次宣传活动是重中之重,弄好喽,不仅对新产品上市起到意想不到的效果,而且还会给后续产品打下坚实的客户基础。我说:"希总只要您有这个决心,借着您的东风,我肯定能把广告宣传工作做好!"希总说:"没问题，我全力支持你。"我说："我草拟了一份计划，就等着您回来商量呢！"希总说："好啊，赶紧拿过来给我看。"

我返回办公室，把事先拟好的广告活动项目及资金预算表从电脑里调出来，打印了厚厚一沓，拿给希总。希总一张一张翻着材料详细地看。我看着希总的脸。希总噘了下牙花子，眉头也紧锁在一起，那一串串叠加的数字像跳蚤一样叮得他皮痒——他一副虽然心里事先有所准备，但还是觉得花销远远超出了预计的样子。我说："这已经是做了最低标准的预算了。"我指着预算表，诸项给他解释："会场没敢选五星酒店，但不能低于三星吧，不然显得寒酸，不够气派。请演出的歌手只是市里二流的标准，没敢按当红明星大腕计算。给与会者发纪念品不能少吧，最低档次也应该是国际名牌T恤或真皮夹包。会场上的茶、水果、饮料，也都是按最低标准的大众品牌……请来的嘉宾都是主管单位的领导和行业协会的负责人及商业界的知名人士，更是怠慢不得的。不但要让他们吃好喝好，还要递上红包，更主要的是会后活动项目的安排：打保龄球啦、洗桑拿啦、泰式按摩啦……有的经销商有特殊要求和喜好，你也不得不考虑进去……"

我说得条分缕析，头头是道。希总觉得我说得有道理，心里准会一面心疼钱，一面又夸赞我能干，想事周到，工作能力强。他点着头，抱着胳膊坐在写字台的一角上盯着我瞅了一会儿，然后回过头，抄起笔龙飞凤舞地在预算表上签了字。

中午休息时，我给蚂蚱打了电话，约好去见她。因为今天周日，是为自己的私事并非跑业务，我没有开宝马车，而是打车去的。清水苑在郊区，出租车走了差不多两个小时才到，过了一个庞大的人工湖，老远就看见一片刚刚竣工的崭新楼区，一栋栋还没有开户的楼房高高耸立着,装上的墨玻璃闪烁着深蓝的光。进了小区,几个穿着统一服装的园艺工人正在用大剪刀修剪路边的树墙,一辆水罐车正给路边新栽的银杏树浇水。来往看房的人面带喜色,小声交谈着:一切都是欣欣向荣的景象,让人感到舒心。走到售楼中心,我以为马杜梅会出来接我,但是没有,我准备好的久别重逢的老同事见面后惊喜的拥抱、想问问她是怎么发迹的好奇心也被她淡淡一句:"小莹!你没怎么变啦,还是老样子哟。"化为自作多情的泡影。她和我握手时,满身的珠光宝气却难掩身体散发出来的洋葱味儿,这让我稍稍有了一种幸灾乐祸的慰藉。

蚂蚱,不,马总(我对你们伸伸舌头,偷偷笑一下),和我没说几句话,外面就有一台豪华的劳斯莱斯轿车来接她,说是去参加外商招待会。临走时,她把一张设计考究、烫金镀银的名片给我,说有事尽管打电话给她,然后把一个售楼处女经理叫到跟前,吩咐说:"这是我朋友啦,带她去看看房,多多优惠啦。"售楼处女经理唯唯诺诺地称:"是。"马杜梅走后,女经理带我到售楼沙盘前看楼房的模型及小区的布局。女经理给我介绍说:"这楼盘是我们公司重金打造的中档偏高的社区,既贴近平民,也不失高贵,即将开通的通往郊区的13号线城铁从此经过,使这里的房产具有较高的升值空间。"我想既然是黄金地段,房价肯定便宜不了。我心虚地问了句,女经理说的价格还是吓了我一跳。女经理解释说:"您是马总的朋友,就按八折优惠给您。现在下单正赶上有奖售楼活动,买一套一百平方米以上的房子,赠长安奥拓小轿车一辆。"我嘴里说:"不错不错。"但心里已经打定走开的主意。我假装来了电话,对着手机说:"好的好的,我马上过去。"我对身边缠着的女经理说:"我有点急事,得走开一下。房子地段价格都合适,我很满意,等我回去和家人商量下,给您回话。"说完,便急匆匆地从售楼处走出去。

我打出租车回公司时,心里还七上八下地想着房子的事。条件是够诱人的!但我手头缺钱也只能看着眼馋——我说我没有钱你们肯定都不信,说我们做广告公关的人净和有钱人打交道,怎么会缺钱?但我确实没有钱!看着我们每天进进出出风风光光的,那只是混个好排场好吃喝。我们和那些达官显贵亲亲密密的样子,都是为了工作,一提到钱他们就特别紧张特别警惕,仿佛我们是要钻进他们钱袋子里的虫子!只有你……(这句话我不好意思说出口。)他们的钱袋子才会对你松动些。但也不是像电视剧或通俗小说写的那样为女人挥金如土,倾囊而出。给你的那点钱也只相当于他们扔掉的香蕉皮,或干脆说略高于给娼妓所付出的酬劳……我不是那种放任无度的女人。我有自尊、有事业、有家庭。我只把它当成走向成功的阶梯或手段。我认为只有事业成功的人才拥有财富,只有拥有财富的人才会拥有真正的尊严。

19. 哎哟喂!咱是城里人

有人说我这个人矫情,说我这个人难缠,这纯粹是造谣,纯粹是瞎掰!现在的人啊,都是这样,您日子过穷了吧说您没能耐,是个窝囊废!您日子过富裕了吧,又看着眼气,背后戳您的脊梁骨说您坏话,编派您的故事!我可不管这些,怕天儿冷还不过冬啦?怕风吹还不开窗户啦?让他们咬腮帮子嚼舌头去!爱咋的咋的!

其实有些事情并不怪我,是别人贱坯子老惹我发火,您不骂他就浑身不舒服!比如现在吧,早晨刚做了闹心的梦:梦见遛弯时踩到了狗屎,我叫喊着谁家的狗这么缺德!谁家的狗这么缺德!但是四周死寂，没有一个人敢出来承认。我正喊叫着，就把自己喊醒了。虽然醒了，但那个气还在心里窝着，久久不肯散去。我怒气冲冲地睁开眼睛，您猜咋着，我看见我家那个蒸不熟煮不烂的筋巴头还没把早饭准备好，满屋子埋汰得皮儿片儿的，夜里用过的脏纸还菜花似的在地上一朵朵地开着呢。臭鞋、烂袜子、脏衣服也在桌子上凳子上地上放着熏人的臭气。我想这筋巴头到哪儿去啦？也不知道收拾收拾屋子！我在被窝里骨碌翻个身，趴在床上，抓起床头柜上的一只苍蝇拍子，伸胳膊用苍蝇拍长长的竹竿儿挑起纱门帘朝外瞅，看见刘旭东正在客厅里的电脑上用QQ和网友聊天呢！我气得把苍蝇拍扔在地上，用巴掌拍着床沿说："你大爷的，放着正事不干还扯淡！看多咱我把电脑给你砸喽！"刘旭东慢条斯理地关了电脑，走进屋来，边收拾着屋子嘴里边嘟嘟囔囔，深度的眼镜后面是既不服气又无可奈何的眼神。

刘旭东说："你瞎囔囔啥。"

我说："大清早就上网聊天，和哪个小妖精勾搭上啦？"

刘旭东说："啥小妖精啊，我是在跟台湾的书商谈合作的事。"刘旭东扶扶卡在鼻梁上的眼镜，我看见他眼睛里冒出一道光。随后又说："是桩大买卖，要是这本书在大陆的独家销售权签下来，那咱们可就祖坟冒青烟发大财了！"

我撇撇嘴，心想：你丫整天说要发大财的话，可到现在也没见到财神爷的影儿，还住在这几间破房子里。

我说："别做梦了您哎，都啥时候了，还不去买早点！"

刘旭东说："不是九点书店才开门嘛！"抬头瞅瞅挂在墙壁上的挂钟说："现在还早着呢，才七点。"

我说："您脑袋撞猪身上了吧？今天周末去逛街的人多，还不早点开门多卖点书去！"

刘旭东自知理亏，嘟囔着说："去！去！这就去！也不是多远的路……"提着一只装早餐用的硬塑带编的篮子出去了，出门时故意咣地摔了下门。我的脾气顿时像拧开阀门的煤气灶一样噌地冒出了蓝火。我光着膀子跳到地上，跳起脚吼道："你大爷的摔打谁呀？你回来！有种你就别去买早点！看能把谁饿死！"但吼也没用，那个筋巴头已经被我骂滑了打皮了，我的话他只当耳旁风，待听不听。我看见刘旭东在窗下转了圈，点支烟叼在嘴上，去开停在院子里的那台夏利轿车的门。打了半天火，发动机呜啦呜啦叫了几声，没启动起来，刘旭东骂了句，从驾驶室里钻出来，骑着那台嘎啦嘎啦响的破自行车去早市买早点了。

有什么办法？瞎了眼嫁给这样一个烟不出火不进、一脚踹不出个屁来的男人，您还能指望躺在床上舒舒服服地睡会儿懒觉？我气呼呼地回到床上穿衣服。先穿乳罩，再套Ｔ恤。套Ｔ恤时竟套反了，把印染着赵本山笑嘻嘻头像的前胸套到后背上去了。我骂了一声，又把Ｔ恤脱下来，重新穿正。拿起昨天穿过的袜子，放在鼻子下闻闻，扔到地上。又从床头柜里找出双新袜子，拆开包装穿上。在镜子里伸着脚左照照右照照，觉得满意了才下床穿上带着蓝格子的家居服。走到外屋客厅，坐在靠墙的沙发上，把腿伸直了，看着窗子外那一园子的鲜鲜嫩嫩绿油油的蔬菜，豆角呀黄瓜呀西红柿呀长得稀罕人劲儿，我的气顿时消了一半。我想我的脾气也得改改了，别像带着捻儿的炮仗似的一点就着，生活就是这样，这一块那一堆地放着，有什么气可生的呢？生气是最伤身体的。于是我给我自己沏了杯养生茶。养生茶是我趁着书店没人的时候进杭州街茶品店和那个叽里咕噜说南方话的老板聊天时他推荐的，说是纯正的苏州货。

玫瑰花加胎菊，沏在玻璃杯里上下滚动，红红黄黄的很好看，据说这茶能滋脾健胃，养颜美容，清热解毒。但是养生茶也没能清掉我窝在心里头的郁闷！喝着茶我的火气又上来了：刘旭东近来胆子越来越大了！竟然对我置之不理、软磨硬抗！他忘了是谁让他翻了身，是谁把他留在城里，由一个草原牧民摇身变成有居民户口的城市人！……难怪有人说对待男人就得像教训猫，不能给它脸，给脸它就跐着鼻子扑头盖面地上来了！我得想办法治治他，给他点颜色看，让他知道马王爷三只眼，知道我不是好欺负的！我是从河里蹚过来的，对付男人不缺少经验。我实话跟你们说，几次婚姻我什么事情没经受过，什么桥没走过？婚姻是什么？说白喽，在我看来，婚姻这东西就像到金台路图书批发市场进书一样，里出外进、面红耳赤争的就是几个折扣，赚的就是几个亏赢。

凭良心说我这几段婚姻算起来，就数我和刘旭东的婚姻是赔本的买卖了——第一段婚姻是父母包办的，那时城市还没有扩展到我们郊区，我家还是郊区的菜农，我爸我妈见我整天拖着书包哭哭咧咧，见书本头晕，就让我退了学，跟在他们后面和茄子辣椒土豆打交道。我十八岁那年，一朵花开了，我妈替我看中了一门亲事，男方是个菜贩子。菜贩子常开着冒着黑烟的三轮车到我家的菜地里拉菜。人挺大方，付账时零碎钱就不让我妈找了。但人长得有些砢碜，驼背塌腰不说，还有严重的哮喘病，肩膀一端一端像氽鸡。我没相中，我妈给我做工作说别看他比你大十多岁，但是人家是正经的城市户口，吃皇粮的。我也就同意了。结婚后我的户口理所当然跟他落进城市（后来为这多此一举懊悔不已，我离婚后没多久我家的地就被征用了，全村人都改成了城市户口）。第二段婚姻男人是建筑工地抡大锤的工人，在城边棚户区有三间砖瓦房。人长得五大三粗，看上去憨厚老实，笨嘴笨舌，但脾气不好，比我还火暴，倔起来几头牛都拉不回来，吵架时他嘴没我快，吵不过就把我当成他们工地上的木桩，抡起拳头吭哧吭哧往死里捶。第三段婚姻男人是个生意人，人瘦巴干筋像只猴，但脑袋瓜子好使，硬生生把一个不起眼的、开在一条散发着尿臊味儿的街旮旯里的药铺经营成大药房。有了点钱，人就飘了，把个两厢的破红色夏利轿车开成了大奔，整天城里城外跑，也不回家。我起了疑心，在后面偷偷跟踪着，没几天我就在郊区一家歌厅里抓了现行——正搂着个小妖精亲嘴呢！

算啦算啦！不说这些了！说多喽让我伤心也让你们笑话。还是书归正传，说说我的现任这个筋巴头刘旭东吧。

刘旭东老家在遥远的内蒙古草原，在城市里没有祖业没有家庭背景没有积蓄，穷了吧唧光杆人一个。大学毕业后想留在城里没留成，分配回老家的畜牧场工作。你们想想一个大学生整天在荒山野岭和哑巴牲口打交道，谁受得了哇！后来就辞了职，回到城里，在大学附近居民区里租了间地下室住着，准备复习考研。那时我已经和那缺德的瘦猴子离婚两年，没事干，我开着法院判给我的那辆红色夏利轿车在城里到处转拉黑活。这年冬天我正在图书馆边的巷子口趴着等夜活，见一个穿着单薄学生模样的男生从图书馆走出来，到站牌前等公共汽车。我就把车开过去，说前面修路车绕行了，别傻等了，坐我车走吧。男生以为我做好事顺路捎他，问也没问就上了我的车。我七拐八拐把他送到住处，要钱时他傻了眼，把钱包掏掉底只找出四十块钱，还差十块钱。我也不说话，手拍着方向盘盯着他瞅（这一招我是从港台警匪电视剧里学的：无言胜有言，一句顶一万句，句句带刀子，给对方造成心理压力和恐慌）。他结结巴巴、起誓发咒地求我缓缓,等有了钱一定还我。我就把手机号码留给了他。一星期后,他果然来还钱,我把他带回家过夜。事后我为他那一身看上去瘦弱但坚实的肌肉和他那饥渴的劲儿动了心,打起结婚的主意……

结婚的时候人家都是大操大办,豪车接送,我们的婚礼那个寒酸相我都没法跟你们说——刘旭东用一台走起来嘎啦嘎啦响、还不停掉链子的旧自行车驮着几箱子破书,还有装在他肚子里清汤寡水、发着酸味儿的学问和我一起走进新房——结婚后我们在西城杭州街边开了家精品书店,刘旭东跑金台路图书批发市场进货,我在家守店卖书。开始的时候刘旭东还惦记着考研,但这念头立马被我给掐灭了。我给他摆事实讲道理:这年头知识是什么呢?知识不值一毛钱!你看人家现在发大财大富大贵的有几个是高学历的……知识分子名字好听,这个教授那个先生的,但不能当饭吃也不能当柴烧,更不能当钱花!要我说,有文化的人和没文化的人都一样,没多大差别。有文化和没文化有所不同的是,同样的屁,没文化的人在大街上扑哧一声痛痛快快地放了,而有文化的人就要左左右右、瞻前顾后、贼眉鼠眼地看一圈,然后找个没人的地方扭扭捏捏地半爽不爽地挤出来。要我说,无论怎样,屁终究是屁,你粗鲁地放还是文雅地放,臭味都是一样的。

你们说是不是?

20. 我,公司老总希贵

我近段时间感觉非常疲乏,右眼皮也不停地跳。我记得有种"左眼跳财,右眼跳灾"的说法。这让我心里隐隐有些不安。但我随后又一想：扯淡吧，你大小也是高中毕业略有点知识的小老板，也信那些流行于坊间的没有任何科学依据的胡言乱语、旁门左道？我想这可能是近段时间忙于代理韩国这款游戏产品过于操劳，缺少休息，精神过度紧张的缘故。现在一切进入日程后，万事俱备只欠东风，就等着宣传造势之后火热上市销售了——精神一时松懈下来，身体上多日积攒下来的劳累就慢慢复活，一起浮现出来了。回家跟杜婷婷简单应付几句话，没吃午饭就躺在床上睡午觉，醒来时已是下午两点，我简单地吃了几口保姆准备好放在餐桌上的午餐，便急匆匆开车往公司赶。

路上我接到曾小莹电话。

曾小莹说："希总，活动的酒店预订好了，邀请的演员也都准备就位，邀请行业领导和相关客户的信函也发出去了。现在就等您再批条签字，我去财务领取预付款了。"

我说："好的，我马上到。"

我给轿车加足马力，赶到公司。曾小莹已经等在我的办公室里一会儿了。我进屋时，曾小莹奇怪地盯着我看，我知道她看出我疲惫的样子，用目光询问我昨晚是不是累了没有休息好。我没有理她，拿起她放在写字台上的项目资金支出表时，曾小莹从她的坤包里掏出一包参杞茶，沏一杯放在我的办公桌上（我曾在开玩笑时称她小小的坤包是万宝囊。因为在某些时候，她总能变戏法似的从那里面抠搜出点你需要的东西），我认真看了遍项目资金支出表，在上面签了字。曾小莹拿着批条到财务处领支票。我松了口气，脱掉西服外套挂在墙角的衣帽架上，正当我坐在老板椅上想享受曾小莹给我沏的参杞茶时，办公桌上的电话响起来。电话是韩国游戏开发公司驻上海代理处打来的，问我公司代理的游戏进展情况。我说游戏攻略编写工作接近尾声，现在正在筹划广告宣传工作，为全面上市做好铺垫。我详细地介绍了广告宣传工作的计划，对方感到满意，连连用英语说着OKOK，对方说游戏最后的检索工作也基本结束，在交付母盘之前，需要结清一百万美元的尾款。我学着英语口型样子说OKOK，又用汉语补充说："好的好的，没问题，我马上让财务安排汇款。"我挂了电话，见曾小莹拿着我签了字的报表垂着手站在面前，我疑惑地问："怎么回事？"

曾小莹说："会计说，账上的资金不够。"

我说："怎么搞的，她老糊涂了吧！"

会计姓胡，六十五岁，矮墩墩的，是杜婷婷的一个远房亲戚，退休后一直在我公司做财务。这是个惹人讨厌的老太太，事多嘴杂，自以为是。我心里清楚她是杜婷婷暗地里安插在我身边的耳目，早就想炒掉她，只是顾虑她在公司当会计多年掌握许多偷漏税和财务违规情况，只好忍气吞声，从长计议。我抄起电话机打到财务室说："你过来一下！"

过了好一阵，会计才不慌不忙、磨磨蹭蹭地走进我的办公室。她离我办公桌老远地站着。用眼白扫了下站在一边的曾小莹，跷跷脚，拔高了下矮墩墩的身体，带点老年斑的脸上一副"你在老板跟前下舌又能把我怎样"的不屑表情。

我问："怎么回事？除了要付给游戏开发商的尾款，账户上不还有几十万的流动资金吗，怎么就没钱了？"

会计说："那笔钱都付印刷费了。"

我一听，拍桌子大怒："你是干什么吃的！你他妈有什么权力不通过我签字就私自支配资金？"

会计不卑不亢，辩解说："这笔印刷费欠了印刷厂半年了。再不付,人家印刷厂说就要起诉了!"

我气得浑身发抖。想抽支烟,拿着火机打了几次火也没把嘴上的香烟点着。我把香烟碾碎丢进垃圾桶里。我咽下口唾沫,心里提醒自己:"沉住气,不要发火,现在不是发火的时候,先把这笔账给老家伙记下,等过了这事再慢慢收拾她也不迟!"我在屋子里转了一圈,对站在地中间的会计挥挥手说:"你先回去吧——以后做事多注意点,别把人逼急喽!"

会计出去后,我和曾小莹赶紧商量补救措施。曾小莹说:"不然把游戏开发商的尾款少给些,或先拖一拖,等咱们产品上市再给他们补上?"我连连摇头,说:"这是杀鸡取卵,绝对不行。这笔款一分钱也不能动,如果结不了尾款,算是咱们违约,开发商撤了合作,把代理权给了别人,那咱们可就因小失大,赔了夫人又折兵,彻底完了!这绝对不行!"曾小莹想想,又建议让发行部收下面的货款。我觉得有道理,打电话把发行部徐主任叫来,向她说明情况。徐主任的鼻尖上冒出汗珠,她搓着手,想了一会儿说:"怕是来不及,远水解不了近渴。希总您想呀,经销商都分布在全国各地,核货对账,传真来来去去地发没有十天半月的结不回款来。到那时候黄花菜都凉了!"我想想也是,挥挥手让她走了。曾小莹说:"那怎么办?活动时间都定下来了,我把请帖也发出去了……"我说:"别急,再想想别的办法吧,人总不会让一泡尿憋死!"我在办公室里抱着胳膊来回踱步,曾小莹靠着办公桌一角,用手捏着下巴冥思苦想。曾小莹突然说:"要不然,您就跟经销商朋友张口借借看,平时在一起吃喝嫖赌称兄道弟的,咱有了困难他们也不会看着不管吧!"经曾小莹这么提醒,我猛地想起南京的经销商孟老板来,一敲大腿说:"对啊!对啊!你不说我倒把这茬忘了!"

我就像抓住了救命稻草，抓起桌上的手机，从通讯录里翻找到孟老板的手机号码，急不可耐地拨打过去。手机里嘟嘟缓慢地响着，屋子里一切沉浸在了寂静之中。半天电话那头传来孟老板瓮声瓮气的江淮口音："领导有什么最高指示？"

我说："我还领导个屁哇，都快成要饭花子了！"

孟老板说："抱着金元宝，还哭穷？"

我说："金元宝还在天上悬着呢，兄弟现在正是黑暗时刻。"

孟老板听出弦外之音："代理的产品黄了？"

我说："那倒不至于，煮熟的鸭子飞不了。"

孟老板说："那为吗？"

我说："七十二拜都拜了，只差一哆嗦了。我想求您……"

孟老板说："兄弟你有事尽管说。"

我说："现在公司周转资金有些吃紧，能否从您那儿倒点？"

孟老板说："需要多少？"

我说："五十万就行。"

孟老板停顿一下。我听见话筒里传来咀嚼东西，或是羹匙在咖啡杯里搅动的声音。我解释说："孟大哥您放心，这笔钱只是暂缓个十天半月，等产品上市我立刻还您。"

孟老板说："啥时候用？"

我说："就今天，越快越好！"

孟老板说："我知道兄弟你是有身份的人，金口玉言，没有急事也不会轻易张口。既然兄弟张口了，做哥哥的也不会置之不理，见死不救！这样吧，你让你的手下人到招商银行办张一卡通，我下午五点前亲自去银行如数把钱给你汇过去。"随后孟老板补充说："一卡通汇钱快得很，分分钟就能到账。"

挂了电话，我有些激动，以至于去衣架上拿外套时，把放在墙角花架上的栽在景德镇瓷盆里的兰花碰翻，摔碎一地。曾小莹忙去洗手间拿了扫把撮子来，边打扫嘴里边念叨："岁岁（碎碎）平安！岁岁平安！"打扫完，我和曾小莹赶紧按着孟老板的指示去办卡。好在写字楼下就设有招商银行。我们下了楼，很快在招商银行办完一卡通。我用手机短信把一卡通账号发给孟老板。孟老板回复："收到。"我回到办公室，看看时间正好是下午三点，离孟老板说的汇款时间还有两个多小时，长出了一口气。我到公司各部门巡视了一番：到广告部看了宣传活动的布置情况，到媒体部询问了游戏攻略的编写情况，到发行部了解一下产品征订情况。去财务部的时候，看见老会计正在玻璃隔断后面吃什么，见我走进门，老会计赶紧吞咽，慌忙中，被还没嚼碎的食物噎得直翻白眼。我说："慢点吃，慢点吃，要是把您老噎出个好歹的，公司可赔不起！"老会计喝了几口水，顺过气来。用手举过几颗剥了皮的核桃巴结着让我吃。我说："还是留着您自己吃吧，您的脑子是得补补了！"走出门口，我一脚门里一脚门外站住，让老会计下午五点后去银行把留存游戏开发商的那笔尾款打过去。老会计追出来神神道道地说："这么大一笔款，说打就打，不会有风险吧？"我说："叫你打你就去打，哪那么多啰唆话！"

下午五点到了，手机没有入款的短信通知。又过了半小时，手机依然睡着似的静悄悄没一点动静。我把电话打给孟老板，孟老板说他正在去银行的路上，有点堵车。我想这时候正是行车高峰，堵车也是常有的事。再堵，半小时咋也到银行了吧？这么想着，悬着的心就放下来，坐在沙发上踏踏实实喝透了一壶茶。下午五点半，卡上的钱还没有到。六点钟，还没有收款通知。不可能啊？五点半人就在去银行的路上,现在钱咋还没到卡上呢?我赶紧下楼去银行柜台上查验,卡没有问题,依然是办卡时存进的一百块钱。给孟老板打电话时已经关了手机。我心慌了,莫非?不可能不可能!我不敢想下去,找出孟老板给我的名片,把电话打到他的书店里,是孟老板老婆接的电话。

她没好气地说:"他爹死啦!他正给他爹送丧呢!……"

我知道被孟老板耍了!用传说中书商惯用的手法!

下班时曾小莹来我办公室问情况,我不敢跟曾小莹说实话——这种智商低下的错误只有烂在自己肚子里,不能跟任何人说,不然让人笑话。我撒谎说:"孟老板在去银行路上出了车祸,钱汇不成了!"曾小莹疑惑地说:"就那么巧啊!"我说:"人要是倒霉喝凉水都塞牙!"曾小莹说:"那怎么办?"我说:"别着急,再想想别的办法。"我在办公室里来来回回踱步。曾小莹说:"要不,我跟马杜梅马总张嘴试试?"我说:"赶紧赶紧!"曾小莹给马总拨通电话,还没等曾小莹说话,马杜梅就劈头盖脸问:"房子搞定啦?订了几套唔?"曾小莹说:"还没订。我给您打电话不是买房子的事。看您名片上有融资业务,正好我朋友公司流动资金暂时有点空缺,能否从您那里融点资呢?"随后曾小莹补充说:"利息高点也成。一个月连本带息就能还上。"马杜梅想都没想就说:"机车!机车!(很难搞!很难搞!)资金都投到房地产上啦。不好意思,您问问别处啦!"曾小莹挂了电话,叹了口气,朝我摊摊手。我突然想起曾小莹跟我炫耀地说过,她有个初中时候的同学,追她追得割了腕,差点没了命,现在在银行信贷部工作。曾小莹说:"都好多年没走动了!"我说:"那就去试试看呗,病急乱投医,说不定能成呢!"见曾小莹左右为难的样子。我抱住她的后背哄她说:"就算你为我也得跑这一趟。帮公司渡过这个难关，我不会亏待你的！"

曾小莹想想，从坤包里拿出化妆盒，到洗手间的镜子前补补妆，然后就下楼开上宝马车走了。

曾小莹走后，我在大厅的财神像前烧了香，默默祈祷财神保佑她一切顺利，马到成功。天渐渐地黑下来，尽管没吃晚饭，我没有一丝一毫饥饿感。夜深了，公司加班赶活的人都走了，肃静下来。洗手间水龙头上的水滴落在水池子上的清脆击打声，持续地在空洞的走廊里回荡着。我没有开灯，背靠着老板椅，脚搭在办公桌上，闭着眼，把全身的神经都集中在耳朵上……十二点时电梯在八层停下，随着电梯门打开，楼道里响起激昂清脆的高跟鞋敲击瓷砖地面的声音。哒哒哒哒，声音由远及近，曾小莹带着酒气推门走进来。她把手中的坤包扔在沙发上，一口气喝干我递给她的一杯水。我看着曾小莹的脸试探着问："情况怎样？"她故作深沉地说："您说呢？"我摇摇头。曾小莹说："放心吧，搞定！明天银行派人来公司估算下资产，简单地做个抵押手续，三天后放款。"我握住曾小莹柔软如棉的手："谢谢！谢谢！你这回可给公司立了大功劳！"曾小莹说："怎么奖励我？"我说："你只管说！除了我这个人什么都可以。"曾小莹笑着说："别臭美啦，谁稀罕您似的，我才不惹那麻烦呢！"我说："那你想要什么呢？"曾小莹晃着脑袋，盯着我的眼睛半真半假地说："知道您是个重情又仗义的好老板，我不接受您的奖励，您心里也过意不去是吧"又想想说，"这样吧，我准备按揭买一套房，首付款还差十多万没凑齐……"

我愣了一下，心想："好家伙！张口就是十万！她比大地主黄世仁还他妈的狠啊！"但我还是痛快地答应了她。

曾小莹高兴地跳起来，她抱住我。听说我还没有吃晚饭，埋怨我像个孩子,不知道好好照顾自己。下楼吃夜宵的路上,看见两个小青年在花坛边抱着啃。我回头问曾小莹:"你没和他上床吧?"曾小莹捶了我一下,生气地说:"您把我当成什么人啦?您以为是个男人就能跟我上床呢,哼!"

21. 小说情节(之五)

　　猎人在上山之前,曾做过细密周全的计划和准备:他离开家,离开营子,独自走进树木茂盛的黑山沟,在黑山沟沟畔爹住的那两间石头屋子里住了好几天。为了尽快熟悉猎人的生活,尽快进入猎人的生活状态,让爹死后逐渐消散的精气神尽快聚拢起来,回归到自己的身上,他尽可能地复原着爹的一切:他模仿着爹的一颦一笑,模仿着爹说话的声音以及爹说话时总爱用舌头舔舐嘴唇的嗜好,模仿着爹懊恼时用力拍击大腿咬牙切齿骂娘的凶狠,模仿着爹的咳嗽声,把咳出的痰很重地、像颗子弹一样准确无误地射进灶坑的余烬里;夜里,当月亮升起来,猫头鹰在黑山沟沟脑的叫声于榆树林里游荡起来的时候,他仰面躺在石头屋的土炕上,脑袋枕着爹平日睡觉时枕着的那块青色的天长日久被脖颈磨出凹槽的石头,身体盖上爹那条油腻腻的用野猪毛做成的沉重的被子。他幻想着,也希冀着爹溟蒙中的梦和他的梦重合在一起,去完成他们心目中共同的复仇大业。白天,他盘腿坐在石头屋子的土炕上,长时间地望着挂在墙壁的木橛上的、被从窗子外透进的阳光照得雪亮的猎刀和爹那支短尾巴猎枪。猎枪是从他祖上传下来的、乌黑的枪管，乌黑的鹰嘴样的狗头，被几代人的手掌打磨得乌黑锃亮的榆木把柄和枪托——这一切离他那么遥远又那么靠近。他望了一会儿，从土炕上下来，像迎接圣物般地，用颤抖的双手从墙壁的木橛上把猎枪取下来，扯起衣袖擦去猎枪上的尘土，然后握在手里反复掂量几下，让胳膊感觉一下猎枪的重量。然后又放在鼻子下闻闻，让嗅觉记住猎枪的气味。做完这些，感觉中，猎枪已经走进他的灵魂里，和他密不可分，成为他身体的一部分了，就像胳膊和大腿，耳朵和鼻子一样。然后他走出石头屋，站在院子中间的短墙边，把猎枪端起来，歪着头朝山坡上榆树的梢头叽叽喳喳乱叫的麻雀瞄准，调整枪管的准头。

　　猎人认真地做着各种准备，一丝不苟，就像运动员在决赛之前做的各种热身运动。这绝非小题大做，虚张声势，因为他已经预料到这不是只寻常的野兽，它是只智商和人类旗鼓相当、有时甚至高于人类的强劲对手——从母狼这些年来为了给公狼报仇而矢志不渝地对爹的跟踪、寻找恰当的时机对爹发动袭击来看，它不但有胆量有谋略，而且具有超常耐力和意志。严格地说，爹败给母狼，不是败在勇气和力量上，而是败在耐力和意志上。事实的确如此，甚至母狼比猎人预想的还要狡猾得多。几天后，各种准备就绪（包括精神上、体力上、物质上的准备），猎人开始打点行装。他从潮湿厚重的木柜里找出爹的那条多年不穿的鹿皮裤，套在身上，用牛筋绳打好绑腿，又穿上爹的狍皮背心。皮毛一体的狍皮背心是猎人进山打猎必不可少的衣物：夏天毛朝外穿在身上，既防潮又避雨，冬天毛朝里穿在身上，保暖又挡风。随后又把铺在土炕上的棕色的牛毛毡片卷起来，打成捆，塞进行囊里。

猎人趁着早晨的阳光，爬上黑山沟后坡。他径直朝南走，过了风呼呼吹响的梁岗，拐过一片低矮的山榆树林，来到石崖下的山神庙前。山神庙是他的祖上在黑山沟定居后修建的，当初人们以狩猎为生时，上山打猎前都来山神庙上香，香火非常旺盛。现在人们都搬出黑山沟，过上农牧生活，没人来上香祭拜了。山神庙破败了。院子里杂草丛生，庙顶上的瓦片多被北风吹得横七竖八。猎人用过去遗留下来的竹枝扫帚把院子打扫一遍，把屋檐上摇摇欲坠的瓦片扶正。推开已经半朽的木门，走进庙里，把备好的祭品：三个事先蒸好的馒头，两只拔去羽毛、煮得半生不熟的山鸡、一瓶高粱烧老酒。猎人把这些祭品小心翼翼、一件件摆在泥塑山神像前用石板搭起的桌面上，点燃三支香，举着香在头上绕了三圈，然后躬身施礼，把香插在麻石做的笨重香炉里，跪地叩拜完，微闭眼目，双手合十，嘴里叨念着从祖上学来的祭词：

威严的山神呵！
在您的山谷阴面，
在您群山环抱的摇篮里，
栖居着鹿貂和猞猁，
养育着山豹和松鼠，
这些都不是我所求，

我只求山神赐我力量，
让我大仇得报！
除掉杀害我父亲的恶狼！
浩瑞！浩瑞！浩瑞！
……

叨念完毕，猎人猛然睁开眼睛。眼睛便有血丝爆出，仿佛神力真的附体一般。猎人从腰间抽出猎刀，用刀尖在香炉里挑起一捏香灰，均匀地抹在宽阔的脑门上。

启程走上复仇道路时，猎人并没有在黑山沟附近的山林里停留，而是像匆匆赶路人一样在山林里奔走。路上，猎人没有发现母狼留下的任何蛛丝马迹。这一点他已经事先料到了——母狼得手后绝不会在附近山林里耽搁。它肯定知道杀死老猎人给它带来的风险，事先预估了作为倔强猎人世家的后人肯定不会饶过它。它也不会回到族群里，给族群带去祸患。它会迅速离开，奔跑到几百里之外的深山老林里进行休整。在回味着胜利的快乐中，对死去的同伴进行凭吊抚慰。于是，猎人马不停蹄，日夜兼程，从不间歇——从敖包梁到大黑山，从大黑山到马鞍山，从马鞍山直接进入大青山腹地。猎人到大青山时已是蒙历打猎月（农历五月）。此时山里正是老虎潦子开花，铃铛蒿挂穗的季节，算算猎人已经在大山林里日夜不停地走了一个多月。此刻猎人放慢脚步，看看周围颜色越来越深的山林树木，凭着猎人的直觉和敏感断定杀死爹的那只母狼就隐藏在这片山林里。猎人开始停下脚步来，在一面凹进的山崖下找了块露水打不到的干松的平地，坐在枯草上休息。他把猎枪倚靠在崖壁上，放下背上的行囊、敞开扣紧的衣服、解开绑在腿上的牛皮绳绑带、放松腿上的肌肉。歇够了，他找了些干松的苔藓和树枝，架起一堆篝火，又用随身携带的小铁罐到山涧下舀了半罐水，放在篝火上烧开，从褡裢里拿出带来的干粮、肉干和晒干的咸菜条，狼吞虎咽地吃起来。这是他进山一个月来，第一次坐下来像模像样地吃顿饭食（以往的餐饭都是边行路边解决的：路边冒出新芽的榛叶，在枝干上挂了一冬天还没有脱落的多肉的干枯野果，沟涧边刚刚长出来的矮墩墩肥胖的汁水饱满的一种叫"羊奶子"的植物果实，还有生长在林间空地上婆婆丁硕大的苞蕾和怒放的黄灿灿的花朵都可以果腹）。猎人饱饱地吃了顿饭，恢复着体力。他喝干了铁罐里的热水，就抱着猎枪躺在熄灭的篝火的余烬边，找补这些天急着赶路缺乏的睡眠。

一夜无事。黎明时猎人猛然醒来，他睁开眼，望着头顶还带着湿漉漉潮气石壁上的苔藓。他蹬开腿，伸展了一下歇缓过来的身体，感觉一股力量从脚跟升起，迅速向全身疏散开来。于是，一种信念，一种召唤，立刻在他的头脑里回旋起来。就这样，在苍茫的大青山，迎来了实施复仇的第一天！

猎人坐起来，把昨晚吃剩下的肉干放在嘴里嚼着，重新整理身上的猎装：把纽扣系严、把靴带拴紧、把腿带绑牢，又把磨得锃亮的猎刀插在靴筒里，然后拎着猎枪从石崖下走出来。这时太阳已经升起来了。因为是漫阴天，虽然阳光不甚分明，黄乎乎的像混着蛋清的蛋黄，但是猎人却在这种溟蒙中嗅到了一种盼望已久的气味儿。猎人走进一条山谷，在密林里穿行了一段时间，来到谷口。谷口狭窄，像一个葫芦嘴，从山外刮过来的风通过谷口才能顺畅地灌进山谷里。猎人在谷口找到一块湿润的开阔坡地，解开行囊，把随身带来的爹死时身上穿的血衣挂在树杈上，然后蹲在猎枪有效射程里的一块山石后等待着猎物到来。凭借以往的狩猎经验，狼的嗅觉灵敏，对气味的敏感程度高于其他动物几十倍。特别是对仇人的气味更是刻骨铭心。猎人把爹的血衣挂在山口的树杈上，偶有山风吹起，爹的血腥气就会在山谷漫散开来，给母狼造成仇人还活着的错觉。母狼必定凭着好奇走过来探个究竟，这样就落入猎人设下的圈套，走进猎枪有效射程内，给猎人创造出击杀母狼的绝好机会——瞄准母狼的眉心或心窝，只需轻轻扣动扳机，枪声轰然一响，母狼应声倒地，猎人的复仇大业也就告一段落、圆满结束了。他便可以回去用母狼的皮祭奠死去的爹，和荞麦踏踏实实过日子了——他想得太美了！事情总是这样，现实和理想总是背道而驰，相差甚远。猎人布置好圈套后，躲在不远处的一块山石后面，紧紧地握着猎枪，苦苦地等待了整整一天，眼睛瞪酸了、腰弯痛了、胳膊举麻了、腿也蹲木了，但也没有等到母狼在附近出现，甚至连半点母狼声音，一丝母狼的气味也没有听到闻到！

第一个计划落空了，猎人紧接着采取下一步行动。但都被隐而不露的母狼一一破解：在山涧旁下的套索被母狼从山上赶下的野猪笨重的蹄脚踏断；在草丛中布的铁夹莫名其妙地蹦弹后，里面夹住的不是条僵死的蛇就是只腐烂发臭的死老鼠；山脚下费了半天劲儿挖好的陷阱，刚刚布置妥当，人还没离开多远就被山顶上突如其来滚下的石头砸塌……晚上回到宿身的石崖下，吃了点东西，刚刚躺下，身子还没把地上的干草焐热乎，突然被山谷下母狼的嗥叫惊醒。等猎人翻身起来，拎着猎枪，借着清冷的月色摸下山谷，却没了母狼的踪影，只剩下被吓得不停鸣叫的山鸡和在树枝上惊恐地抽搐着尾巴的松鼠。这时山岗上又响起凄厉的狼嗥声。猎人再拎着猎枪追上山岗时，母狼已经躲进山半腰的密林里，趴在草丛里边歇息边舔脚爪……山上山下，梁岗涧谷，猎人跑来跑去，这么几趟折腾下来，天已经亮了。疲惫的猎人躺下却睡不安稳，白天蚂蚁和蚊虫开始出来叮咬人。猎人意识到这是母狼想用疲劳战术先将他的身体拖垮，然后再寻找机会对他进行袭击。猎人想不能这样傻乎乎地和母狼干耗下去，那样就中了母狼的圈套！和这样狡猾的野兽斗不能急躁，不能凭一时之勇，急于求成，得靠永久的耐心和坚强的毅力才行！

22. 我是一棵榆树

我跟你们说，我用这么长时间跟你们唠叨八百辈子前、凡是村里上了岁数的老年人都耳熟能详的"水淹大金地"的故事，并没有一星半点想向你们炫耀我们榆树的悠久历史（尽管我们的历史比你们人类的历史不知长多少倍。因为在没有人类之前，我们的祖先就在地球上不知繁衍生息了多少年）；也没有一星半点想让你们把我们祖上视为人类高高在上的拯救者。我讲这个故事所要表达的只是我们祖上的宽容、怜悯和善良的本质。我们祖上和人类和平共处，互相依存，并用平等和善的眼光看待世上的一切，敞开胸怀，让所有动植物都能在我们的庇护下得到滋养，包括你们人类。在我们眼中，你们人类只是世上千千万万物种中的一个分类，和大山中的飞禽走兽、花草树木、山涧溪流、大江小河、山石崖畔、蝌蚪昆虫一样，没有任何特殊分别。也没有因为我们祖上在那场"水淹大金地"的故事中用坚忍不拔的身躯挡住翻过海拔一千一百米高度的大黑山山脊的洪水，用高大的树冠挽救了村里人的壮举而倚老卖老，向人们索取回报。

但是到后来，人类却反客为主、忘恩负义，剥夺了我们自由生长的权力，理所当然地把我们当成他们的私有财产！

一切都源于我们的价值。因为在人类看来，价值是创造经济财富的首要条件。这颠扑不破的道理让人们原本淳朴、冷静的头脑热络起来，让简单纯真的人情复杂起来。

道破天机的游僧不知去向。这也许就是长生天不该让人类灭绝故意露出的破绽。滔滔的洪水持续半个月后，逐渐退去。人们战战兢兢地从我们祖上的树冠上下来。望着过去繁荣现在却荡然无存的村庄，和一片黄乎乎像面板一样光秃秃寸草不生的田地，一下傻了眼。过去的一切都不复存在了，连记忆都像在洪水中倒塌的房屋一样支离破碎、残缺不全。为消除一直盘桓在心里的对洪水的恐惧，他们不敢离开我们祖上身边半步，只在我们祖上的树荫庇护下生活，靠吞吃我们祖上的树叶维持生命。洪水退去后，连续的燥热和晴天，使大地蒸烤得像熬尽水分的干锅。但就在这时，奇怪的事情发生了！有家被深埋在淤泥里的枕头（这些一端绣着飞龙图案一端绣着舞凤图案或是绣着珍禽瑞兽的精致枕头，不是从山外下嫁到营子里来的新媳妇的陪嫁，就是逃荒过来在营子定居下来的山外人从家乡带来的留作纪念的随身品）突然发了芽，长出一种神奇的植物。这种红梗绿叶、上部分枝顶端尖翘的植物，长势飞快，几天就蹿到膝盖高。有上岁数的老人经过仔细辨认、又在头发花白迟钝的大脑里苦苦搜寻一阵后，最终认出这是山外也鲜有、只在天灾之后错过粮食种植季节才能出现的能帮助人类度过饥荒不至于饿死的天降之物——荞麦。荞麦花团团簇簇，越开越多，把洪水肆虐后荒凉的营子装点得一片雪白。细碎的花朵散发出蜜样的香气，惹得蝶绕蜂旋，让荒凉的营子又喧闹起来，有了生气。遗留在荞麦皮枕头里的荞麦种子发了芽，这不可思议的事情出现，让人们看到生活的希望，也让人们有了活下去的勇气。荞麦花脱落之后，枝杈尖端结出黑色棱角分明的卵圆形荞麦果实。捻开籽粒，剥去表皮，里面便是能压饸饹、擀面卷、扯面片、蒸香喷喷碗坨的荞麦仁。

荞麦救了营子里的人。人们吃饱肚子，开始从我们祖上的浓荫里走出来，挖土垒墙，重新建设家园。

这种能使人渡过饥荒、生长期又短，几乎半季就能成熟的作物，但产量偏低，需要大面积耕种才能够维持人们生活用度。于是几年间，村前屋后，田畔路旁，垄头坡地，被洪水淤积板结的土地上到处是荞麦。土地不够用，人们的犁头向山边延伸，开始走进山林开荒种地。就这样人类的介入打破了山里的宁静。他们挥舞着工具，用锹挖镐刨与我们争夺土地，把我们榆树林分割成不相连的小块，中间用疯长的荞麦把我们分割开来。

到现在让我很难理解的一件事是：长生天把我们和人类安排在

同一个星球，为啥给了我们截然不同的性情？喜欢静止不动的我们：一片土地（无论多么贫瘠）、一线阳光（无论多么晦暗）、一场透雨（无论是缓是急），便能让我们愉快而持久地固守在一个地方生活下去；而人类，长生天却错误地给他们安装了会行走的两条腿和一个会思考的大脑：两条会走动的腿，注定了他们"这山看着那山高"、得寸进尺、永无止境的欲望追求和贪得无厌的性格；而会思考的大脑，又给他们提供了某些强词夺理的狡辩能力。比如他们编造出来的"人挪活，树挪死"这句话，就是为他们的漂移不定的性格找说辞的一个例证。

我们用平等的眼光看待人类。但人类却把我们当成他们的私有财产。因为他们看到我们有待开发的经济价值。荞麦的价值是直接的，是能用肉眼可见的，因为荞麦可以让人们吃饱肚子，不再忍受饥饿之苦，可以维持生命，只有不断扩大种植才能把荞麦的价值最大化。而我们就不同了，我们的价值是间接价值，只有牺牲我们的生命，进行再创造，才能发挥我们的直接价值。这是我们的死穴，也是我们永远也摆脱不了的魔咒。

早些年，人们用我们搭棚盖屋：做房梁、当椽子，埋在门前做迎接客人的拴马桩，打造自家用的门窗箱柜、犁辕手杖，这些都是人们为自身生活需要的用具，不是交易品，无可非议。直到后来，多年后，一个蒜头鼻小伙子（水淹大金地后从老榆树下走出来的营子人的后代）娶的那个南方巧手媳妇，用我们柔软的枝条编织出精美的物品：舔爪的小狗、伸懒腰的小猫、振翅飞翔的麻雀、盘旋在花蕊上的蜜蜂、跪乳的小羊羔、弓背拉犁的老牛；托着长烟袋吸烟的老农、拉开弓箭的猎手、在盖头下含羞带笑的新娘、扯下裤子让女伙伴看牛牛的懵懂男孩等，这些精美且栩栩如生的物品拿到城里非常抢手，都卖到好价钱，招徕很多城里的商人到营子里来进货。这些目光锐利、满眼是钱的商人们看到漫山遍野的我们，嘴拢在一起，哦哦叫着，像是发现了取之不尽的宝库。于是，商人们花了少量的钱把我们成坡整岭地买下来，据为己有，并在营子里建起木材站或木器厂，用整天发出撕心裂肺叫声的带着牙齿的叫电锯的家伙把我们破开，做成城里人装修用的板材，或是用来附庸风雅、返璞归真的桌椅……

高大健壮的树们都被放倒了。只有我们一些低矮不成材的榆树还在山坡上存活着。我们稀稀拉拉、枯黄焦瘦，山外铺过来的沙石路从我脚下穿过，把我和同类们分开，隔路相望。

我独自孤立，静默沉思。黑夜的痛切悲伤使我体质羸弱单薄，而白昼的翘首企盼又使我体态歪斜虬张，扭曲变形。但没想到我这种病态的丑陋多年后却被人类视作极致的美！竟把我当成路边难得的一道景观。人们从我身边路过的时候都会从车窗里探出脑袋不停地惊叹。有的还停下车来，跑到我跟前搂着我的歪脖子拍照留念。春天，那个做生意发了财搬进城里、娶了南方巧手媳妇的蒜头鼻的小伙子后人——一个身材和他的长辈一般高矮，只是蒜头鼻子演变成酒糟鼻子的商人荣归故里，回乡省亲途中在疾驰的奔驰车中看见了我。酒糟鼻老板从车上下来，带着醺醺醉意围着我身前身后转了一圈，用手在我身上拍了拍，又朝我的根部踹了一脚。接着他站在远处，抱着肩膀眯缝着眼睛歪着脑袋打量着我，那样子就像老眼昏花的艺术大师用放大镜观赏罕见的艺术珍品，看得我心里着慌发毛。酒糟鼻老板把叼在嘴上的烟屁股噗地吐到地上，拍拍指头上满是金戒指的巴掌，咧开大嘴岔乐了。

酒糟鼻老板说："好树，奇树，真是鬼斧神工呵！"

留着分头的司机说:"不就是一棵歪了吧唧的榆树嘛。"

酒糟鼻老板说:"你懂个屁!你就知道吃饱不饿。"

留着分头的司机不好意思地挠挠后脑勺,讨好地笑着说:"好又能咋!咱也不能把它装进车里拉回城里去。"

酒糟鼻老板说:"我还真想把它弄回家,栽在院子里!"

留着分头的司机说:"不能吧!这么大的家伙咋往回弄?"

酒糟鼻老板说:"活人还能让尿憋死!有钱能使鬼推磨,这世上就没有用钱办不到的事情……"

酒糟鼻老板从真皮夹包里掏出商务通手机按了几下,调出电话簿里的电话号码,给城里一家搬运公司打通了电话。搬运公司经理迟疑着说:"我们只做市区里的货运生意,一般不接外地业务。再说我们也没有运送植物的经验……"酒糟鼻老板知道搬运公司嫌路远懒得接这活,就说:"你们做生意真是死脑筋!给你们送钱你们都不要!"搬运公司经理迟疑着说:"我们公司没有挖掘设备和大型的运输车。"酒糟鼻老板不耐烦了,吐口唾沫在脚底下碾碎,接着说:"那就去借!去租!去买!花多少钱都算我的!只要你把这棵榆树给我活枝活叶地运到城里去!"接着是骂骂咧咧地讨价还价。把事情定下来后,酒糟鼻老板放心地回到奔驰车里,闭上眼睛,让司机加大油门向山里的营子驰去。

我在穷乡僻壤里长大,不知道城市是啥样子。听说那是个像天堂一样的地方,只要有腿会走动的东西都朝那里奔。我心里又惊喜又害怕,不知道是福是祸,前途会怎么样!

三天后,从城里风尘仆仆地开来一辆我从来没见过的大型载重货运车,还有一台扬着胳膊伸着大爪子的挖掘机。挖掘机像逮住老鼠的猫一样哼哼叫唤着,三下两下就将春天刚刚化冻的地皮掘开,把我从土地里挖出来。我并没有感到想象中那种伤筋动骨的疼痛，因为运输工人把我连根带土一起用草帘包裹严实才抬到了车厢里。汽车拉着我在崎岖山路上颠簸行驶的时候我没觉出有啥可怕，我还能看见远处的树林和大山。但当大货车拉着我再行驶了一段时间，走出山口，远处生我养我的大山离我渐行渐远，前面出现一片陌生的土地的时候，我顿时产生了一种失去根基的飘荡感觉。这使我有些头晕眼花……

23. 我是作家夏林子

我和巴雅尔约好在三环的新世纪大厦广场中间的旗杆下会面，然后再一起去找刘旭东开车。一切定好后，我走到挂在墙上的B城地图前，确定好要去的位置及行车路线。抬起胳膊看看腕上的手表，还不到上午十点。窗外的蝉声已经吵成一团，噰噰噰噰的像一百轮电锯在切割木材。我端起茶几上刚才倒的还没顾得喝的凉茶水，仰着脖子咕咚咕咚地喝下去，然后舒服地哦了一声，抹抹嘴巴。凉茶顺着喉咙滚下肚去，立刻给我燥热的身体降了温。我进里屋脱了背心裤衩，换了身曾小莹去广州出差时给我买的凉薄的户外服装。看看手机电池的电不太充足，已经到了50%，于是我又从抽屉里找出一块昨天充足了电的备用电池，装进双肩旅行包里。顺手拿瓶矿泉水插在双肩包侧面带网格的兜袋里，这才关好门锁，踩着楼梯咚咚咚咚地跑下楼去。

路上一个电话打了三次。我看是陌生号码，没有接。电话又打进来，我只好按了接听键。是个远在韶山的读者打来的，这位老读者用方言混杂着脑血栓后遗症障碍不太流利的语言表达了她是我忠实的粉丝，并费力地、搜肠刮肚地罗列了一堆对作家这个人类灵魂工程师职业的溢美之词后，她说她在书摊上看到我被选在《小说月报》上的一篇中篇小说，读后非常感动，不顾脑血栓二次发作的危险，当夜伏案写下洋洋万言的读后感想，想和我分享一下。我费了很大劲儿也没想起被《小说月报》选中的中篇小说的名字。但是一件久远的事——虽然此时想起来对忠实的读者有些不敬，但还是清晰地跃入我的脑海：小学时老师布置了一篇课文的读后感，并让完成作业的学生朗读自己的文章。我的同桌，一个绰号叫气泡鱼的同学（他有一个特殊技能，能用舌头不断从嘴唇里舔出一串串斑斓的气泡泡）站起来朗读自己写的读后感，最后补的一句"我的文章读完了，以上都是我'感'觉出来的"。因为"感"字和"赶"同音，容易被听者混淆，一向严谨的语文老师顺嘴开了句玩笑："赶出来的？你这是放猪还是放羊啊。"惹得全班学生哄堂大笑。这句话在学校里口口相传，以至于成了盛行几年的流行语……为弥补过错，我相当诚恳地对这位老读者说："谢谢您，谢谢您对我的关注，谢谢您对我作品的厚爱。我的作品还不成熟，不足之处请多批评指教。我现在有急事正在路上。哪天有时间我给您老打电话，静心听您老的教诲。"

挂了电话，抬眼看已经来到小区门口。跨过侧门的时候，我不由自主地朝保安室瞟了一眼，保安室静悄悄的，窗子半开着，没看见小保安刘打桩的身影，只有那个五十岁开外有点秃头的老保安昏昏欲睡地坐在隔着桌子的窗前打盹。小保安去哪里了呢？我心想，开始为上午小保安去我家说那件事时我对他的失态后悔起来。这关他什么事呢？他也是一片好心。他毕竟是个刚从农村来还不太懂得城市里事的孩子。但愿我的那些话没让他太失望，没让他太难过，也没对他造成太大刺激。

　　我家住的小区离三环不太远,坐公共汽车横穿二环路五站地就到了。我下了公共汽车,远远地看见背着双肩包戴着遮阳帽打着绑腿、一身户外行头的巴雅尔,站在新世纪广场的旗杆下看几个老头下象棋。我走过去和巴雅尔打招呼,我们一起横着穿过新世纪广场,绕过几个滑旱冰的男孩,到一侧的公共汽车站等车。在胖墩墩高大肥壮的巴雅尔面前,本来又瘦又小的我显得更加瘦小。跟在他后面,我倒更像学生他倒更像老师了。

　　到了公共汽车站,巴雅尔突然醒过腔来似的拍了下巴掌,说:"坐啥公共汽车哇,这么远的路,打的打的。"

　　巴雅尔站在路边,伸着一只胳膊打的。一辆红色的夏利出租车靠边停下来。我们上了车。巴雅尔和我抢着坐在前面的副驾驶座(这样做等下车时付费更为方便),最后还是我坐在副驾驶座。巴雅尔坐在后面双人座,闭上眼睛养神。夏利车穿过一条商业街小巷,两边都是洋货商店,店主雇的穿着奇装异服、抹着蓝色口红的小青年把广告推销词编成rap(说唱),把麦克风贴在嘴唇上声嘶力竭地现场表演。打了折扣的花里胡哨的外贸服装挂在玻璃门和街树之间系起来的绳子上,老远看去像飘扬在远洋货轮上的万国旗。出了商业街,在快上四环高架桥时堵车了。等车的时候,出租车司机把墨色驾驶镜推到额头上,想和邻车的司机发几句牢骚,一看邻车司机是位女士,此刻女司机耳朵上戴着蓝牙耳机,正对着电话那头家里调皮捣蛋不做作业的孩子嘶吼:"别净光玩游戏,做不完作业,看我晚上回去不抽烟你的屁股!"出租车司机摇摇头,摸索着从兜里拿出盒香烟,磕出一支叼在嘴上,刚点火又想起什么。司机侧过头来问我:"吸烟吗?"我说:"不吸,谢谢。"出租车司机说:"我吸支烟您不介意吧?"我说:"没问题,你抽吧。"出租车司机点香烟深深吸了一口,随着从鼻孔缓缓喷出的烟雾,话匣子也打开了。司机说:"你们这是出差?"我说:"不是,去郊区。"出租车司机说:"郊游?"我说:"做个课题调研。"司机上下打量我一下说:"您是大学老师?"我停了一下说:"算是吧。"出租车司机对我举举大拇指:"不简单,不简单。你们大学老师都是有大文化的人。"我笑笑没有说话。这时候一个穿着红衬衫像鱼一样穿梭在停滞的车流里的妇女来到出租车前,飞快地把手里卷成喇叭筒的广告纸插在车门外的把手上。我朝车后望了一眼,坐在后座上的巴雅尔把双肩包转过来抱在胸前,弯着年轻柔韧的脖颈,憨态可掬地睡着了。我敲了敲车玻璃叫醒他。

巴雅尔迷迷瞪瞪朝车窗外望一眼说:"还没到嘛。"

我说:"快到了。"

巴雅尔说:"老师,你确定那土丘就是元驿站遗址?"

我说:"凭经验,八九不离十。"

巴雅尔立刻来了精神。他坐起来,向前挪挪身,趴在我的后背椅上说:"有个问题请教下,驿站是什么时候出现的?"

我想了想,回答道:"根据甲骨文上面的文字记载,我国商朝后期帝辛时代,也就是公元前十四世纪至公元前十一世纪就出现了驿站这名词。这个商朝最后一个君王帝辛史称商纣王,他虽然是个残暴的君主,但是在他早期执政期间还是有作为的,为老百姓做了许多事情。他重视农桑,推动社会生产力发展,使国力逐渐强盛起来;他亲自率领军队打退东夷扩张侵略,把商朝的国土扩大到山东、安徽、江苏、浙江、福建沿海等地,这样有利于中原先进的生产技术和文化向东南的传播,推动社会进步和经济发展,促进民族的融合。他执政期间,为了人民出行方便和防止土匪强盗掠夺,保证社会治安,动用国力在四通八达的道路沿线,设立了许多据点和投宿的地方,政府并出台了相应的管理制度,这就形成了商朝最初的驿站雏形。始建初期这些据点还不叫驿站,称之为'谍','谍'的本义是书写有保密文字的薄木片。但这里的意思是木栅筑成的据点,相当于现在农村的篱笆墙。后来又发展成为'次','次'古代的意思是舍,也就是有了可以安身休息的建筑物屋舍之类。再到后来,又在'次'的基础上正式建立'羁','羁'即停留的意思,至此,据点的功能逐步完善,已经演变成建在道途为王公贵族们提供饮食居住、吃喝玩乐的旅舍。"

巴雅尔说:"那么后来怎么演变成'站赤'的?"

我说:"我国古代通信有三种方式,这在《春秋》《左传》这两本书里都有记述:第一种方式叫'传',就是用车传递;第二种方式叫'邮',就是用人工步行传递;第三种方式叫'驿',就是使用马传递。这三种方式统称为'传遽'。后来因为车递的方式耗时费力,费用又太高,逐渐被淘汰了,只剩下步递和马递两种方式,改名为'邮驿'站。元朝建立后,由于疆域空前辽阔,为维持庞大的帝国运转,加强了驿站制度的建设。驿站,蒙古语叫站赤,'站赤者,驿传之译名也。'汉文的'站'是蒙古语 jam 的音译,就是汉语的'驿'之义。元代邮驿可上溯到蒙古国创始人成吉思汗和他的儿子窝阔台、乃马真皇后先后当政时期,在军政大臣耶律楚材的主持下,颁布《站赤条划》,以此为依据,统一蒙古站赤及汉地邮驿制度。为适应统治中心的转移,规划以大都为中心的邮驿系统,建立以驿站为主体的马递网路和以急递铺为主体的步递网路。从而形成规模庞大、称雄一时的元代邮驿,加强中央和地方及地方军政之间的联系。大规模的邮驿设置则开始于忽必烈时期。忽必烈迁都燕京，建立元朝后，驿站制度进一步完善，规模也进一步扩大。建立了以元大都为中心展开遍布元朝的各个行省以及乌斯藏向西也可以直通伊利汗国察合台汗国和钦察汗国。共设有驿站一千五百多处。以驿站制度为基础，元朝还设置了'急递铺'专门供传递紧急文书之用。每铺间的距离为十里、十五里或二十五里不等，每个铺有五个铺兵，每个邮长管理十个铺，急递铺的总管机构由总提领负责，急递铺提领所则设立在都城。'急递铺'与驿站互相辅助，专门负责运送朝廷和地方州郡之间的紧急公文和边疆战事的紧急谍情军令等。"

我们正说着，堵塞着的车流有些松动。前面黑色奔驰车的尾灯亮了一下，开始往前行驶。出租车跟在黑色奔驰车屁股后面往前走。路渐渐地宽了，奔驰车开始提速，出租车也跟着提速。上了高架桥车流又聚在一起。前面的奔驰车没有警示地突然减速，好在我们乘坐的出租车司机是个开车老手，一脚急刹车下去，没有和前面的奔驰车追尾。出租车司机摇下车窗玻璃，朝前面喊："咋开的车！"

前面戴着墨镜的奔驰车司机从车窗探出头对后面的出租车司机说："忙吗。要不，您从我头上飞过去？"

24. 小说情节（之六）

猎人识破母狼阴谋。当初，他虽然意识到这不是只一般的动物，却忽略了它在丛林里的感召力。当他正为能遇到这样一个充满智慧的强劲对手而沾沾自喜的时候，心里油然升起一种对母狼的佩服之情。这时候他想起了爹，想起了爹的死。人活百岁，草木一秋，到后来总会死的，但死的方式各不相同。有的轰轰烈烈、有的偃旗息鼓，如同草芥、灰飞烟灭。这样看来，生性倔强、在山林里狩了一辈子猎的爹，败在这样猎物手下不算太丢脸！想到这里，一股悲愤的豪情冲上猎人的胸腔。他站起身来，张开双臂对着苍茫的山谷放开嗓子吆喝起来：

"老家伙！你想让我屈服吗？想打败我吗？没那么容易！我可不是逞一时之勇的爹，不信你就试试！"

猎人的呼喝声传出去，在山谷里回荡着。就在他的呼喝声余音未了之时，对面山谷突然响起母狼的长嗥。随后引起丛林里游走的群狼的呼应。"呜——嗷！呜——嗷！呜——嗷！"凄厉的狼嗥声此起彼伏，一声接着一声，在山谷里次第传开，使草木为之改颜、石崖为之颤动。猎人手里紧紧地握着猎枪。他知道这是狼群对母狼的回应，也是对他的警告。

狼嗥声停息后，山林像被一种强大的力量洗劫了一样，树木屏声静气，禽兽鸦雀无声，山谷一片死寂。这无形的压力使猎人措手不及。他没想到离开族群的母狼，会在陌生的山林领地找到外援。这在有着严格界限分别的动物世界里是鲜有的事。他咳了咳嗓子，喉头上下滑动几下，吞咽着从舌根滋生的唾液。他把举着的猎枪放下，在手里拎了一会儿，然后又挎在肩膀上。往裤腿上擦了擦那双汗津津的手。他想之前虽然对这只母狼没有掉以轻心，但现在看来，还是低估了它的协同能力。目前所要做的，只有重新拟订周密的行动计划，迎接更大的挑战！

石崖下的篝火渐渐暗下去。猎人意识到夜里继续在这里住宿太危险，得换个相对安全的宿营地。于是他到旁边寻些干净的土，把篝火压灭，然后就赶紧收拾行囊，顺着山坡向前走去，寻找新的宿营地。他走过几条沟涧，穿过一片松树林，在一个树木稀少的山坡上，有座临风而立的陡峭山崖，山崖上有个自然风化形成的山洞。山洞狭窄幽深，高悬于石崖中间。石洞离地面足有两人高，下面是光滑如镜的石壁，没有供人兽落足的蹬脚，需要攀附着下面一棵半死不活的山榆树的枝干才能上去。猎人手脚并用爬上榆树，然后踩着一条粗壮的枝干跳进山洞里。山洞不大不小，正好够一个人卧身。洞内由于常年淋不进雨水，没有杂草，很干燥，是个适合人暂时居住、进能攻退能守的安全理想之地。猎人卸下行装，到下面的山坡薅了把艾蒿，又在石崖上收集些由于缺水而干枯的苔藓做引柴，点燃艾蒿，用艾烟熏走洞里的蚊虫。然后就在山洞里安顿下来。他趁天黑之前，到山洞下的小溪里用铁罐舀水装进随身携带的牛皮水带，用牛筋草编的套索套了几只肥嘟嘟的野兔和松鸡，备足几天用的饮水和野蔬——人迹罕至的山林里不难采到伞样的蘑菇、能嚼出黏液的蕨菜和松树下去年秋天积落的松子和榛果。一切收拾妥当，天渐渐黑下来了。猎人吃饱喝足后，便打开行李，就地展开牛毛毡片隔潮，再在毡片表面铺上爹的那件狍皮背心，便舒舒服服地躺在上面准备睡觉。

前半夜安然无事。风吹草动，虫鸣喔喔。猎人踏踏实实地睡了个囫囵觉。竟然梦到了爹。爹没有说话，面沉如水。但他的脖子上流着鲜血。爹用眼睛盯着他看，仿佛要说话，但只是嘴唇翕动着，却发不出声音。猎人从他的口型上分辨出他要说话的内容：杀死母狼，报仇！报仇！他想向爹保证，但也发不出任何声音。仿佛自己被罩在一个偌大的玻璃钟罩里。就在这时，一股神秘的力量朝他袭来，玻璃钟罩砰然击碎。随之，一阵阵尖厉刺耳的嗥叫声蜂拥而来，把他从睡梦中惊醒。

他从梦中醒来的时候，已经是后半夜，下弦月升起来了。月光像银色的潮水一样涌进山林。狼嗥声打破夜的沉静。

母狼在山岗上仰天嗥叫，哀伤而悠长。山谷里有狼应合。随后群狼齐鸣，有十几只之众。狼嗥声渐渐近了，狼群凑在一起，借着黎明前的晨雾向山洞这边靠过来。但猎人心里明白狼群奈何不了他，它们没办法冲进山洞来，只是在山崖下起哄罢了。于是无论狼们在石崖下怎么嗥叫折腾、怎么引诱骚扰，他只是踏踏实实地躺着，充耳不闻。有段时间，猎人甚至听到狼群用爪子在石崖底部抓挠的声音，借着山风，他已经清晰地闻到狼身上散发出来的臊烘烘的血腥气息。猎人计算了下，洞口离地面不到十米距离，狼们暴露在猎枪有效射程内，但猎人没有摸枪。装满火药、蓄势待发的猎枪就竖在他伸手可及的石壁旁。猎人就那么一动不动地仰面躺着："沉住气，沉住气！你现在什么也别想、什么也别做，你目前最重要的事就是好好休息，积蓄体力就行。以后你有的是时间和母狼周旋较量，斗智斗勇。"当猎人被下面的狼逼急了，在群狼中分辨出母狼的声音，并从中听出母狼的嗥叫声中明显带着对他嘲笑的意味的时候，一股热血冲上脑袋，他真想冲出去和母狼一决高低。但就在这时候，他想起爹，想起爹在母狼身上犯的错误，他又用理智强把这股火气压下去，在心里不停地叮嘱自己："你急什么？到任何时候你都不能急。这是一场毅力和耐心的对决。谁急躁了谁从心理上就败给了对方！一定要稳扎稳打，步步为营，只有这样你才能战胜这只狡猾的家伙！"听着石崖下母狼高低错落、时断时续、阴阳怪气的嗥叫声。猎人紧抵嘴唇，咬住牙齿。在心里暗暗骂着："该死的老家伙！狡猾的老畜生！你觉得你找来帮手我就怕了？你嗥叫吧，你尽情地嗥叫吧！我不是我爹，我不会让你得逞的！我有的是时间，一年不行就两年，两年不行就三年，三年不行就五年八年，看谁熬得过谁！"

天亮了。狼们渐渐散去，石崖下留下一片狼藉的碎叶和爪痕。山林里又恢复了宁静和活力。松鼠在树林间跳跃，山雀们开始在梢头鸣叫。涧下湿漉漉的溪水声被晨风搅起来，非常清越地传上山坡来。猎人起身走出山洞，像什么也没发生一样，伸开胳膊舒展下筋骨，然后到涧下洗脸，准备早晨的食物。他觉得身体应该补充盐了。他去溪水边采摘富含盐分的猪毛菜的时候，没有随身携带猎枪，只把猎刀插挂在腰间（他一点儿也不担心。因为他知道，消耗了一夜体力的狼们现在开始休息了，大白天不会卷土重来）。猎人把采摘的猪毛菜抱回山洞，放在小铁罐里和蘑菇兔肉一起煮熟，然后开始大快朵颐，吃饱喝足后，猎人静静地躺在山洞里，养精蓄锐，等待着天黑，竖耳聆听着狼群的声音。随着白天结束，夜晚的到来，狼群如期而至。在母狼的召唤下，狼群潮水般地朝石崖下涌来。狼嗥声此起彼伏，汹涌得像风扫幼林。这样持续两天后，没有任何效果，狼群开始松懈下来了，虽然同样的嗥叫，但从气势上明显弱了很多，声音中包含了应付差事的味道。随后的几天夜里，狼嗥声稀落下来，除了母狼的坚持外，其他狼的声音都显得有气无力，着三不着两，有一搭无一搭的样子。猎人意识到他一直等待的那个时机即将来到。于是，他开始行动起来。他用拇指试了试猎刀的刀锋，在一块平展的麻石上把猎刀打磨锋快。然后又用沾了兔油的抹布反复在猎枪上摩擦，把猎枪擦得油光闪亮。这天夜里，当狼群又朝山崖下围拢过来的时候，猎人把几天积攒下来的吃剩下的野兔头骨和松鸡的脚爪分几次抛出洞外（开始数量多，渐次减少）。这样，吃馋嘴的狼突然断了食物，狼性大发，便为争抢几根骨头厮打起来。猎人躲在山洞里，为轻而易举分化狼群得意地暗笑，他心里说："好啊！好啊！到底是畜生，几块骨头就把你们瓦解了，就开始翻脸打架。打吧，打吧，让你们把力气耗尽，狼脑子打出狗脑子才好呢！"

天上突然一道闪电，惊天动地的霹雳后，一场大雨倾盆而至。天地瞬间一片混沌。大雨把狼群浇散了。山里的雨不同平原，来得急去得也快，没多长时间，雨像堵住漏洞的水袋，没有任何预兆地骤然停歇下来。云散月出，清辉洒满大地。万籁之间，只有母狼不甘心地、不依不饶地躲在山坡嗥叫着。猎人觉得该到教训它的时候了。猎人就把猎刀插在靴筒里，给猎枪填装足了火药，走出山洞口，顺山榆树的树干溜下地面，悄悄地朝母狼嗥叫的山坡摸过去。猎人凭借着明亮的月光，踩着石头，越过雨后水势渐涨的小溪，悄悄穿过齐腰深满是露水的榛柴丛。当他接近对面的山坡时，母狼嗥声突然停止了。他朝着凭经验判断母狼嗥叫的方位摸过去，但却寻不见母狼的踪影。猎人抹了把湿漉漉的脸，看了看被露水打湿的衣服，猛地一惊，意识到中了母狼的圈套。就在他摘下挎在背上的猎枪、掰开狗头（磕打引信的机关）、检查炮台（装置引信的平台）有没有被露水打湿的时候，身后的一棵山榆树急剧地晃动起来，积存在树叶上的雨水兜头而下，浇得他浑身透湿，炮台上的引信立刻被雨水洇染。猎人心里暗叫一声："不好！"正当他用另一只手去靴筒拔猎刀的时候，一个灰色的身影从山榆树后的一块石头上一跃而下，猎人下意识地朝旁边闪身，手里的猎刀机械地向前一拦，灰色的影子惨叫一声，迅疾地擦着他的肩膀滚过去，落到离他十步远的草丛里，消失不见了。

猎人惊出一身冷汗。他左肩被袭击者锋利的脚爪撕开一道一尺长的口子，多亏厚重的鹿皮猎装的保护，才没被伤及骨肉。猎人冷静下来，他提着哑火的猎枪，借着月光放眼望去，发现在他面前十步远处，一条被他猎刀削掉的灰色东西躺在地上，像即将失去生命、做着最后挣扎的黄鼠狼一样抽搐着。

猎人走上前去，猫下腰，用两根手指头小心翼翼地捏起地上的东西，举到月光下，翻转细看着。

猎人说："哈哈，是条狼尾巴！"

猎人说："我竟然削掉了它的尾巴！"

猎人说："你毕竟是只猎物，再狡猾也逃不过猎人的手掌！"

猎人对着母狼消失的草丛说："这次便宜你啦，只丢了尾巴。下次见面，也许会是别的东西了！"

25. 我是作家夏林子

出租车在四环外的一个建筑工地边停下。我和巴雅尔下了车，却怎么也联系不上刘旭东。人找不见，电话打不通。我和巴雅尔分头找。建筑工地外堆着小山一样的沙子和建筑材料，工地内起了基底的楼盘林立着钢筋隔板，脚手架上戴着安全帽的工人来来回回走动着，不时有电焊的火花溅起又落下，像是雨后黄昏西天的云缝的露水闪。我有段时间没和刘旭东见面了，也不知道他换车了没有。我看见建筑工地东侧马路边的糖槭树树荫下停着一辆黑色别克车，以为是他的车，走过去。别克车装的是墨色玻璃，黑黢黢的，看不清里面有没有人。旁边停着一辆卖盒饭的三轮车，戴着白色厨师帽围着白围裙的妇女正给几个光膀子嘻嘻哈哈开着玩笑的民工打盒饭。妇女一手端着白色盛了米饭的一次性塑料饭盒，一只手持铁勺，在民工的指点下往米饭上浇了一勺麻辣豆腐，又往米饭上浇了一勺香菇炒油菜。等几个民工端着盒饭蹲在马路边的树荫下大口吞咽、卖盒饭的妇女闲下来的时候，我走过去，问她看没看见一辆小轿车停在附近。卖盒饭的妇女说："你说是哪种小轿车哇？"我说：

"我也说不清。"卖盒饭的妇女笑了。妇女说:"小轿车多的是,来来往往的,我怎么回答你。"我指了指身边的黑色别克说:"像这样的商务车吧。"卖盒饭的妇女摇摇头说:"没看见这种的,倒是有辆很旧的红色两厢夏利车在对面马路的树荫下停过,后来又开走了。"正说着,卖盒饭的妇女举着铁勺朝远处一指:"那不是又过来了。"

一辆老旧的两厢红色夏利车驶过来,停在我身旁。车门打开,西装革履的刘旭东和巴雅尔从车上下来。

我说:"干什么去了?手机也打不通。"

刘旭东笑嘻嘻地说:"烟没了,去买盒烟。一看手机又没电了,正急着往回走呢,碰到找我的巴雅尔。"

我问:"生意怎么样?"

刘旭东说:"还行还行。"

我说:"那就好。"

刘旭东看看快到中午了,让我们吃了午饭再走,前面的胡同里就有小饭馆。我说不用了,中午之前得赶到村子里去。我们走到车跟前,刘旭东把夏利车的一些小毛病告诉巴雅尔,嘱咐他开车小心一点。我说:"得换一台新车了,这么大个经理当着还开这么老的车。"刘旭东脸一红,有些尴尬。他说:"换、换,等这笔生意成功了,就换台好车,什么奔驰宝马的都不在话下。"

刘旭东把车钥匙交给巴雅尔,说还有事忙着,就打了辆出租车走了。巴雅尔坐上驾驶座,我坐在他侧面的副驾驶座。两厢夏利车的座椅很硬很窄,顶部的漆已经脱落,裸露着里面白生生的铁皮,像是患了白癜风人的脸;挡风玻璃也破了一道纹,缝隙处用透明胶带粘着,反光灯也用两张光盘代替着,用来反射夜晚行驶时对面车打过来的强光。巴雅尔把钥匙插进钥匙孔里,车嘟嘟嘟嘟地颤抖了两下，到底还是启动了。我很难想象刘旭东是怎样开着这辆快报废的车在市里跑业务会见客商的。巴雅尔开着夏利车是顺着辅路绕到城东郊区，再拐过来顺土路朝北走。土路有一段和正修的六环路交会。路面高低不平，坑坑洼洼，一条被掘土机挖掘的积满雨水的沟渠挡住去路。前头的越野车加速从水坑上冲了过去，把褐色的泥浆切割成扇面一样向两边铺展开。巴雅尔不敢快开，只有减缓速度慢慢从水沟边沿颠簸着绕过去。

到目的地嘎鲁村已经接近中午。

村子坐落在四通八达的平展地带，一看就是自古以来的通衢要地。小村建设得不错，根本看不出一点儿过去以农耕为主的村落样子，倒像是个经济发达的城郊小镇。村头古色古香的白色大理石牌坊门楼横跨公路而过。宽阔的柏油马路两边是鳞次栉比的商铺和正在建筑着的楼厦，乍看上去虽然都是现代气派，但是细心的人，还是多少能从散落在路边的物件：一座挺立在街角的破败的石拱桥，几根随便立在街边的带有穿凿痕迹的、涂彩暗淡的松木桩，一堆立在老宅院落门口被老人们用来坐着晒太阳聊天的、雕刻着卷曲云纹的上马石，还有在小巷里随处可见的带着碗口粗细洞眼的条石等，从这些细枝末节处都能捕捉到古城遗留下来的痕迹和气息。但这同时也让我感觉到，在这里，曾经远古与现代共存的村落，正在被强大的经济洪流冲击与侵蚀着——灰瓦纸窗飘扬着彩旗的酒肆，被临街墙上贴着热映的好莱坞大片的电影广告画的酒店夺去客流，低矮的榨油作坊虽然与米粉加工厂隔街相望，但米粉加工厂先声夺人的机器声将榨油作坊徐缓有致的石磨声压制得声若游丝，断断续续，甚至无从可闻。村民们也没有过去乡下人的那种狭促，他们穿着名牌服饰，面静似水，落落大方，一副见过世面的城里人那种处之泰然的样子。对开进村子的陌生车辆和走在路上的陌生人也熟视无睹，没有好奇和热络，事不关己，依然忙着各自手中的事情。途中我们停下车问过路人去沾齿土丘怎么走，人们只是轻描淡写地随便用手一指，继续走他们的路。

巴雅尔说："是不是得先跟村委会打个招呼？"

我想想说："也是，那咱们先去村委会。"

村委会好找，不用问。我们开着夏利车顺着一溜扯着鲜艳夺目的"村委会换届选举"的红布条幅往前走，就直接把车开进村委会的院子里。村委会是三层砖石结构的小楼，墙上刷着白漆，地上铺着瓷砖，门廊斗拱一应俱全。楼道里异常肃静，只楼梯口的收发室里坐着个披散着头发的中年妇女在看新到的报纸。巴雅尔走过去趴在窗口说："我们找村长。"那女人头不抬眼不睁地说："村长不在。"巴雅尔说："去哪儿了，能找到他吗？"那女人说："去喝喜酒了。你们找村长啥事？"我说："想到沾齿土丘看看。"女人抬起头，警惕地看了我们一眼："到土丘看啥，你们是哪里的？"我掏出工作证给她看。女人说："哦，是大学教师。这几天来了很多外地人，都要去土丘，不知道有啥可看的。"女人说着拿起桌上的电话拨打村长的手机，一阵忙音过后，妇女说："村长的手机打不通。你们等等吧。"

走廊里的门都锁着，我们只好走到院子里去等。好在乡下的天气不像城市那么闷热，尽管是正午，在树荫下也偶尔有带着青草味儿的凉风徐来，让人浑身舒爽。年轻气盛的巴雅尔想起过去在行政机关时他陪领导下乡都是前呼后拥的，从来没受过这样的冷遇，有些愤愤不平。我劝着他，他才冷静下来，坐在院中银杏树荫下玩手机游戏。

为了打发时间，我也坐在树荫下一块砖头上，继续在路上的话题，再给巴雅尔讲讲驿站在元朝的发展情况。

"随着蒙古大军的日夜征战，辽阔的疆域不断扩充，为了加强中央与地方、内陆与边疆的联系，驿站制度的建设显得越来越重要。到那时驿站不单单是免费的旅馆和传递政府文书的信差用来更换马匹休息住宿的地方，更是军用物资的运输调拨存储及军事情报的搜集传递之地。因此，元朝对驿站制度重视可以说相对于前代有了较大的发展。十三世纪波斯史学家志费尼撰写的有关成吉思汗及其子孙远征国外的历史著作《世界征服者史》记载：'早在成吉思汗时期由于战争规模的扩大以及蒙古帝国疆域日广，为了大规模的运输军用物资和军事情报需要，就已经开始大规模的设置驿站和驿路。'又根据古伊利汗国宰相拉施特主持编纂、历时十年编完的中世纪史籍中最重要的古文献之一的《史集》记载：'元太宗窝阔台在建都和林后正式确立了驿站制度，设置了和林城到中原的驿道，并每隔五程就设置一个驿站，由一个千户负担站内事务，总共设置了三十七站。'木亦坚汗时期，元太宗窝阔台在宰相耶律楚材的建议下，出台了《站赤条划》，这是首次由政府出台的驿站管理和对驿官考核的具体条例，对元代邮驿发展起了保证作用。同时，还在汉地设置了万户、千户。加上由耶律楚材主持黄河以北汉民的赋调，这就使得蒙古在剿灭金朝的战争中有了黄河以北地区的兵力和财力的支持。由此，晚年的窝阔台在狩猎聚宴之余，豪饮千杯之后，曾对身边群臣艳姬骄傲地夸耀自己，将设立驿站和'灭金伐宋''财税改制''改定官制'并列为自己治国理政的四大功劳。

"元朝建立后，世祖忽必烈对驿站的重视进一步提高，制度不断完善，规模不断扩大。建立了以元大都为中心的，辐射元朝管辖的各个行省及多个附属国驿站网络。元世祖在位的三十五年期间，全国共设有驿站一千五百多处,并对急递铺进行专项改制,使其成为运送朝廷和地方州郡之间紧急文件的首要通道。并在太宗窝阔台时期制定的《站赤条划》的基础上又出台了《站赤条例》。《站赤条例》是相比《站赤条划》更系统更完整的驿传的基本管理条令。内容多达十项:一、驿站组织领导的选拔任用;二、驿站领导者的职权范围;三、驿站马匹的管理制度;四、驿站的饮食供应标准;五、验收马匹;六、站官的工作规则;七、检验符牌;八、驿站所辖牧地的管理;九、上层站官对属下站官的监督;十、驿站的站官提升调度等。至大四年,也就是公元一千三百一十一年,元武宗海山又在各驿站增设有驿令和提领导驿官,他们的职责是如数供应良马,检验驿使凭证,清点驿站设备等。这些元朝驿站制度的广泛运用,加强了中央与地方的广泛联系。诸王勋贵们的朝会文书的发布和物资的转运都要通过驿站来输送传递。因此,我们说站赤设置及健全完善,对元朝统治及总体的经济发展起到了至关重要的作用。"

26. 哎哟喂!咱是城里人

我磨磨蹭蹭地从沙发上站起来。走出屋子,把喝剩下的养生茶倒在院墙根。那里有只刘旭东从工地捡回来的使剩下的带着铁丝提手的塑料漆桶,是他用来收集家里茶渣呀淘米水呀苹果皮之类东西沤制蔬菜肥料的,发出一股淡淡的酸腐气。但我喜欢这种气味儿,你说在农村待过,种过庄稼地的人谁不喜欢这种气味呢?我在院子里走了一圈,在屋檐底下抻了抻胳膊腿儿。这时候看见菜畦子的黄花绿叶间有个红彤彤的东西,不知是啥,我把一只脚踏过去,扒拉开绿叶一看,是一颗熟透的圣女果,其实叫我说就是小西红柿,不知谁给起了这么个吸人眼球的名字。我把熟透的圣女果从秧棵上摘下来，也没有到水龙头下去洗（尽管是大夏天，早晨从水井里压出的水还是瓦凉瓦凉的，冰手得很），只是扯衣襟擦擦，就扔进嘴里嚼起来。圣女果很甜，汁水也很多。香甜的圣女果让我心情变得老好了。

我边嚼着圣女果边走回屋里，开始打扫卫生。我把扔在地上的袜子收起来，塞进衣柜里的布袋里。又把满地的鞋用脚推到一起，让它们成双成对地去墙旮旯待着去。当拿起笤帚打扫屋子时，我突然明白一件事情，我自己问自己：你一时赌气，为自己痛快，把家布摆得不成样子，零零碎碎锅碗瓢盆，皮儿片儿的，到最后还得自己收拾，你这不是自己跟自己过不去，自己给自己找麻烦，自己给自己找事儿干，自己给自己找罪受吗？想到这，我自己被自己逗得扑哧一声笑了。我想，这也许就是平凡的日子，这也许就是普通人家每天都过着的日子吧！

我收拾好屋子，又往地上掸些清水，屋子飘起湿漉漉的土腥味儿，立刻清亮起来。我正浏览手机短信推送的新闻的时候，去街上买早点的刘旭东回来了。两屉杭州小笼包子，一碗紫米粥，一碗紫菜蛋花汤，两个茶叶蛋在桌子上冒着热气。包子是猪肉梅菜馅的。我用羹匙吃口紫米粥，再去吃包子。刘旭东把羹匙扣在紫菜蛋花汤碗边，边嚼着包子边看刚从街上报刊亭买来的《B城早报》，这是他多年改也改不了的知识分子的臭毛病，总爱吃着饭看报纸。有时我突然想，是不是刘旭东觉得娶了我是凤凰落在鸡窝里，委屈他了呢。有时我又想，说不定他来我这里只是权宜之计，就像受了伤的老鹰，等在我这儿养好伤，翅膀硬了就飞走了呢？这也就是我对他总发脾气的主要原因。我这人是刀子嘴豆腐心，其实心里并不坏，我发脾气只是想先发制人把刘旭东拿捏住，让他守住这个家。不是有人说嘛，男人都是贱坯子，不宜惯着。就像小孩子，你越收拾他越跟你近乎，越离不开你。

看着看着，刘旭东不知道在报纸上看到了啥消息，嘴嚼包子的速度慢下来，脸上还露出微笑。

我说："啥好事，瞅把您美的。"

刘旭东说："没什么事。"

我说："说来我听听。"

刘旭东瞥了我一眼，不耐烦地说："我说了，没什么呢！一个重要考古发现，说了你也不懂。"

我的火一下就上来了。我劈手把报纸从刘旭东手里夺过来扔在地上，大声吼着："你大爷的，不快点吃饭，啥时候了你还看呀看的，我还等着你送我去书店呢！"

我没心情再吃饭了，推开紫米粥碗，把咬了一口的包子扔在桌上，进里屋戴上遮阳帽和随身的大挎包，气呼呼地往外走。刘旭东嚼着饭从屋里追出来，说开车送我。但是那破夏利车还是像老母鸡趴窝似的一动不动，不管刘旭东咋摆弄依然没有一点声息。他下车朝车轱辘踹了一脚说："这家伙也敢跟咱们老板罢工呢。"刘旭东想逗我笑，用来缓和气氛。但我没有笑，没给他脸。我推开角钢和黑铁皮做的院门，气呼呼地走出去。

从我家出来往西走，穿过一个被废弃的、长满荒草和艾蒿的菜园子，就到了马路上。马路是进出城市的通道，是从城里出来的城郊线路公共汽车的最后一站。我贴着马路牙子往前走。离车站牌不远处有个白胡子老头坐在树荫下算卦。老头仰着脖子瞅天，眼睛翻着，不知是真盲还是假盲。地上平摊着一张印在白布上的八卦阴阳图，上头压着一根桃木龙头拐杖。老头掐着手指头给几个去建筑工地打工的民工批八字，批好的满脸喜色，扬眉吐气；批不好的蔫头耷脑，唉声叹气，等着向算命先生央求破解之法。我远远地绕过去。我想算命有啥用呢？我才不迷信这些骗人的把戏呢。路好走不好走都在自己脚上，命好不好都在自己手里攥着。要是算命先生能耐，有破解之法，能把孬命改成好命，能把坏事改成好事，那他咋不给自己改改命运，让自己发财，让自己也坐上高级轿车，让自己也住上高楼大厦呢，那不比像现在这样死热荒天地蹲在树下给人算命强！

你们说对不对？

车站没有几个等车的人。一位母亲带着个孩子，小男孩在马路牙子上上下下地跳，没有一点老实气。一个身穿半旧中山装的农村模样的老大爷站在站牌下，用粗糙弯曲的指头按着站牌上用红漆喷的站名数着站数，身边放着一只纤维袋子。纤维袋子满满挺挺的，不知里面装的是啥。我有些日子没坐公共汽车了，每次去书店都是刘旭东开夏利车送我。现在站在站牌底下和大家一起等车觉得有些别扭。从城里发过来的公共汽车间隔时间长一些。于是我从大挎包里拉出随身听的耳麦，塞在耳朵里。我喜欢听赵本山的小品。赵本山是我的崇拜偶像，他的小品既逗人乐又接地气。听说他要拍农村爱情题材的电视连续剧，那我可要一集不落地追着看，就像前几年追韩剧一样。

公共汽车来了。公共汽车扑哧一声在站牌前停下。等车上的人都下来，售票员却把门砰地关了。公共汽车到前面拐个大弯儿，掉过头来再停下才让上。那个农村老大爷排在我前面，纤维袋子很重，他吃力地拎着。我随手帮他拎上了车。老大爷千恩万谢，说是儿子在商场当保安，他去城里看儿子。公共汽车走了几站接近市区的时候我得倒趟车，没想到老大爷也和我倒一趟车。谁让有缘分呢，我又帮他把纤维袋子拎上另一趟车。车里黑压压的都是人。我想大周末的不在家老实待着，都出来干啥呢！我在后面推着老大爷朝靠近窗口的位置走，老大爷的纤维袋子不小心蹭到了一个打扮得妖里妖气的女人的腿上。女人虚惊倒怪地哎哟叫了一声说："看着点！挤什么挤。把我的衣服都弄脏了。"听这话我不乐意了。我说："怕挤您自己买轿车去啊，想怎么坐就怎么坐……"女人翻着白眼对我说："关你什么事，有病！"我的火气一下子上来了，要不是车上人多拥挤，我真就冲上去问她你说谁有病！她要是不服软的话，我准会跟她干一架。也该她倒霉。这时候靠窗的座位有人站起来要下车，我赶紧推老大爷坐下，那小妖精不由自主被人流挤到我跟前，我瞪了她一眼，她也没敢奓刺。我扶着老大爷的椅背叉着腿站着。公共汽车路过西郊时，看见昨天早上失了火的家具城还黑乎乎的，被火烧了的家具都堆在广场上，看不出一点模样。这得多大损失呀！过去问一问价格都让你惊掉下巴的高档家具，现在都成了灰炭，变成了一缕青烟。这得让多少商家破产，多少商家的梦破灭哇！旁边被大火殃及的一座别墅庭院更是凄惨，房顶没了，窗玻璃也都成了碎片。破败的庭院里只剩下一棵被烟熏火燎得不成样子的榆树，枝叶都没了，只剩下树干还倔强地挺立着。听车上有人说，这种树生命力旺盛，只要不伤到根，不定哪天一场透雨它还能返活过来。

到了杭州街的书店，看见小伙计已经开了门。小伙子用五色粉笔把书店新到的书目写在小黑板上，挂在门口，现在正拿着抹布擦玻璃窗。看到这些，我心情一下就好多了。小伙计住在书店楼上的阁间里。昨天早上看见家具城起火就去帮忙，身上的红色T恤被溅起的火星烧了几个洞，蓝色牛仔裤上也溅满泥浆。在床底下放了洗衣粉水的盆里泡了一天，早上跑完步才拿出来洗，现在挂在书店门外用废旧电话线做的晾衣绳上滴答着水。小伙计只穿了件挂肩的白色背心和宽松的绿色运动短裤，胳膊腿上一疙瘩一疙瘩的肌肉像要跳出来咬人的小老鼠。嘴唇上的乳毛在早上的光线下散发出一圈光晕。小伙计用毛巾擦着汗说："阿姨来得这么早啊！"我说："在家待着心烦，早来找个清净呗！你还没吃早饭吧？"小伙计："泡着方便面呢。"我说："老吃方便面可不行！那东西一点儿营养都没有。"我从大挎包里掏出路过早点摊时买的驴肉火烧递给他："快去吃吧，还热乎着呢！"小伙计接过去说："谢谢阿姨。"我说："以后不要管我叫阿姨，叫姐！"小伙计眨巴着眼睛说："那可不行！叫姐不是把你的辈分和我扯平了吗，在我们乡下把人叫低了辈分是要惹人不高兴的！"我用指头戳着他的脑门子说："我有那么老吗？小傻瓜！快去吃饭吧，驴肉火烧凉了腥味儿就出来了。"

小伙计拿着驴肉火烧噔噔噔跑上楼去了。

我拿起小伙计擦完汗扔在柜台上的毛巾，放在鼻子底下闻闻，愣会儿神，骂句："小傻瓜！"把毛巾洗干净，搭在衣杆上。

这天心情好，生意自然就不错。上午卖出了三套精装《金庸武侠全集》，下午又卖出了五套《胡雪岩经商之道》。还给别的书店带货卖出几套琼瑶的言情小说系列。但这些生意都挣不了几个大子儿。因为进货折扣高，客户又在柜台上软磨硬泡地往下压价，剩下利润很少。不像昨天预订出那套禁售的港版插图本《金瓶梅》，想起来心里就舒坦。订货的那个秃顶看样子是个管事的官儿，要不然漂亮的女秘书和老板模样的人咋会争着抢着替他付款呢。我就喜欢这样的生意，做一笔是一笔。挨宰也没人吱声，出别人的血不心疼。晚上结了账，等着刘旭东来接我。天都快黑了还不见他的人影。我给他打过手机去，他吭唧半天才说出把车借给了他的同学了……我的火噌的一下蹿上来了！

我咬牙切齿地骂道："好哇！您借车出去连声招呼也不跟我打！眼里还有老娘吗！看我回去怎么收拾你！"

27. 我是作家夏林子

我和巴雅尔坐在村委会院子里的银杏树树荫下等了好长时间，也没见村长回来。直到收发室那个妇女下班，她走出来锁了楼门，骑着女式轻便小摩托打我们身边路过时说："别等了，大周末的，不知道村长还来不来呢。"我们才觉出时间已经是过午，肚子已经有了饿意。巴雅尔站起来，伸伸懒腰说："可不是呢，咱们可别这样傻老婆等汉子啦，说不定村长参加完婚礼，还要等到新娘把孩子生下来一起吃喜面呢！"

我说："咱们先去吃饭吧。"

我们从村委会院子里出来，在街上随便找了家快餐馆走进去。虽然到了饭口吃饭的人却不多，只有里面靠着吊扇下的一张桌子坐着一伙外村来碰运气寻宝的人在吃饭，这些人都光着膀子，穿着大裤衩，把一条腿蜷曲着蹬在凳子的边缘，手里拿着啤酒瓶子，守着一碟水煮花生米喝酒吹牛皮。留板寸头的人说："听说了嘛，村东的海子昨个儿挖地基时挖出了一个铜马镫，说是古代值钱的物件儿……"镶着金牙的说："那算个屁！葛二子前天还挖出个银坨子呢，让他化喽给闺女媳妇打了好几副手镯子。"瘦腮脸说："据说过去那里是个姓元的大财主的库房地……"板寸头说:"得得得!知道就说,不知道就一边待着去——啥元姓大财主!元是过去的朝代名!就是在前门楼嫖娼得了黄梅大疮那个……"镶金牙的打断板寸头的话,嘎嘎嘎嘎笑得直不起腰,他缓口气说:"瞅瞅瞅瞅,说话有谱没!整个儿没文化!你把儿媳妇的裤子穿到老公公腔上啦!——得杨梅大疮那位皇帝是清朝时候的事儿,知道不?不知道就一边待着去——元朝是赵子龙大战长坂坡、关公爷温酒斩华雄时候的事儿……没事儿多看看书,别丢人现眼!"

吃完饭,我们没有去开停在村委会院子里的夏利车。我们顺着街往村子西头走,在前面的十字路口打了辆拉黑活的面包车。当时司机正和几个男女在一家商店前的树荫下坐在废弃的水果篓子诈金花,嚷嚷着,为谁先出牌谁后出牌争得面红耳赤。耳朵上还贴着纸条(输牌的象征)的年轻司机拉着我们来到村外,穿过一片棉花地和树苗园圃,前方出现一道宽大的黄土岗子。我想那肯定就是沾齿土丘了。黄土岗子像座巨大的丘陵,突兀在平地上,旁边是废弃多年的但现在还能隐隐看出痕迹的宽阔的土路,和远处巍峨的燕山山脉遥相呼应……我奇怪,这么多年堆积的黄土丘上植被却很少,上面几棵榆树也寥落枯黄,像是深秋里断了地脉和阳光的玉米秧子。面包车停在黄土岗子下,我和巴雅尔爬上土丘,发现土丘上大小深浅不等的布满锹挖镐刨的坑洼,旁边还堆着旧的和新鲜的沙土。有台推土机在不远处哼哼叫着正在一口一口地啃噬着下面的陡坡,为村里即将建起的养鸡场拓展着地基。几个村民和孩子跟在推土机后面,用木棍敲打着翻出的新土泥块,在里面认真地寻找着什么东西。

推土机推出一块白色的石头。巴雅尔用树枝挖去附在上面的泥土后,朝站在土丘顶上向远处观望的我挥手,我下去仔细辨认,确定是块支撑古建筑物廊柱下的柱础石。由此我已经基本确定我的判断，这里曾是七百年前元朝驿站建筑的遗址。因为就其马背民族粗犷的性格，只有元朝的建筑才会采用这种不加雕饰的简洁的素覆盆式风格的柱础石，这和"泥质灰瓦""莲纹瓦当""红门拦马墙"都是元代建筑的鲜明标志。我想在土丘下肯定完整地尘封着七百年前元朝鼎盛时期的一座辉煌建筑，尘封着七百年前鲜为人知的一段驿站文化的兴衰故事……

"作为一个强大的王朝，驿站系统的完善程度也决定着信息传递的速度和政策落实的速度。《永乐大典》记载元朝驿站：'星罗棋布，脉络贯通，朝令夕至，声闻毕达。'那时驿站已经不是低矮的土木结构的土门土户，而是相当有规模的类似官邸一样壮观的楼阁建筑，大开门的四合院，设有萧墙、红门拦马墙、偏厦、马厩、旗杆、角楼、膳房等，还有专为来往驿官信使提供休闲娱乐的场所。当时在中国游历十七年、流连忘返的意大利旅行家马可·波罗在游记中写道：'有宏伟壮丽的建筑物，陈设华丽的房间。'至元年间，一千二百六十四年至一千二百九十四年是元朝驿站建设最兴盛的时期，海陆驿运得到大力发展，达到陆运有马驴牛，海河运有舟楫桥，山地沙漠有骆驼。更吸引人眼球的是，东北边远的寒冷地区竟然设置了能在冰雪中行驶如飞的驿狗！这些驿站配套设施齐全，物资储备充足。据相关资料显示，元朝在全国所建一千一百一十九处驿站，就有驿马四万五千匹之多。仅在东北的哈儿宾（今哈尔滨）地区的十五处狗站，就储备驿狗三千多只，狗拉爬犁一千五百多套。

"元朝时期，不但国内驿道发达，还开辟了国际驿线。在中国历史上，一些国力强盛的王朝对外影响力大增，国际驿道和驿站就成为文化的传播和交流的途径。就像汉代的丝绸之路上的驿站，元朝和西方有频繁往来的驿路就有三条：第一条从蒙古通往中亚；第二条是通往叶尼塞河、鄂毕河、额尔齐斯河上游的驿路；第三条为经过甘肃走廊通往中亚、欧洲的传统丝绸之路。一条条相互联结的驿道，一个个星罗棋布的驿站，把原本属于中原的医药和农桑的宝贵经验传向了国外，也把国外的先进生产技术以及文明带到了国内，促进了国家的开放和民族融合。难怪清朝初期史家万斯同感慨地说：'元有天下，薄海内外，人迹所及，皆置驿传，使驿往来，如行国中。'"

我叹口气说："可惜这样珍贵的元代遗迹，就要毁掉了！"

巴雅尔说："我写份报告递上去，让单位采取保护措施。但是你知道，现在行政审批传来传去，不知什么时候能批下来。"

我说："是啊，到那时这里已经夷为平地了！"

巴雅尔说："我们找村长，先把这里保护起来……"

我说："也只有这样了。"

回村的路上，我多付给面包车司机一些路费，让他直接把我们拉到村长家里，司机满口答应了。

村长巴图家就在村委会马路对过。一溜宽敞明亮的大瓦房：屋脊上雕着双龙戏珠，滴水檐刻着丹凤朝阳，青砖的墙面白灰勾缝……整个院落幽雅清静，古韵十足。村长是个保养得极好的矮胖慈祥的小老头，穿着一身绸缎料子的宽松唐装，手里的紫砂壶里冒出淡淡的茶香。我向他说了沾齿土丘是元代驿站遗址的话。村长听了我们的来意后暂不表态，笑眯眯领着我们看挂在墙壁上各种各样的奖状（有奖给他自己的也有奖给村委会的）。然后又拿出几个大影集，边翻着边如数家珍地给我们介绍里面照片的出处：有的是他和来村里视察工作的区领导们的留影，有的是他去市里开经济会议的纪念照，有的是他出国考察时和外国专家的合影留念……最后他啜了口茶，朝后捋了捋背头切入正题说："这么多发展的大计我们都忙不过来，哪有工夫管那些老辈子鸡毛蒜皮的事情！"

巴雅尔说："村长，您这话说得不对！这怎么是老辈子鸡毛蒜皮的事情呢？这是祖宗留给我们的无形资产啊！"

这话呛了村长巴图的肺管子，但他没把不高兴表现在脸上。他抽了抽鼻子，笑笑说："抠字眼我抠不过你们这些有文化的人，但搞经济建设你们就是门外汉了！经济是啥？经济就是看得见摸得着的东西！还无形资产！啥叫无形资产？无形的东西就是梦、就是云烟、就是水、就是空气……"

我朝巴雅尔摆摆手，制止他不要再说话。我端起茶壶给村长巴图茶盏里添了点茶水，然后坐下来慢慢解释说："您说得都对，一切经济都是有形的东西，只有脚踏实地才能获得。这元朝的驿站其实就是有形的东西，它是一所古建筑遗迹，只是年代久远了，被尘土深埋在地下。现在我们把它保护好，等挖掘出来，成了旅游景点，全国各地乃至全世界的人都来旅游观光，到那时候它的经济效益可就出来了，不光增加本村人民的收入，还把周边的服务行业：比如饭店呀、旅馆呀、手工业呀都带动起来了……"

村长巴图想想说："嗯，有道理。"

我趁机说："对呀村长，旅游是经济的一大支柱。南方发达地区的经济不就是这么搞起来的吗？"

我和巴雅尔开着夏利车往回返。时值黄昏，又大又圆的落日把忧郁的黄色尽情挥洒，使大地沉默、使远山生锈、使桥梁下的河流凝重如脂……郊区的公路宽阔平坦，车辆和行人稀少，巴雅尔把夏利车开到最快时速，车身开始发飘颤抖，不断有迎面飞来的蛾子噼噼啪啪撞在风挡玻璃上，留下一摊摊污迹。我提醒巴雅尔慢些开，注意安全。北五环修路，只能绕到西郊穿城区去东郊。车到进城收费站时巴雅尔把车速减下来。收费员礼节性地提醒他说车况不好，行驶时要多注意安全。巴雅尔不爱听了，他说："数钱我数不过你们这些收费的人，但开车你们就是门外汉了！啥叫安全？安全就是平安无危险！我开这么多年车还不知道这基本常识，还要您提醒吗？"

弄得收费员脸色绯红，无言以对。

车进城时天已经黑了，路灯都亮起来了。此时正是晚间车流高峰，夏利车跟在别的车屁股后面一点一点往前挪。巴雅尔沉静下来，反而不急不躁了。我趁此机会向他询问文物保护申报程序，并交代让他放下目前手中其他事情，尽快写份申报材料报上去。巴雅尔点头答应……城市夜生活已经开始，有钱人都珠光宝气地开着豪华车聚到高档酒吧咖啡厅夜总会去纳凉消遣，平民则带着妻儿穿着背心裤衩摇着蒲扇从闷热狭小的房间里走出来，到路边的大排档喝冰镇啤酒嚼水煮毛豆吃麻辣龙虾，老头老太太则铿铿锵锵踩着鼓点扭秧歌自娱自乐……车穿过闹市区，开到东郊刘旭东的居住地时已是深夜十二点。巴雅尔按了几声喇叭，没见人出来。院子里亮着灯，地上满是摔碎的暖瓶残片和砸瘪的锅盆等。几件衣服像晚栖的大鸟似的黑乎乎一动不动地挂在树杈上。我小心翼翼地用脚挑着空地走进院子，见有个胖女人叉着腰站在屋檐下的阴影里呼哧呼哧喘着粗气，那样子活像被激怒而又找不到发泄物、满院子跺脚爪子的公鸡。

我想这可能就是刘旭东媳妇了。

我说："嫂子，刘旭东在吗？"

胖女人突然爆发似的大吼起来："谁知道丫死哪儿去了！有种就别再回来！"

我知道他们两口子又吵架了。

刘旭东和他媳妇吵架是稀松平常的事情，有时候吵着不解气，就动起手来。他媳妇在郊区农村靠干力气活长大，体格强壮，打架总是瘦骨伶仃的刘旭东吃亏，据说常被媳妇像捆谷个子似的撂倒在地上打个乌眼青。但打过之后转眼就好，战败者到小酒馆喝顿闷酒，再去村里卫生所买盒创可贴贴在伤口上，免战高悬；胜利者偃旗息鼓，收拾摔破的锅碗瓢盆照样过日子……

我和巴雅尔在街角一家又脏又破的小酒馆里找到刘旭东。他正背对着前台的灯光耷拉着肩膀坐着，鼻子青肿，颧骨伤口处贴着掉了一角的创口贴在摇扇的风中蠢蠢欲动。桌上摆着一盘韭菜炒鸡蛋，横七竖八地躺着的酒瓶子溢出来的啤酒，将一盒还没开包的红山茶牌香烟浸成紫色的稀泥……我劝他回家，刘旭东眼睛立刻流露出恐惧的神色，身子使劲往下沉着躲避巴雅尔的搀扶——那样子就像惹了祸躲在外面不敢回家，怕大人打屁股的孩子："我……不回家！我……家在哪里？我……没有家！我生下来就……姥姥不亲……舅舅不爱……我没有家！"突然他蹲在地上抱着头号啕大哭起来："难啊！"

我让巴雅尔放开刘旭东。我说："他想哭就让他哭个痛快吧！"我到柜台前替他结了账，又多付五十块钱给老板娘。我说："让他在你这里多待一会儿好吗？麻烦你叫后厨给他做碗醒酒的酸菜汤。"老板娘说："好的，您放心吧，他不会有事情的。他常这样我们都见怪不怪了，等过会儿醒了酒就好了。"

28. 我是一棵榆树

  我被装在敞篷的大货车上,身躯被一道道粗重的绳索捆绑着,动弹不得,一副窝窝憋憋的样子,像个罪犯。以往一身的碧绿树叶撒落了一半,枝条也四处蓬散着,像个被丈夫抛弃了没心思过日子半死不活、不事梳洗打扮的女人。我随着车的晃动而左右摇摆,上上下下晃悠着。坚硬的铁制厢板栏杆挤硌着我粗大的身躯,蹭掉了我皲裂的表皮,露出身上雪白的嫩肉。我雪白的嫩肉在空气的氧化下,开始变成淡粉色,随着时间的延长,最后变成殷红色。殷红是人类血液的颜色。我疼痛。我呻吟起来:"停车停车,快停车,我受不了了!"我像人类一样咋咋呼呼地喊着。我拼命用长长的枝条拍打着大货车的车棚,但是没有人理我,司机照样吹着口哨,把车开得飞快。(再说司机不可能听懂我的话,只把我的呻吟当成耳边风。)还是跟在后面的奔驰轿车听见我撞击车厢板的声音,不断按喇叭,才让大货车停下来。穿着工装套着马甲的司机从驾驶室里探出头,朝后面看着。

  司机说:"咋啦老板?"

  酒糟鼻的老板也不下车,摇下奔驰轿车的墨色玻璃说:"你说咋啦?稳点开好不好?树杈子都快折断了!"

  司机说:"这就够稳了。再稳,天黑就赶不回城里了。"

  酒糟鼻老板说:"忙着回去给老婆暖被窝?"

  司机嬉笑着说:"暖个屁哇!咱一个进城打工的乡下人,没钱没房没车子的,谁跟咱呀。找不着对象,光杆一个。哪像你们当老板的,吃着碗里看着锅里,扯三挂俩的。"

酒糟鼻老板说："嘴够贫的。"

司机说："壶破了，只剩下个嘴了，再不让说话，不得憋死！"

酒糟鼻老板清了下嗓子，揉揉酒糟鼻子。他打开车座前的储物仓盖，从里面拿出一条香烟，甩手朝司机抛过去。司机机灵的双手接住，放在鼻子上闻闻，眼睛立刻瞪起来。

司机说："哎哟喂，五五五，洋烟嗨！"

酒糟鼻老板说："把榆树给我平平安安运到家，还有奖励。"

司机赶紧说："好嘞老板，您就赚好吧您。"

车又启动起来。能让大货车慢下来，自己却耐不住寂寞，让司机给奔驰轿车加速，提前奔向回城的路上，这就是人类所谓的权力优势吧？酒糟鼻老板的奔驰车走后，大货车司机把香烟分给在驾驶室其他几个穿黄马甲的运输工人。自己敲出一支烟用点烟器点燃，猛吸一口，从鼻孔喷出烟雾来，同时嘴里舒坦地吐出一声拉长的"呵"。大货车减下速来，这时候我才意识到还活着。也许是适应些了，开始被装上车时的那种眩晕感觉逐渐消失了。我顺着车厢的铁栏杆抬眼朝外张望，熟悉的大山和我生活的丛林渐渐远去，已经在目光所及的地平线上淡化成一抹灰白或淡绿的雾霭和浮云。天地变得开阔起来，一望无际的大平原上生长着高高矮矮的不同种类的庄稼。夕阳残照下，视野里的一切都变得渺小，一路向前的马路像漂浮不定的白带，流淌的河流收缩成弯弯曲曲的细线。河畔地头偶尔也能见到三三两两的树木，但都是远远的，分辨不出树的种类，只是一个个黑乎乎的轮廓，稀稀拉拉，头不抬眼不睁，一副事不关己高高挂起、六亲不认的样子。归鸟们无树可依，都可怜巴巴地落在路旁电线杆子上，或是梳理羽毛，或是像打瞌睡一样一动不动。

大货车拉着我进入城市的时候，已是深夜。街上亮如白昼的灯光吓了我一跳。主街道上，熙来攘往的行人和滚动的车流让我目不暇接。汽车喇叭声、小商贩的叫卖声、夜总会飘出的歌声、警车的嘶鸣声……各种振聋发聩的声音叠加在一起涌进我的耳朵，让我心惊肉跳。看着街两旁密密麻麻一栋接一栋连在一起的像蜂巢一样拥挤、又像无数大箱子一层层摞起来的楼房，不禁让我想起早些年间猎人拴在我们脚下用于捕捉山猫野豹的铁笼子。这就是城市？以我迟钝的木头疙瘩的大脑怎么也想不通，这就是人类的理想的天堂？这就是人类以"人挪活，树挪死"这句话为借口抛弃故土和亲人，梦寐以求、争先恐后奔向的城市？

城市好大。大得难以想象。拉着我的大货车下主街穿小巷，左转右拐，又走了足足有几顿饭的工夫，天快亮时才到了目的地——酒糟鼻老板的家。这是一座坐落在城市郊区的别墅。小洋楼在清早熹微的晨光里静默着，漆染的木门和镶金的飘窗显得富丽堂皇。一条碎石铺就的甬路在围着铁栅栏的、干净得没有一片落叶一根草梗硕大院落里向前延伸，无声地消失在花坛的后面。花坛里各式各样的我不认识的南方珍花奇草和绿植花树们意识到光明即将到来，争宠般地竞相开放。它们尽情地撒娇抛媚，弄得空气里到处是山里好俏的女人脸上擦的那种雪花膏味儿，熏得我不停地阿嚏阿嚏地打喷嚏。在花坛一侧贴近院墙偏僻角落的一座凉亭旁，有一个新挖出的大土坑，一股新鲜泥土香味儿扑入我的鼻孔。我知道那是主人（尽管不太情愿也不太习惯，我现在只能这么称呼酒糟鼻老板了，因为在这举目无亲的陌生城市里，我迷失的身份和我的生死存活都掌握在这个人的手里）给我准备的容身之地。但是他并没有急着把我栽进去，而是让穿着黄马甲的园艺工牵着胶皮管子往我身上喷了些井水。尽管猝不及防的冷水让我浑身湿透，却也使我在半睡半醒的状态中清醒过来，我打了个激灵，失去水分的枝叶立刻支棱起来。

太阳出来了。这是我进城市后见到的第一缕阳光。城市的阳光和山里不同，山里阳光直接热烈明朗，而城市的阳光却含混暧昧不通透，尽管是大晴天，也总像被雾霾遮挡着，像混在蛋清里的蛋黄。但是热度不减。阳光迅速蒸发着我身上的湿度。我正烦躁时，听见主人在客厅里打电话。一通电话打完，主人满面春风地从小洋楼里走出来，倒背着手站在门厅外等候。没多长时间，门前的马路上就出现了好多豪华轿车，一些穿着鲜亮衣服的男男女女从轿车上下来，热络地和主人握手拥抱，然后就大声地、一惊一炸地夸赞起我来：说我造型好，巧夺天工；说我生命力强大，从大老远的山里运进城里来还枝繁叶茂活灵活现地活着；说我是北方稀有树种（因为他们过去只在书本或电视上看过），现在总算见到真容；说我是吉祥的树，因为人类总把我们春天结的种子"榆钱儿"生硬而穿凿附会地和他们梦寐以求的东西联系在一起，视我为吉祥预兆，把我当成招财纳福的象征……但话说回来，无论怎样我心里都明镜似的，我知道这些赞词不是说给我而是说给主人听的（更是说给无形地站在主人身后的人听的），因为我当时还昏昏沉沉地躺在大货车的车厢里，这些人即使有千里眼，目光再锐利也无法穿透厚实的铁制栏杆看到我的全貌。主人被众人围拢着，被几句受用的好话说得脸色红润，意气风发。他几近吹嘘地站在大货车前给众人大讲特讲了一通他是怎样慧眼识珠看中了我，怎样挥金如土花大价钱把我从乡民手里买下，又是怎样耗费力气经历周折、千辛万苦地把我运回家来。自然又赢得众人一片感叹和掌声。

近午，隆重的栽植仪式过后。从庙里请来的、一直站在旁边不吭声的几个穿着黄袈裟秃头胖脑的和尚开始焚香，敲着木鱼念经。

念完经，寺庙住持用孔雀翎往我身上洒完清净水后，几个装卸工人才挥舞小旗吹着哨子指挥大吊车把我从大货车上吊起来，小心翼翼地栽进事先挖好的树坑里。至此，我正式在这富丽堂皇的别墅庭院里落下脚来，成为院落里众多花卉绿植中的一员。

我刚栽进别墅庭院的时候，庭院里的花草绿植们排斥我，都觉得我和它们争了水土。它们合起伙来欺负我，像农村长舌妇一样嚼我舌头说我坏话：说我长得难看，没长眼睛傻大黑粗地挡住了它们的光线；说我皮肤粗糙，疙疙瘩瘩像癞蛤蟆；说我不懂礼貌，是个乡下来的土老帽。花坛里的迎春呀、玫瑰呀、三角梅和各种花草随声附和、煽风点火。但无论它们咋么用最恶毒的话贬损我，我都不吭声。我忍辱负重，因为我知道最重要的是活着，只有活着才能成长，只有成长才能强大。随着园艺工不断给我灌水助力，我舒展枝叶，把须根深深地扎进土地里。突然间，我在埋藏地下多年的古砖缝隙里感到一种类似故土的原动力向我袭来，顺着我的根系传遍我的全身，使我迅速地成活起来。顽强的生命力让我的对手们傻了眼。它们见从气势上压不住我，又目睹主人对新来的我有难以言表的特殊感情。特别是我挺身挡住春天那场铺天盖地的沙尘暴后，这些趋炎附势阿谀奉承惯了的家伙们态度突然来个一百八十度大转弯，变戏法似的由冷屁股转变成热脸了，对我百般谄媚起来。离我最近的梧桐树说："哎哟喂！你们瞧瞧咱们这位新来的大哥，站在那里多威武啊！"旁边的银杏树说："是哪，那气质那派头，嘿，铁像个冷面大将军！"娇滴滴的玉兰说："崇拜死我喽！"靠小洋楼最近、女主人在客厅里看欧美剧时忍不住从窗口瞥两眼的棕榈说："瞧那肌肉那发型，活脱脱一个硬汉施瓦辛格！"结了果实的发财树说："听人家种子那名字'榆钱儿'，谐音就是'余钱儿'，自带着财富有余的寓意呢。"花坛里的迎春呀、玫瑰呀、三角梅和各种花草们更是对我热络有加,都借着风力向我靠近,匍匐在我的脚下。更可笑的是,一向自来熟、攀龙附凤的三角梅和玫瑰借此机会蹬鼻子上脸,顺着我的脚跟爬上来,和我搂脖子搂腰。玫瑰竟然把它那人类用来象征男欢女爱的红艳艳的花朵插在我的头上……洁身自好、坐怀不乱而又坚强的我,自然对这些虚情假意的奉承不以为然,使我更加坚信我心中的信念:活下去,活下去,只有活下去才能成长,只有成长才能强大,只有强大才是硬道理。

29. 小说情节(之七)

天亮了,太阳升起来,火热的夏日开始了。经过大雨洗涤的山林一派清新。到处是苇草和野蒿拔节的噼啪声。蚱蜢摩擦翅膀,鸟雀婉转歌喉,野花烂漫之处,溪水哗啦啦流淌。猎人在一块山石上坐下,把被露水打湿的衣服脱下来,挂在旁边的一棵树枝上晾晒着。他躺在石头上,顺手拔下一根芨芨草,摘下带着泥土的根部和梢叶,剩下粗大的茎秆放在嘴里嚼着。芨芨草茎秆汁液充足,酸里带甜。猎人想着他进山的这些日子,自己和母狼在山谷里周旋了数日。算起来,这两个不共戴天的冤家,都没有碰过面,他们像两个身怀绝技的武林高手,都用隔山打老牛的手段,在暗中较着劲。到现在,虽然还没有猎杀母狼,决出胜负,但也算有了初步进展,毕竟削掉了母狼的尾巴,让它成了只身体不再健全的兽类,这让它在同类中失去了尊严。猎人这样想,大千世界中,人类有人类的规矩,兽类有兽类的法则。生活在山林里的兽类和生活在社会上的人一样，一旦失去自尊，那他（它）就会在他（它）生活的类群中苟延残喘，很难继续存活下去。

猎人躺在石头上，看着挂在树枝上晒得冒着热气的衣服和猎枪，借着早晨舒适的、还没有变得炙热的夏阳迷迷糊糊睡了一觉。猛然醒来。满山谷清脆的鸟鸣，却少了以往的狼嗥声，心里竟然产生了一种空落感，仿佛在众人瞩目的擂台上失去对手的搏击者，光握着拳头，浑身跳动的生命力不知朝哪里爆发了。猎人心里清楚，失去尾巴的母狼不会在这片山林里待下去了，它会立刻逃离这块被它视为侮辱之地的山林，到别处去寻找生存的机会。尽管这里水草丰美，食物充足，尽管在这里住了几日的猎人对这片山林已经熟悉，已经有了感情。但他还是穿上晒干的衣服，提上擦去露水的猎枪，返回山洞收拾行囊，和这片山林告别，凭着嗅觉和母狼在山林里留下的蛛丝马迹，向别的山林一路跟踪过去。

于是，猎人在深山老林里和母狼艰苦卓绝的追踪就这样拉开了序幕——蒙历日光月（农历六月）时，他们在北燕山。蒙历红色月（农历七月）时，渡过伊逊河，进入大青沟。蒙历完全月（农历八月）时，他们进入阴山山脉的大青山。蒙历公羊月（农历九月）时，他们走过浑善达克沙地，进入锡林浩特的锅盔山。蒙历杀牲月（农历十月）时，他们渡过乌尔吉木伦河，进入乌拉盖草原。蒙历吃食月（农历十一月）时，他们进入遍布落叶松的大兴安岭。蒙历蔚蓝月（农历十二月）时，他们渡过那都里河，进入遍布红松的小兴安岭腹地……就这样猎人在母狼后面一路追踪着，不离不弃，不紧不慢，像紧紧跟随在母狼身后的影子，像母狼甩不掉割不断的尾巴。母狼往前走猎人也跟着往前走，母狼停下来歇息猎人也停下来歇息……饿了打只野兔或摘些野果吃，或是捋把驴蹄菜放在随身携带的铁罐里煮了充饥；渴了，夏天就趴在山涧里喝口泉水，冬天就啃冰块或吞雪团；累了就找个安全的地方，抱着猎枪裹着牛毛毡躺在地上睡觉；寂寞了就走出山林到山下营子里找点人气，用捡来的山珍野味和猎取的松鸡雪兔到集市上去换些干粮弹药火柴和食盐……

猎人在深林里跋山涉水，艰难地行进着。一片树林一片树林、一条沟壑一条沟壑地向母狼逼近。他已经忘记了在深林里行走了多长时间。一年？两年？三年？抑或是更长时间。仿佛他从没有在山林以外的平原地区生活过，自打出生就在茫茫的林海里摸爬滚打着似的。因为他追踪母狼的足迹，整天在荫翳蔽日的林莽中游走穿梭，致使他已经忘记了日月轮换，时光流逝，只有靠日落日出来判断旧的一天终结和新的一天开始，靠树叶草木的生长和衰落来判断季节的更替轮回，靠风霜雨雪的交替来判断年轮的跨进和延续。但无论怎样，他心中只有一个念头，那就是战胜母狼为爹报仇，这使命成了他身上的一个部件、一个器官，随他而卧、随他而起、随他而动，从来没有离开过他，从来没有忘记过。那颗为父亲复仇的种子深深地扎在他的心里，在他心里生根发芽。随着时光的推移，不但没有枯萎，反而越来越茁壮，已经长成一棵婆娑的大树，这也是他深入山野，在丛林里矢志不移地追踪母狼的过程中克服孤独寂寞、艰难险阻的最大动力所在。

猎人已经忘记了他作为社会人的其他身份和责任（男人、家庭、丈夫、父亲），只记得自己是个替父亲复仇的猎人。有一段时间，当身体疲惫已极，脑子一片混沌，他竟然把替谁复仇的主体也忘得一干二净，意念里只剩下不停地在山林行走，机械地搜寻踪迹，追踪母狼成为他终极目标。

小兴安岭的张广才岭，白雪皑皑，红松蔽日。在猎人不依不饶的连续的跟踪追击下，当精疲力竭的母狼被他逼上峡谷的绝路时，意志濒临崩溃边缘、蹲在山崖上绝望呜咽、准备和猎人拼死一搏。猎人没有步步紧逼，他避开母狼，在远处安营扎寨。猎人想抓住这个空当，补充体力。猎人在山上挖些山参，和套住的野鸡放到铁罐里清炖。吃了几顿山参野鸡炖的汤，在营地休息几天，路途上的疲倦消失了，歇缓过来的身体开始躁动。梦里，他回到远在千里之遥的大黑山，回到大黑山下炊烟升起的营子，回到营子西头的两间低矮的、新抹了墙面的茅草房前。土垒的干净的小院里，戴着水红色头巾围着蓝底围裙的女人手端着箩筛，正站在台阶上嘴里咕咕咕咕地叫着，听到号令的鸡们从屋角、墙根、树下跑出来，三三两两朝台阶前聚拢过去。他站在篱笆前喜出望外，喊："老婆！"女人没有应声，像不认识他似的抬头看了他一眼，扭身走回屋里，随后是关门落门的声音。他推了推篱笆，闭得死死的篱笆没有开的意思。他拔腿想翻过土墙跳进院里，但腿脚沉重得像生了根灌了铅。他想喊："荞麦，荞麦，你不认识我了？我是你丈夫哈斯朝鲁哇！"但是嗓子干得像塞了团乱麻，声音只在喉咙里滚动，却怎么也发不出半点声音来……猎人被自己发不出的声音憋醒，望着被积雪映得亮如白昼的夜空，回想起梦里的情景，不管是吉是凶，是福是祸，心里还是有些憋屈忐忑。是荞麦没听见他呼喊，还是听见却装作没听见呢？最后猎人安慰自己：肯定荞麦没有认出他来，是我多想了！

他想起一件事，从乌拉盖草原到大小兴安岭，连续几个月没有见到人烟了。在小兴安岭安顿下来后，他下了趟山，去林区小镇卖掉采摘的山货和野味，置买些生活用品和过冬必备的衣物。他走在小镇的街上时，发现人们都用奇怪的眼光看着他。女人们见了他，更像是见了怪物，唯恐避之不及。他走进路旁贴着花花绿绿女人图像的理发店，吓得老板娘把咬在嘴里的半块苹果囫囵吞下去，噎得直翻白眼儿。他在洗头池墙壁上的镜子前一照，也把自己吓了一跳。他几乎认不出自己：脏兮兮的头发足有三尺长，和乱糟糟的胡须缠绕在一起，把烟熏火燎变得灰黑的脸面遮去大半。这哪是自己呀，分明是从远古山林里走出来的野人！老板娘把猎人的头按在洗脸池的水里，像秃噜猪一样用肥皂猛一阵揉搓，才显露出他的真实面貌。老板娘夸赞他长得英俊时，他脸红了。老板娘展开条白色的围裙围上坐在木椅上的他的身体，开始给他理发。这是他进山以来头一次这么近距离地接触女人，他压抑已久的心像遇到春风的冰河一样迅速融化了。女人的气味让他舒服享受,又心跳不已,想入非非。最后,当理完发女老板例行程序用纤细的手指揉捏他的耳垂时,他再也无法控制自己。他面红耳赤,解开围裙,像做了什么亏心事似的仓皇逃出去……

母狼的呜咽声停歇了,山谷里飘散着雪中松树的气味和树脂的清香。母狼闭目养神一阵,缓过劲来,捕捉些食物吃饱肚子,又激起求生的欲望。母狼在伊勒呼里山和松花江畔的张广才岭北端逗留将近半个月,又渡过嫩江返回大兴安岭。

蒙历享月(农历正月)时,猎人在大兴安岭碰到了鄂伦春人。鄂伦春人头戴兽角帽,身穿兽皮袍,带着跑得呼哧呼哧喘着白气的猎狗,踏着雪橇从山的远处飞一样滑过。鄂伦春人用戴着皮焖子的手拢在嘴上和猎人嘿嘿地打着招呼,邀他到家里做客。猎人顺着鄂伦春人留在雪地上的雪橇印一路找过去,走进坐落在朝阳山坡上鄂伦春人的村庄。村庄里的男女老少都出来了,热情地迎接他。猎人和鄂伦春人交上朋友。整个享月禁猎的日子,猎人都在村庄里度过。鄂伦春人性格耿直,和蒙古人一样豪爽。鄂伦春人把猎人当成远方来的贵客,轮流把他迎接到斜仁柱(鄂伦春人的住房)里,大碗喝酒,大口吃肉。正月十五的重要节日,猎人随同鄂伦春人聚在一起,围着篝火跳舞,共同祭奠白那恰博如坎(鄂伦春人崇拜的山神)。当猎人有吃有喝待在鄂伦春人被炉火烘烤得暖暖乎乎的斜仁柱里做客的时候,几天听不见母狼的声音,心里产生一种空空落落的感觉,像惦记外出的亲人一样,惦记母狼在雪地里干什么，能不能捕捉到食物，会不会被凶猛的野兽伤害到。没事的时候，他就给鄂伦春朋友讲追踪母狼的经历，鄂伦春人被感动了，提出要帮助猎人，但都被猎人婉言拒绝了。"不用不用，这是我们个人之间的恩怨，跟你们无关。"猎人认真地说，"你们谁也不要插手，还是让我们自己来解决自己的事情吧！"鄂伦春人不能明着给猎人提供帮助，只好暗地里注意着山林里母狼的一举一动，不断把母狼行踪带回村庄，传送到猎人的耳朵里。

刚出享月，猎人便急不可耐地告别了鄂伦春村庄，独自进入山林，又开始踏上追踪母狼的路程。猎人和母狼的距离在不断地缩短：有时和母狼擦肩而过，有时隔着沟壑面面相向。猎人发现，母狼明显瘦弱了，眼睛里过去那种凶狠沉着的劲儿不见了，流露出疲惫和惶恐的神色。蒙历乳牛月（农历三月）积雪初融，万物萌动。此时正是山林里野兽们寻偶交配的日子，雌性身边都被几只求爱的雄性围绕着，但母狼却孤单单地蹲在山岗上望着寂寞的冷月发呆——母狼来到陌生的领域，无法融入其他狼群（狼族已经把母狼视为危险携带者，谁也不会收留这个被猎人死死盯着的同类，自找麻烦，引火烧身）。母狼悄无声息地在深山里隐藏一年没露面。次年蒙历水草月（农历二月）的一天黄昏，母狼蓦然出现。它在伊勒呼里山的主峰大白山的断崖上仰天哀号了整整一宿，天亮时纵身跳下了悬崖……当猎人赶到石崖下，看见被摔得血肉模糊的母狼尸体时，一下惊呆了——瞧它瘦弱的样子哪还像一只凶猛的野兽啊，那分明是用张松垮垮的狼皮裹在瘦嶙嶙骨架上的骷髅而已！难道自己抛家舍业不远万里、千辛万苦、经历无数艰难险阻追踪的就是这么个东西吗？

猎人感到眼前一片茫然，头晕眼花。三年来隐藏在身体里的疲惫和痛苦顿时汹涌而出，瞬间将猎人击垮，瘫倒在地上。猎人用双手挖掘墓坑，葬了母狼后，挂着猎枪强撑着走下山去，一头栽倒在鄂伦春人的斜仁柱里……

下 篇
星期一

30. 我，公司老总希贵

我和曾小莹一起从写字楼里走出来。一股夜风吹过，让我浑身舒爽。想起这几日为代理这款游戏的国内发行，受尽的操劳波折，身心确实有些疲惫了。好在有惊无险，一切不能说是迎刃而解吧，但求爷爷告奶奶、磕头跪炉子的总算都有了头绪，暂时算是应付过去了。虽然在公司员工大小动员会上整天举着拳头喊"重要重要"，但这项目对公司的重要性只有我心里最清楚，基本到了可以说举足轻重生死攸关的程度了。拿不太合适的比喻说，就像赌场上输急了的赌徒咬牙切齿背水一战、倾囊而出的押宝：成则皆大欢喜，青云直上；败则片甲无存，身败名裂……我和曾小莹在街上走了很长一段路，街上的饭店都静悄悄地关着门。我们才想起时间已经是深夜，这么晚了，就连热闹的街市人也变得稀少，到哪儿去找饭店呢。走累了，我说打车吧。曾小莹不同意。曾小莹说："这么大个公司老总，坐出租车多掉价啊。还是我回去开车吧。曾小莹总是这样，只要不是万不得已轻易不会放掉身价的，尽管是人迹稀少的深夜。我把钥匙交给曾小莹，听着她脚上的高跟鞋笃笃地敲着路面的声音远去。我站在路边等她的时候，仰头望向头上的夜空，但本该黑暗深邃的夜空在城市的夜里却显得淡泊浅显，星星都隐没在路灯的光辉中。一群盲目追求光明的飞蛾误打误撞地朝路灯扑来，围着路灯打转，撞得灯杆叮叮当当直响。一个被夜总会拒绝的穿着一身牛仔服的流浪歌手垂头丧气地从街对面走着，突然甩开乱糟糟的披肩长发，拨响怀中吉他的琴弦，对夜空朗声唱道："给我一盏灯吧，我就能照亮路途；给我一双鞋子吧，我就能远足；给我一对翅膀吧，我就能飞翔；给我一把梯子吧，我就能登高远望……"在没有听众缺少掌声的深夜寂寥的街上，这歌声显得那样缥缈无力，没有引起任何回响，瞬间被空寂的夜吞没了。

我朝流浪歌手竖竖拇指。也许夜的墙过于坚实，也许自娱自乐的他根本不在乎，没引起他任何反应。

流浪歌手消失在黑暗的街巷里，但他的歌声还在我耳畔萦绕。我把他随意唱出的歌词从他那沧桑沙哑的曲调里剥离出来，细细品味的时候，在心里不禁自问：你的翅膀在哪里，你找到登高远望的阶梯了吗？我在流浪歌手的身上仿佛看到自己的影子。十二年前，在乘务员的监督下，我把兜里留作购买回程车票的钱都掏出来补票，再无法回去的时候；当我流浪街头四处找活、为糊口干苦力的时候；当我在这座灯火通明的城市、穿梭在漆黑的小巷的时候；当我因倒卖盗版光盘而躲避警察的抓捕、大冬天通宵瑟缩在街角不敢回住地的时候；当我因交不起房租、被怒目圆睁的女房东赶出出租屋的时候；当我在街上看到热气腾腾的兰州拉面、而饥肠辘辘的我翻遍衣兜也凑不齐一碗面钱的时候，我不也像这个流浪歌手一样充满幻想，在深夜里发出这样的诉求吗？但和流浪歌手不同的是，我始终充满阳光，始终没有灰心。细想起来，让我在这座陌生的城市坚持下来，其主要原因正是我遵照奶奶临终的遗嘱到这座城市寻亲的使命的支撑。尽管那时我饥寒交迫，受尽苦难，我始终把奶奶从亲戚家糊在墙上的报纸上剪下来的爷爷的图片藏在钱夹的隔层里，这让我倍觉安慰，始终觉得亲人就在我身边，就在这座城市的某个小区、某个单元、某个楼道里有一双亲人的眼睛望着我，甚至我有时不仅仅是由于劳累和饥饿而卧倒在地上的时候，我都清晰地聆听到亲人的血脉在这座城市流动的声音。以至于多年后，当我因机缘巧合，不，应该说阴差阳错地在一个黑暗的桥洞里救下一个因整容失败被情人抛弃而轻生的私人公司的女老板，从而鲤鱼跳龙门般一跃成为这家公司的老总，走进上流社会（这是别人的奉承话。其实我心里清楚，一个私企老板和城里的上流社会永远也挨不上边），夜晚醒来，静静躺在床上，不敢面对摘去面具躺在身边的妻子那张变形的丑陋脸庞，我们双双落入寂寞孤独的深渊时，我总会默默地在心里喊："亲人啊，你们究竟在哪里？"

马路上再往前走一会儿，是一个不大不小的公园。现在公园废弃了，鬼针草就长出来，守在水泥板搭成的甬路上，专挂行人的裤脚。公司没事的时候我常去公园里散心寻找清净。白天公园里常有老头老太太聚在亭子里唱唱京剧、打打快板、聊聊天、玩玩象棋。夜晚人就少了。从马路对面可以看见公园里干涸的鱼池边胡乱地长着的几棵白杨树，又肥又大的叶子低垂着。这时候有几辆建筑工地满载沙土的大卡车从远处驶来，当前车的灯光打在公园里的白杨树上时，那被风吹翻卷过来的带着绒毛的树叶便反射出一缕缕银色的光芒，远远看去像是颤动的白雾。卡车呼隆隆地从我身边驶过去，就在车轮卷起的尘土还没有落下，街上的昏暗宁静还没有恢复的时候，我看见两个白色的人影从黑暗的公园里走出来。人影走到路灯底下，我才看清是一对恋人。两个人默默地走了一会儿，不知怎么突然间就分开了。女孩说:"瞅您那德行,我咋瞎了眼看上您啊。"男孩说:"嘿,您别说这话,好像谁稀罕您似的。"女孩说:"追我的男人多的是,随便一划拉一大把。您信不信?"男孩说:"吹牛吧您,您现在就划拉个给我看看!"女孩掏出手机拨打,喂喂地喊了半天也没人回应。又喂喂地喊了一阵还是没人接。女孩生气地把手机摔在地上,然后撇下男孩,横穿过马路来挽我的胳膊。我赶紧躲闪。

女孩说:"哥,让您久等了!咱们走。"

这时候正好曾小莹开着宝马车过来。她打了双闪,朝路边靠过来。女孩赶紧躲闪。我上车的时候,听见男孩坐在马路对面奚落女孩的笑声。曾小莹问我怎么回事,那女孩是谁。我说了,她被逗得咯咯咯咯地笑。曾小莹用戴着白手套的手拍了下我的肩膀说:"希总,行啊您,桃花运旺得都找上门了。"然后又咯咯咯咯咯地笑起来。我说:"行了,别笑傻了,好好开车。"

曾小莹又笑了一会儿说:"笑死我了,笑死我了。不笑了,笑得我肚子都疼了。咱们去哪儿吃饭?"

我说:"你问我?我还想问你哪。"

曾小莹说:"那咱们去青岛街,那里有家酒楼海鲜做得不错。"

我说:"这个时候还营业吗?"

曾小莹说:"青岛街是不夜街,酒店都通宵营业。"

我不再说话,脊背靠在座椅上眯着。曾小莹单手打着方向盘,在高架桥上转了一圈,上了三环路。车不急不缓地开着,街上通明的灯火把路上电线杆的黑影打在车窗上,随着宝马车的行驶,一根根向后倾倒般闪过……不知怎么,这让我突然产生了莫名的紧张感,一种不祥的预兆像电线杆了的黑影一样砰然朝我砸过来,让我头昏脑涨。我没了吃饭的胃口。

我说:"停车!停车!"

曾小莹不知发生了什么事,赶紧靠边踩刹车。她吃惊地问我:"怎么啦希总?"

我说:"回去,我不想吃饭了!"

曾小莹说:"不是说好的吗,怎么就不吃了?"

我说:"不怎么。就是不想吃了!"

曾小莹说:"魂儿让刚才那女孩勾走了?还是有了约定?"

我说:"别瞎说,那还是个孩子。"

曾小莹软语哄着我说:"去嘛希总,都走到半路了。难得我有好心情。就算您陪我,我请客行吗?"

我闭口不再说话。聪明的曾小莹见我默许了,又发动宝马车上了路。我们来到青岛街的海鲜楼,曾小莹带着我走进二层包间。看着满桌子新鲜的山珍海味我却无从下箸,没有胃口。连曾小莹特意给我点的壮阳生蚝我也一口没动。曾小莹开车不能喝酒,我只喝了两瓶青岛啤酒就面红耳赤,熏熏欲醉。走时我对曾小莹说:"剩这么多菜可惜了!你打包拿回去吧。"曾小莹听出我话中的意思,拿挂着睫毛膏的眼睛看着我说:"下逐客令是不是?"我说:"有点累,今晚只想一个人静静地待着。"曾小莹说:"不是伤风感冒吧!这家酒楼空调开得太冷。你回去吃点药吧,多喝点水。"我说:"这不用你嘱咐,我知道。"

曾小莹把我送回公司,她开车回家,我独自上了楼。回到办公室我喝了瓶冰镇绿茶,拔出电话线插头,关了电脑空调手机饮水机和电灯,铺了条线毯躺在沙发上。这是我从商以来少有的身边没有酒精、没有利益商谈的夜晚——独自一个人舒舒服服地躺在沙发上，没有噪音没有心机没有脂粉气，这时候你可以毫不设防地把自己放在温馨的黑暗中……

我开始的时候睡得很踏实，仿佛是屋子里的某种陈设。后半夜进入浅睡阶段就开始连续做梦。支离破碎的梦像秋天风中的榆树叶一样飘浮不定，但大部分都是家乡事物或是儿时记忆的延伸。开始的梦是我和邻居男孩在山坡上追逐一只彩色蝴蝶，蝴蝶忽上忽下，明明灭灭，我扑过去把蝴蝶抓在手中，很宝贝地张开手却是条大毛虫！……接着是我们几个逃学的孩子在锡伯河滩上比赛奔跑，谁先爬上河心那块黑石头谁就是赢家。我跑得鼻孔张大，脸蛋绯红。落在后面年龄最小的女孩榆叶儿蹲在地上挤猫尿（当地孩子对哭的谑称）的工夫，我们几个男孩趁机把湿衣服脱下来甩到河岸上，一个猛子扎进水里，然后憋口气浮上来静静地躺在水面上，看着蜻蜓围着小鸡鸡绕圈飞……后来就是躲避奶奶寻找的画面：几个调皮的孩子学着电影里战斗的样子，把树枝编成的伪装帽戴在头上，一动不动趴在田埂下。奶奶用手搭成眼罩站在雾霭蒸腾的营子口，奶奶悠长的呼唤和我们憋不住的爆笑一起在田野山间回荡……

醒后我从沙发上坐起来。用手搓了几下睡得有些浮肿的脸，抬腕看看手表，时间已是上午九点。我到洗手间刷了牙，沏了杯燕麦片喝下去，抻平西装领带上的褶皱。坐在老板椅上打开手机，手机立刻显示出十几个未接电话号码和十条内容相同的信息："开机后速回电话有要事相商王处。"我把电话拨过去，王处长不高兴地说："你丫干什么去了？手机也不开，信息也不回，打了好多电话也联系不上你！你倒自在！我这里都火上房了你丫还在泡妞！"我说："领导可别冤枉人啊！我昨晚感冒了，喝了点药睡过了头……领导有什么指示吗？"王处长说："你那项目审批出现了问题，我觉得可能够呛！"我立刻精神起来。我说："别价呀王处长，这可千万不能出问题呀！为这项目我把公司的血本都搭进去了……"王处长说："有些程序的事，审批不是我一个人说了算的，有时我也无能为力啊。"我说："话可别这么说王处长，您当初不是在我面前拍着胸脯说保证没问题的吗？咱佛香也烧了，法轮也转了，再要出问题可有点……王处长你可要给我想想办法，别把我撂在台上不管啊……"

王处长听出我的话外音。他停了下（肯定是从烟盒里磕出支香烟来叼在嘴上）。我仿佛闻到高档烟的香味儿。

王处长说："这样吧，您先别着急。事情还没到山穷水尽的时候，我看看还有没有回旋的余地，我再努努力吧。"

我说："这就好，需要钱的话您就吱声。"

王处长说："先别说这个，那是以后的事，您先准备一份材料让小曾今天给我送来吧。"

我说："让她给您送单位去？"

王处长说："您脑子进水了啊！还怕别人不知道你走后门！"

我说："那就让她中午单独给您送过去吧。"

挂了电话，我在心里骂着这个背着饿锅喂不饱的猪！但有什么办法？你的命脉被人家手掐把攥着：手紧紧就能让你窒息，手松松又会把你摔得粉碎……我拨打曾小莹办公室的分机没人接，才想起她在昨晚分手时，请了半天假，说去郊区一个新楼盘看房子。于是我拿起电话，拨打她的手机号码。

31. 您好，我是曾小莹

希总打来电话的时候我还睡着。是不断的手机铃声把我吵醒的。我闭着眼睛,从被子里伸出胳膊摸了半天才摸到放在床边的手机。我也没看是谁打来的电话,就放在耳边说:"您好,我是曾小莹。"对方说了什么我没有听清。我又说了句:"您好,我是曾小莹。"对方声音变大了,我才听出是希总的声音。我揉了揉眼睛,精神了些,但同时没忍住打了个哈欠。我说:"是希总啊。"希总说:"赶紧来公司一趟,有重要的事情商量。"这时候我清醒多了,我睡意蒙眬的大脑开始转动起来。我想有什么重要事情商量呢?短缺的钱已经解决了,产品上市前的广告宣传正紧锣密鼓地进行着,还有什么要紧的事呢?无非故弄玄虚、小题大做罢了。以往希总也不是没有干过这种事,深更半夜正休息着呢,希总突然打过电话来说:"你干什么呢?赶紧过来赶紧过来。"我说:"这么晚了,有什么事吗希总?"希总不耐烦地说:"重要事。别问了,你来了就知道了。"等我按着他提供的地址着急麻慌地赶过去,希总不是在酒店的包间里和几个客商守着热气腾腾的火锅瞅着我乐,就是和几个同行坐在麻将馆三缺一的桌前等着呢!

我说:"好吧希总,我马上过去。"

我嘴上虽这么说,但屁股还在被窝里沉着,脑袋还在枕头上沾着,两只眼皮又开始黏糊糊地打架了。

昨晚回来得实在太晚了。你们知道,我和希总到青岛街的海鲜楼吃完海鲜,夜就已经很深了。我拎着我们吃剩下打了包的海鲜(说是吃剩下的,其实大部分菜连筷子都没沾,就那么原汁原味儿地在高档的瓷盘子里放着的),和希总走出海鲜楼的时候,我看了眼手腕上金灿灿的夜光盘小坤表,时间已经是凌晨两点了。我们上了宝马车。我从希总刚才说的那句话中听出没有留我的意思,也就没说什么。我把希总送回公司的写字楼下。希总下车的时候,我叫了声:"希总。"希总停下,他回过头来看着我。我看见他把手插在裤兜里,神情有些疲倦的样子,又没话可说了。我说:"没事了,晚安。"等希总转过身去快步朝写字楼走去的时候,我从车里出来朝他大声说:"我想请半天假,去郊区看看房子。"希总头也不回地说:"可以。这几天你够辛苦的。给你放一天假,回去好好休息休息吧。"我说:"谢谢希总!"希总没吭声。看着他的背影彻底消失在写字楼的电梯里,我反身钻进车里,启动宝马车,掉头开上回家的路。

  深夜街上的车辆稀少。路灯白花花地亮着,更是把寂寞渲染得让人没着没落、提心吊胆的,就像行走在凄凉的月球上一样。为排解孤独,我开始哼歌。但哼着哼着,连我自己都觉得没有信心了。我说出来你们肯定不会相信:像我这样貌美如花、又有曼妙身材(我不是自吹自擂,在交际场合上人们都这样夸我)且干我们这行的女人,哪个不是能歌善舞多才多艺,但我却是特殊的一个,我不但五音不全,而且也跟不上节奏。这也许就像有些人说的那样,上帝造人的时候都不会十全十美的,总有缺憾。给您个漂亮的脸蛋,就不会再给您过多的财富;给您一个强健的体魄,就不会给您一个智慧的头脑;给您两条能跑能动的腿脚,就不会给您掌握汽车方向盘的手。我伸手把车载音乐的开关打开,按着进退键想选支歌曲听。开始是中国台湾男子偶像组合F4演唱的歌《流星雨》:"温柔的天空让你感动,我在你身后为你布置一片天空……"下一曲是梁静茹的《分手快乐》:"删除你传来的每条简讯,好让整个的心回去安静……"接下来是田震的《月牙泉》:"就在天的那边,很远很远,有美丽的月牙泉。它是天的镜子……"我继续按下去,是刘若英唱的《成全》。这首歌是去年红极一时的电视剧《梦想成真》的片头曲。

不管歌唱得咋样,我喜欢不喜欢,就冲电视剧的名字,倒是我需要的,符合我现在的心情。

于是我的手在按键上停下来,让她继续唱下去:

看着你和她走到我面前
微笑地对我说声好久不见
如果当初没有我的成全
是不是今天还在原地盘旋

不为了勉强可笑的尊严
所有的悲伤丢在分手那天
未必永远才算爱得完全
一个人的成全好过三个人的纠结

我对你付出的青春这么多年
换来了一句谢谢你的成全
成全了你的潇洒与冒险
成全了我的碧海蓝天

她许你的海誓山盟蜜语甜言
我只有一句不后悔的成全
成全了你的今天与明天
成全了我的下个夏天
……

听歌听得太投入不是好事，特别是深夜独自一个人在街上开车的时候。就像这次吧，走到前面岔路口，我正跟随着刘若英哼哼的时候，前面的红灯就亮了。好在我有多年的开车经验，手脚也麻利，我赶紧踩刹车，车嘎吱一声停下了，吓了我一身冷汗。我不能下车看，但能估计出前车轱辘肯定压到了警示线。我往后退了一点，等红灯变成绿灯，过了岔路口的时候，我再也不敢听歌了。我把车载音乐关了，换了挡，车速随即也放慢下来。我有个习惯，总在危难的时刻想起希总。以往我开车的时候，坐在副驾驶座上的希总总是提醒我注意安全。

希总是个好人，是个值得为他吃苦卖力的好老板，这也是这两年我义无反顾、任劳任怨地跟随着他的主要原因之一。虽然得到了些实惠，但更多的是从我们之间的个人感情出发（尽管有时候我也不得不对他耍些小聪明，使些小手腕，弄得他无可奈何，但我对他的感情是真的）。我说出这话，聪明的你们会问："是不是你爱上了希总？"这话我还真不好回答你们：你说不爱吧？我们毕竟在一起混了这么多年，不说休戚与共、相濡以沫吧，但也是摸爬滚打一起走过来的。几天不见，或是出差赶会什么的，心里还把他的冷暖安全惦记在心上——想他吃饭了没有，饭菜的咸淡是否可口。想他在会上谈了哪笔生意，话说多了累不累；想他热天中没中暑，皮箱里备没备好藿香正气软胶囊；要是遇上阴天下雨什么的，我更是惦记得不行，想他带没带雨伞，窗外闹腾的电闪雷鸣是否影响他睡眠；等等。有时一时冲动，我们还……那种事我不好意思说出口，反正不用我说，一向心明眼亮喜欢偷窥别人隐私生活的你们都已经看到了。你说爱吧，我们又相隔遥远，彼此提防，因为我们之间牵扯着太多利益关系，永远也回不到青春年少的那种冲动，那种纯真无邪。干我们这行的,"爱"这个字眼对我们来说太过沉重,沉重得就像过窄路时悬在头上的巨大磐石,稍不留意磐石就会轰然落下来,把你砸成肉饼,把你砸得连骨头渣都变成齑粉。因此我们都把"爱"这个字眼看作是洪水猛兽,尽可能地回避它、尽可能地逃脱它,不敢有半点逾越。就算有一点点小小的势头,有一点点的光亮,我们也会咬紧牙关努力把它压下去,把它熄灭。就像用锋利的刀具挖掉脚心的鸡眼一样,然后迅速用利益这个万能的法宝把这块缺失填补上。

所以,就像这次,我从银行同学那里借到贷款救了公司的急,希总让我提想要的奖励,我就不客气地说出那笔钱(不管他高兴不高兴,这是我的付出应该得的报酬,应得的回扣。尽管高了点)。希总思量了半天,但最后还是答应了,我高兴得几乎跳起来。当时我没有看到希总的脸色,因为那时希总背对着我站着,脸朝着窗子。外面黑黢黢的,远处一栋栋高楼大厦上的航标灯一闪一闪地亮着,像是黑夜诡谲地眨着眼睛。我抱住希总的后背,感觉他身上冰凉透骨,一问才知道他还没有吃晚饭。我立刻心疼起他来,埋怨着他:"这么晚了还没吃饭,饿坏了吧?"随后补充说:"这点事就把你愁成这样……还不照顾好自己,让我操心,你个大傻瓜!"我赶紧带希总下楼去吃夜宵。走出写字楼,路过街心花园的时候,看见一对恋人正在花坛里哼哼唧唧地腻歪。希总冷不防问我一句:"你没跟他上床吧?"这句话让我生气。我说:"您说什么?"但与此同时,也让我有一点点高兴,因为我听出希总的话中隐隐带着一股醋意。因此,从来没跟他动手的我,使劲捶了他后背几下,并装出万分伤心的样子对他说:"您把我当成什么人?您以为是个男人就能跟我上床呢!"

我知道,就像希总猜测的那样,我说我没跟在银行信贷部当经理的同学上床你们肯定也不信。你们心里会说："你的同学傻呀，他怎么会放过送上门来的肉，轻易地把不算大额但数目也算可观的一笔贷款批给你呢？"但事情到底怎样，只有我自己心里最清楚。事情远远不像你们想象的那样，以为男女之间除了肌肤之亲，除了床上那点事就没有别的了。现在虽然肉欲横流、乐崩礼坏，但我认为那只是以偏概全、一粒老鼠屎坏了一锅汤的片面现象，其实社会上还是好人多，真情还在。因此我也不想跟你们过多解释，随便你们怎么去想。至于我是怎么成功的，我也无须跟你们说，就让它成为埋在我心里别人永远也不会知道的秘密吧。但不管用什么方法，反正我的目的达到了，达到目的就是胜利！对自己、对公司、对希总都有了交代。

电话又响起来了。

我忽地醒来，心想：坏菜了！希总还在公司等着我呢。

我接了电话，希总却说："我到你家小区门口了。"

32. 小说情节（之八）

猎人围着营子周边转了几圈。由于营子地势高，四周有茂密的榆树遮挡，他看不清营子里街道的情况。于是他又爬上前山坡。这里虽然居高临下，营子的整个全貌都能清晰地映入眼底，但他也清晰地暴露在营子里人的眼里，走在街上的行人或在院子里做家务的妇女，抬头就可以看见他。他闪身躲在山腰一棵低矮的杏树树荫里。杏树浓密枝叶间吱吱叫的蝈蝈们警惕地闭了声，在树干上歇阴凉的蚂蚱也噼噼啪啪地一哄而散，只留下细碎的阳光在草地上晃动着。猎人突然为自己的举动不屑地生起气来,恨不能扇自己几耳光。他在心里狠狠地骂自己:"瞅你躲躲藏藏、鬼鬼祟祟的尿样!你这是咋了?平时的勇猛劲儿被狗吃啦?一个天不怕地不怕、能在山林里和野兽较量三年的猎人,被一个弱小的女人拿捏住了?再说做了亏心事背叛了你,丢人现眼对不起你的是她,而不是你!"这么想着,猎人横下一条心从杏树荫里走出来,下了山坡,大步朝营子里走去。

荞麦从地里干活回来了。荞麦正抱着孩子坐在台阶上淘米准备做饭,米着了虫,荞麦把米倒在簸箕里,用手翻着挑米里的虫。孩子在怀抱里睡着了,米虫却在米里活动。米虫藏在米粒之间,和米粒一个颜色,但荞麦却能用指甲准确无误地将米虫分拨出来,捏着扔在地上。早就等在台阶旁边的鸡们咕咕咯咯叫着冲上来,争抢着啄食地上的米虫。猎人推开栅栏门,走进院子叉着腿站在院子中间,荞麦抬头看见猎人并没有预想的那样惊慌,而是泰然地放下手中盛米的簸箕,站起来,一只手揽着怀中熟睡的孩子,一只手扑掉衣襟上的尘土,把台阶闪开,示意猎人进屋。见猎人榆木桩子一样杵在院子里不动,荞麦落下眼皮,抱着孩子折进屋里倒了碗白开水,端出来递给猎人。猎人没接,眼睛直直地盯着荞麦。荞麦也不看他,顺手放在猎人身边的短墙上,又折回身端起放在地上的簸箕继续挑米虫。但接着活计干得拖泥带水,几次把好米粒当成虫子捏出抛在地上。得利的鸡们便扑打着翅膀抢成一团。

荞麦说:"你回来啦?"。

猎人充耳不闻,就那么榆树桩子似的杵在地上。

荞麦说:"夜里冷不冷?"

猎人依然不吭声。挥手把一只从身边飞过的苍蝇捏死在手掌中。

荞麦说:"石头屋子潮湿吗?"

这回猎人说话了,声音嗡嗡的,像从深渊的地窖子发出来。但一字一句,比刀子还锋利,比石头还生硬。猎人说:"你管得着吗!我住在泥塘里,住在马厩里关你屁事!"

显然这句话刺在荞麦的心窝子上。荞麦深深地低下头去,手徒劳无益地在米粒里翻弄着。过了一会儿,荞麦的肩膀和脊背开始轻轻地抽搐起来,几串又大又凉的泪滴从眼窝里涌出来,顺着瘦削的鼻尖滑落下去,砸到熟睡在怀里的孩子脸蛋上。惊醒的孩子咧开嘴哭叫起来。荞麦颠着胳膊哄一会儿没有止住孩子的哭声,就撩起衣襟,把孩子的小手放在雪白的奶子上。孩子摸到荞麦的奶子,像得到安慰一样闭上了嘴,又进入梦乡。做这些动作时荞麦没有避开面前的男人。猎人看到这一切时,脚筋却像被石头撞了下,一阵酥麻的感觉从脚跟升起来,顺着大腿涌遍全身。猎人赶紧转过头去把目光移到别的东西上。

院子里显出长期没有男人打理的破败景象:犄角旮旯蔓生着荒草,多年没修缮的短墙已经被风吹雨淋得酥软坍塌。偏厦棚顶上苫的谷草也腐烂成泥,大部分被北风吹走,土灰里一根根病马肋骨般的檩条清晰可见。当年猎人和荞麦准备结婚时抹在屋墙上的黄泥也早已脱落,了无痕迹,露出带着铁耙齿痕的骨墙……猎人突然有种人去事非的凄凉感觉……猎人把紧握着的拳头慢慢松开了，手背上蚯蚓样暴起的青筋便退隐进指缝里，恢复了血色。这时一个穿着开裆裤的小男孩拖着根树棍跑进院子来。猎人愣了一下——竟是早晨在锡伯河边见到的那个留着茶壶盖头被小伙伴们叫"绿豆虫"的小男孩！小男孩兴冲冲跑进院子，想跟荞麦说啥话，见猎人站在院子里就把话憋回去了，停在那里，咬着手指头拿眼睛怯生生地盯着猎人看。

猎人觉得这目光很熟，熟得能透过皮肤融进他的血液里。

荞麦朝小男孩招手说："锁柱，你过来，认你的亲爹！"

锁柱站着不动，依然拿眼睛看着猎人。

荞麦站起来拉过小男孩，指着愣在那里的猎人说："锁柱，这是你亲爹！他没有……你亲爹回来了！"

猎人瞪大眼睛看着小男孩脏兮兮的脸，不让耳朵遗漏一个字。他在脑海里搜寻出三年前那个刚满一周岁还在牙牙学语、像虫子一样满炕爬的孩子，和面前这个小男孩对照着。

荞麦推了小男孩一把："快去，叫爹！"

猎人说："他——他是锁柱？"

荞麦点点头。荞麦说："这孩子生下来时我奶水不足……身体弱，躺在褥子里一捧大，吱哇吱哇像只赖猫崽……满月了还没把头盖骨长全全。你怕孩子短命，就给他取了锁柱的名字……"荞麦说着抬眼皮看了下猎人，随后又赶紧把目光收回来，转移到在院子里寻食物的鸡身上。公鸡在杏树下发现一只甲虫，甲虫正要展翅飞起，公鸡快步上前啄住甲虫，但公鸡没有把嘴上的甲虫吞进肚里，而是放在地上，咕咕咕咕地召唤母鸡们去分享。荞麦又把目光收回来，看着自己的脚尖。荞麦呻吟似的叹息一声，把锁柱揽在怀里，给他摘掉沾在身上的草叶，用手将顺小男孩蓬乱的头发。"眨眼工夫孩子就长大了，长成大小伙子啦……"荞麦又抬眼皮看了下站在院中的猎人。见猎人没有说话，荞麦转过身去，瘦削的肩膀止不住抽动起来。荞麦咬着牙警告自己要坚强，不能哭，这不是哭的时候，要心平气和地把这几年发生的事情详详细细地说给他听。但到最后还是没有控制住自己的情绪，泪水和如烟的往事像冲破堤坝的潮水一样奔腾而下，一泻千里——

"是啊，锁柱是你儿子，拴柱也是你的亲骨肉啊！你走那天我追出营子想把我又怀孕的事告诉你，但那时你心里只有替父报仇的事，耳朵里听不进别的话。我在你眼中不如一片树叶、一棵野草……你走后我带着肚子里的孩子过日子。白天到地里侍弄庄稼，晚上躺在炕上摸着肚子和孩子叨咕话。我说孩子你快出生吧，你出生妈就不孤单了，妈就有了伴！等你爹回来你给你爹扒瓜子仁吃，给你爹打酒喝……孩子听懂我的话，在我肚子里伸胳膊蹬腿可劲长。孩子越来越大，可你还没有一点音信！那些日子我每天都站在黑山沟梁岗上巴望你回来，但次次都是失望，次次都是落空。直到……孩子生在黑山沟前坡榆树林的草窝里，身边没有一个人照顾我！我拖着胎衣往山下爬，一群乌鸦围着我飞来飞去，野狗也跟在后面等着我咽气时把我和孩子一起吃掉。樱桃沟的王银匠从山口路过看见我时，我已经摸到阎王爷的鼻子,快断气了。是王银匠把我背回家,救了我们娘俩的命……

"我带着孩子等了你三年……三年,三年,对我这样一个拖儿带小的女人来说,那是咋样的三年啊!长得就像看不到尽头的锡伯河,长得就像三辈子!我身边没有亲人,王银匠到营子做活计的时候常来看我,帮我收拾地里的庄稼……但我一直没……我给你守着清白的身子。有天晚上王银匠在保长呼尔查家喝醉酒来砸我的门,我抄起剪刀对着胸口说,你要是逼我我就把它捅进去!王银匠害怕了,以后再也不敢提这种事……我等你等得心焦,等得日子发霉,等你等得石头生锈,铁树开花!孤苦的时候我恨你,也恨我自己。你们猎人都是看不透的山梁、焐不热的石头!发誓来世再嫁人要张开眼睛,死也不嫁打猎的人!

"那年春天,王银匠来营子说你已经在大兴安岭……是他的一个朋友到大兴安岭贩皮子时亲眼见到的……我做梦也梦见你……几件事凑在一起我就信了。我带孩子到河边给你烧纸,让孩子跪着给你磕头……回来的时候正赶上天下大雨,锡伯河发洪水,王银匠过不去河,晚上我就把他留下过宿……有了一次就有第二次,王银匠把这里当成他自己的家。那时候孩子止小,我啥也不想,没想嫁给他,只把心思扑在孩子身上,把孩子养大成人,过安安稳稳的日子。后来……后来……呜呜呜呜……听说你没有……我知道他骗了我!我用指甲挠他,用笤帚疙瘩打他……我跟他说了你的脾气,说你回来不会饶过他。他害怕了,就……再也没敢回来。看着你回来我心里七上八下，不知该咋办好！一切都乱了！我怕又回到从前提心吊胆的日子！我不怨你，只怨我自己的命太苦！呜呜呜呜……"

33. 我是一棵榆树

凭良心说，我来到这座城市郊区的别墅庭院后，有相当长一段时间还是蛮舒服的。主人关爱着，花树绿植们围拢着，过着像明星一样的日子。那时候男主人每次从外地出差回来，下了奔驰轿车，趁司机往车库里倒车的工夫，他总是先绕过花坛走到我跟前，看看这儿，摸摸那儿。他还嘱咐在一旁扯着胶皮管子给花坛浇水的园艺工人，多注意对我的防护，注意把握好浇水时间和用量，不要多也不要少，别旱着别涝着。多检查我的叶面是否干缩卷曲，那是招虫起腻的表现。在家里闲着没事的时候，男主人就端着一壶茶从小洋楼里走出来，坐在我身边的凉亭里，边喝茶边看着我发呆，不知心里想着啥。有时候，有些听闻了消息的画家或摄影家（估计是男主人在外面不断添油加醋地吹嘘我的到来，才让城里这么多人知道），这些闭门造车才思枯竭、苦于找不到题材却又懒得到乡下去的艺术家们背着画架或是端着长枪短炮似的照相机来到别墅的庭院，他们前前后后、左左右右地折腾，像小辈给长辈磕头似的跪着、像猪蹭痒痒似的趴着、像鸡下蛋似的高高地撅着屁股给我拍照，给我画画（据说有的摄影或绘画作品被登在各种报纸杂志上，还获了奖）。我在城市里声名远播，自然也给男主人带来了声望。声望自然会带来客户，客户自然带来了生意上的收益。男主人高兴了，嘴里整天哩咯啷哩咯啷地唱。唱上瘾了，后来竟有模有样地成了戏剧票友。

高兴时，就让保姆炒几个菜放在凉亭的白玉石桌上，邀三五个票友喝酒闲话。票友中有男有女。喝完酒，男人开着荤段子的玩笑、女人家围着我摆出各种姿势拍照之后，开始叼着香烟搓麻将，天南海北地胡侃。搓麻将时一个坐在主人对面留着披肩发长着一副瓜子俏脸的女人的脚总不自觉地踩在主人的鞋上，主人摸牌的手也不自觉地捏在俏脸女人的指头上。每到这时候，因为心不在焉，主人和俏脸女人都会输掉整个儿牌局，而侧旁的人就连连和牌，大获全胜。主人掏出一沓钱给赢家，连同俏脸女人输的那份也付了。

赢了钱的人卖乖说："这就叫情场得意，赌场失意。"

主人挤挤眼，笑着说："你大爷的！"

俏脸女人说："一根香烟还堵不住你臭嘴！"然后举着拳头追着那男人打，男人就嬉笑着躲闪求饶。

到这里，我觉得总爱追根究底的你们不禁会问：你啰里啰唆半天，光听你唠叨你的男主人了，怎么没听你提女主人呢？其实，我实话跟你们说，我跟女主人也不熟，自从我在这座别墅庭院落脚以来，也没见过几次女主人。因为她总不在家，不是满世界游山玩水，就是天南海北跑着开会做报告。就是见到她，也是在早晨小洋楼前阳光普照的门廊前刷牙，穿着宽大的绸缎睡衣，满嘴牙膏沫子，头不抬眼不睁，对我视而不见。有时女主人带着她那条据说市价十几万元的爱犬到庭院里散步，那条臭不要脸的蝴蝶犬挣脱她的怀抱，跑到我跟前翘着后腿朝我脚跟撒尿时，她不但不制止，还鼓励似的拍巴掌。

我虽然对女主人没有好感，但我从她那不言自威的面相及男主人和保姆对她的态度看出，这座别墅真正的主人不是男主人而是女主人。因此我啥时候见了她总是把嘴闭得紧紧的，从不敢多说一句话，不敢多出一口气。尽管她那该死的爱犬每天朝我身上撒尿，每天往我脚下拉屎，我也忍气吞声着。

好在女主人和她的爱犬每月有大半月的时间都不在家。女主人不在家的日子是男主人最快活的日子，就像跃进水塘里的鱼。女主人前脚走男主人后脚就把电话打出去。其他朋友没来，俏脸女人却像天上掉馅饼一样应声而落。俩人坐在凉亭里喝茶聊天，距离随着日影的移动越来越近。保姆翠花提着壶来续水。在保姆翠花目光所及之处，主人和俏脸女人就改变了话题，说些和唱戏有关的话。这时候俏脸女人就含羞带笑地把兰花指竖在脸侧，意念中的水袖就恰好甩在男主人的酒糟鼻尖上，把直了眼睛的主人惊醒。等保姆翠花的目光移开，俏脸女人斜过身子，跌倒般地扑在男主人身上，和男主人搂抱在一起，我就分不出在戏里戏外了。

自从那次男主人趁保姆翠花出去买菜的空当把俏脸女人压倒在凉亭的石桌上行苟且之事后，男主人在我心目中的形象就大打折扣。我生活在山林中的时候，见过植物授粉、见过兔子交配、见过山鸡踩蛋、见过毒蛇缠颈、见过野狼接尾，但很少看见人类在光天化日下干这种事情。除非强抢民女霸王硬上弓的土匪，或是藏藏掖掖背着家人偷欢的狗男女，但这些在人类看来罪恶的事，让人不齿的事，却给目睹却无力制止的我们带来厄运。自那以后，我就整天忐忑不安，预感到有啥么事情要发生。

人类在受到挫折时总爱把"人生多难，命运无常"这句话挂在嘴上，我觉得有失偏颇。因为命运的无常不仅是人类的，也是我们树木会有的感觉。甚至我们的无常比人类来得更直露更普遍些。比如我们榆树吧，本来在山上活得好好的，自由自在无拘无束，说不定哪天就遭了雷劈火灾、遭了水淹土埋，或是被人类用板斧砍倒当了烧柴、锯成木板做了家具……就像我，一棵歪斜粗陋的榆树，做梦也没想到会被人移植到城市里来：受过男主人的赞赏，受过绿植的欺负，也受过花树们的嫉妒。弄着弄着，转眼又成了女主人眼中藏污纳垢的同谋祸根！

事情都是从那个该死的夏夜开始的。

那天天气阴沉沉的，傍晚下起了雨。这场雨是我厄运来临的预兆——城市的雨不像我们山里的雨那样说下就下起来，痛痛快快，瓢泼样大。城市的雨下起来很费劲很吃力，像是老人便秘：先是在楼顶大厦那覆盖着蛛网样错综交义电线的上空雷鸣电闪地做好势，轰轰烈烈，看样子劲道十足，可下起来却是前紧后松，拖拖拉拉，没片刻工夫就停了。但水泥地面存着一汪汪的水，像是下了多大的雨似的。我的女主人就是在这雨后的傍晚收拾行囊，准备陪身居高位的父母去国外旅游度假。我的男主人亲自开着奔驰车把女主人送到机场和她的父母会合后，就匆匆地返回了家。男主人像脱开缰绳的骡子一样在院子里撒了阵欢儿，然后进屋洗了个牛奶浴，披着浴巾出来，躺在凉亭藤椅上开始拨打电话。男主人说："那个讨厌的女人陪两个老家伙出国旅游去了，你过来吧，天下是我们的啦……"不一会儿那个瓜子俏脸上还残留着戏妆胭脂的女人开着甲壳虫迷你小轿车来了。男主人塞给保姆翠花几张纸币，保姆翠花就把门反锁上，闭上眼睛，塞上耳朵，去干自己的事。

过会儿两个尽了兴的人出来，疲惫地躺在藤椅上喝茶歇息。

女的说："我们这么偷偷摸摸的，像做贼！"

男主人吐掉嘴里的茶渣，叹口气说："有什么办法！我的生意还需要她爹她妈和她关照着，我离不开她！"

女人噘着嘴不说话，低着头玩弄起她又细又长的指头来。就在这时候，响起敲门声。保姆翠花趴门缝瞅瞅，蹑着脚走到男主人的身边慌慌张张地说："是夫人。夫人回来了！"男主人蝎子蜇了似的跳起来，女人也惊魂落魄地赶紧穿衣服，慌不择路地藏进我浓密的树荫里。保姆翠花开了门。女主人走进院里，说："搞什么名堂呢，鬼鬼祟祟的！"保姆翠花吞吞吐吐地说："我……睡……睡着了……没听见！"男主人装模作样从凉亭里走出来："没走呀？"女主人说："机场下暴雨飞机停飞，改在明天晚上了。"女主人感觉气氛有些异样，边说话边拿眼睛警惕地四处撒么，于是就发现了凉亭玉石桌上女人用过的杯子。蝴蝶犬从女主人怀里挣脱下来跳到地上，嗅着地上湿漉漉的脚印，狂吠着把藏在我树荫里满身露水的俏脸女人揪了出来。

一切都乱了套！——哭闹、祈求、砸玻璃摔杯子……

女主人用指头点着男主人的脑门子说："好哇，你个该死的东西，你敢背着我干这种不要脸的事情！"男主人坐在花坛沿上，也不说话，耷拉着脑袋抽烟。女主人在他面前来回走动着。她抬手想打瑟缩地蹲在泥地上的俏脸女人，但后来又把手收回来，抬腿踹了我一脚。她劈手夺过男主人嘴里的香烟，揉巴揉巴扔掉，然后指着在一旁一声不吭吓傻了的我和男主人吼道："你够有心的啊，难怪你费那么大劲儿把这棵破树弄回来栽到院子里来呢，原来不是用来乘凉，而是用它藏污纳垢的！"然后又踹了我一脚，说："你赶紧把这棵破树给我砍喽！"蝴蝶犬也狗仗人势地朝我转着圈吠叫，好像做了亏心事的不是男主人而是我。

我在心里叫屈，百口莫辩。我想这关我啥事呢！和我又有啥关系呢？但我转脑子一想，争辩有啥用呢？这种秀才遇到兵有理说不清的时候，谁会听你的争辩呢？再说，你们人类做事情向来不就是这样蛮横嘛，有啥么道理能跟你们讲清楚的呢？……风波平息后，男主人服软发誓，女主人也大度地宽容了他。庭院里的人又开始像往常一样心平气和地过日子。但那些天我却总提心吊胆，总担心男主人会在女主人的指使下用板斧来砍我（我心里清楚男主人的毛病——在别的俏脸女人面前把女主人说得一无是处，恨不能掐死她。但在女主人枕边他就成了她被窝里的乖猫，在她的抚摸下呼噜喧天，享受得啥么似的，对女主人言听计从）。我想起人间有句古话："是福不是祸，是祸躲不过。"我硬着头皮等着。但过些日子男主人没有行动，我也没有被砍掉。后来我才知道原因，男主人又在城北郊给女主人买了幢比这座别墅更大更豪华的别墅。搬家那天，来了几辆比那天拉我进城的大货车还大的带篷汽车，好多穿着黄马甲的搬运工人在庭院里进进出出地搬东西。抱着蝴蝶犬的女主人指着我对男主人说："你带什么都可以，只是不要把这棵破树带进新家，我看它恶心！"

院子里其他名贵花树都用挖掘机挖出来运走了，只有我这棵榆树和那些丢弃的家具原封不动地放在那里。

就这样我的命运起了戏剧性变化，从天堂到地下，一落千丈，由一棵受人喜爱的榆树变成让人讨厌的家伙！我被主人抛弃在这座城市的边缘，孤独寂寞地守着这没人住的冷清的别墅庭院里。自从近邻的家具城生意冷落后，没有人气，庭院就更加破败，到处野草丛生，瓦砾遍地。某一天门上的铁锁被缺德的小偷用铁棍撬开，这里就成为来郊野打鸭子、套麻雀的闲人和流浪汉及乞丐们频频光顾的地方。周末，时常有城里来幽会的男女从窗子钻进屋里去行苟且之事。也有从外地潜逃的案犯，藏在屋子里躲避警察的追捕……有一段时间，我还成了人类的出气筒，城里人有不顺心的事情就大老远开车到庭院里来，（其实这时候已经不成其为院子了，铁栅栏被人卸去卖了废铁，砖墙也被拆得七零八落，连野猫野狗也挡不住。深夜从城里出来的垃圾车，为了省路省油钱就偷偷地把垃圾卸在这里）朝我身上连打带踢地解压泄气……

34. 我，公司老总希贵

我把电话打到曾小莹的家里。曾小莹手机换了《梦想成真》的铃声，刘若英絮絮叨叨地唱些啥我也没心思听。曾小莹半天才接电话。听她声音懒洋洋还没睡醒的样子，我有些不耐烦。我说赶紧来公司一趟，有要事商量。曾小莹倒是答应了，但听声音还是迷迷糊糊的。我挂了电话，在办公室里来回走了几圈。王处长的话又在耳边响起。这时候有人轻轻敲门，我绕过写字台坐在老板椅上说："进来。"穿着时尚的广告部助理吴丽丽推门进来，手里拿着一份文件，说要先找曾小莹看看，然后再找希总您签字。我说："曾经理上午不上班。什么文件？"吴丽丽说："电视台经济频道的广告宣传片谈下来了，签合同时需要先付百分之三十的定金。"我说："播出费每分钟多少钱？"吴丽丽用纤细的手背掩住涂得血红的嘴唇笑笑，然后又严肃起面孔说："电视台的广告播出费哪有按分钟算的，都是论秒，像经济台这种收视率高的频道，更是抢手，每秒十万是最便宜的。"我揉揉鼻子，喝了口桌上已经冷了的茶水说："等曾经理上了班，先让她看看再说吧。"吴丽丽说："好嘞。"但转身走出屋子的时候，却很鬼精灵地朝办公室的角落里扫了一眼。我这才看到那里的衣架上还挂着曾小莹落下的白色遮阳帽。我到公司各部门转了一圈，检查一下有没有迟到缺勤的。看员工们都在各自忙着各自的事，我放心地回到办公室，时间离给曾小莹打电话已经过去了十分钟。我想既然她刚起床，就马上来不了，女人出门就是麻烦，磨磨蹭蹭吃完早饭，再捯饬着洗脸化妆咋着也得个把钟头。正在这时候桌上的手机响了起来，我拿起一看是杭州街精品书店打来的。那个拿腔作调的女老板说预订的港版《金瓶梅》到货了，让赶紧过去拿，晚了就给别人了。我想正好拿了《金瓶梅》，一会儿让曾小莹和材料一起给王处长送去。于是我决定直接打车去找曾小莹。

我让秘书打印了一份光盘审批材料装在纸袋里，打出租车去曾小莹住的小区。别看我和曾小莹走得那么近，但从没去过她的家。我们都坚守着互不干涉家庭的最后底线。有时晚上送她回家我也从不把车开进小区，只远远停在小区外的胡同口，让她走着回去。这次我同样让出租车司机把车停在胡同口，看着出租车走远，才掏出手机给曾小莹打电话。果然和我预料得一点儿不差，曾小莹刚刚吃完饭，正在洗手间洗脸。

曾小莹吃惊地说："希总您真来啦？"

我说："在老地方等你呢。赶紧下来。"

曾小莹犹豫着说："可是……可是，希总，我还得一会儿。我还没化妆，这素面朝天的我咋出门见人啊。"

我说："这磨叽！"

曾小莹嗲着声音说："希总，别批评我了。要不您到我家来等我。大热天的，让您自己在外面风吹日晒的……"

我说："方便吗？"

曾小莹说："我爱人上班了，就我自己在家。"

我从胡同里走出来，贴着小区的铁栅栏墙往小区门口走。这时天已经开始热起来了，小区边没有树荫遮挡，太阳火辣辣地晒着脸。小区门口很乱，对着摆着菜摊和早点摊的杂货街，人进进出出的。按着曾小莹告诉我的楼牌号走进小区，被站在门口的保安拦住了。我到放在保安室门口木桌上的来客到访记录册登记的时候，背后有种锥刺的感觉，回头一看，是个长着娃娃脸的小保安正怒目圆睁地盯着我看。我想不起在哪里见过这张脸，在哪儿得罪过他。小保安怒气冲冲地问我："到哪儿去？"我说出曾小莹家的楼牌号码。小保安说："找谁？"我犹豫了一下，最后还是说出了曾小莹的名字。小保安更是激动了，他气急败坏、面红耳赤地问我："找她干哈？"我有些不高兴了，啪地把碳素笔扔在桌上。我说："你管得太宽了吧，找她干什么还用请示你吗？"一个岁数大点的秃顶的保安过来拉了拉小保安的衣服。小保安声音低下来，态度好点："那也得写上访问时间呀。"

　　小区里的楼房很旧，都是七八十年代的灰色老楼。一栋栋呆板低矮的楼房像火柴盒一样循规蹈矩地立着，本来就不大的窗子被爬满墙的疯长着的一种叫爬山虎的木质藤本植物遮挡着，显得更狭小了，远远看上去像我们老家建在山坡上砖瓦窑上的通气孔。我找到曾小莹家住的那栋楼那个单元门口。开门走进去，楼里没有电梯。我顺着黑咕隆咚的步行楼梯一层一层往上爬的时候，突然就理解了曾小莹对物质的贪求。我内疚地想，仅凭曾小莹的个人条件和工作能力，如果不是跟着我，肯定会发展得更好，早脱离了这样的生活环境，住上了宽敞明亮的新楼房。这么想着，对她的怨气也就烟消云散了，同时也增加了我的责任感，暗暗在下决心，好好干，顶过目前的难关，把公司经济利润搞上去，让公司所有员工都得到发展，过上好生活……我气喘吁吁地爬上七楼，在东门户按响门铃。随着一阵细碎的拖鞋擦着地板的脚步声，曾小莹嘴里叼着木梳，披散着头发来给我开门。

曾小莹说:"好找吗?"

我说:"还可以。"

我走进屋子。穿着一身睡衣、一向落落大方的曾小莹在自己家里却有些局促。她用玻璃杯沏了杯绿茶放在茶几上,瞅着我的脸不好意思地说:"屋子太小,希总您将就坐吧。"我说:"你赶紧收拾,别管我,我随便走走就行。"

不到六十平方米的两室一厅的小户型,却阴阳分割:作为生活区的卧室厨房及卫生间被杂物堆得满满的;作为客厅兼书房的空间,被书籍挤得密不透风。屋子里像点样子的一套粗布沙发靠在西墙边,简易的写字台摆在窗子前,整面东墙被一组木质的老式书架占据着,书架上满满登登地摆着古典史籍:《蒙鞑备录》《多桑蒙古史》《蒙古黄金史纲》《旧唐书》和西方文学名著:《红与黑》《喧哗与骚动》《农事诗》《赫索格》及中国古今文学:《红楼梦》《儒林外史》《鲁迅全集》《梁实秋文集》《沈从文中短篇小说》。这些书我都听说过,但是从来没有读过。我说:"你丈夫是干什么的?"在通道镜子前正拿着粉扑往脸上扑粉的曾小莹说:"是个作家。"我说:"了不起啊!"曾小莹撇撇嘴说:"有什么了不起的!徒有虚名而已。起早贪黑抠字眼挣那几个钱,还不够别人下次饭店的……"我顺着书架往前走着浏览,目光突然被挂在书架角落的一件饰品吸引住。我走过去托在手上细看,这是一件老旧的皮囊一样的物件,葫芦一样大小,正面雕着孤狼拜月图案,侧面雕着一串蒙文。我虽然不认识蒙文(我小学时候老师虽然上过几堂蒙文,但后来撤销了,改成用汉语上课),但从那苍劲有力的刀法中感觉出有一股力量直逼我的心里。

我微微颤了一下,隐约地意识到了什么。

曾小莹说："那是他祖上留下来的玩意儿，他当宝贝似的挂着。去年有个老外相中了，出大价钱要收买，他没干。您说他傻不傻！要我看这破玩意儿一分钱都不值！"

我没有说话。鬼使神差地，我的手仿佛被什么神秘力量牵引着，不由自主地伸过去，抽出一本在饰品后面深藏不露的《蒙古秘史》。我端着沉重的用五百六十个汉字标音拼写的蒙古语羊皮精装本的《蒙古秘史》，小心翼翼地打开书页。突然，一张硬纸片飘然落在地上。我捡起一看，这是一张旧得发黄的老照片，照片上那张穿着军装正襟危坐、面部表情呆滞而拘谨的脸，和奶奶从报纸上剪下来一直珍藏的图片高度吻合。我一下呆住了："难道……难道……难道奶奶牵挂一生、我也踏破铁鞋用了二十多年的工夫苦苦寻觅的亲人，就在身边？……"我不敢相信，希望这不是真的，希望这只是一种不着边际风马牛不相及的错觉，是一个东拼西凑驴唇不对马嘴的梦幻。当我再次拿起照片细看，从一直夹在钱包隔层里奶奶临终前给我的那张从报纸上剪下来的图片比对，我的脑袋嗡的一声像挨了一闷棍，眼前顿时金星四溅。一种天塌地陷般的感觉向我袭来，几乎让我窒息。

我不知道怎么从曾小莹家里走出来，怎么跌跌撞撞地走下漆黑的楼道。我垂头耷拉脑像只呆鹅一样立在楼下不知何去何从。曾小莹倒车时差一点轧到我脚上，我也不知躲闪。当曾小莹打开宝马轿车的门，我没有像往常一样坐副驾驶座，而是和她隔开一段距离，默默地坐进后排双人座上。在去杭州街精品书店的路上，曾小莹全神贯注地开着车，绕红灯，躲行人，不停地按喇叭。我默默地坐在后排座靠窗子的位置，目光呆滞地向外望着。在开着空调封闭良好的宝马车内，街上的行人和街旁的楼阁店铺现在都幻化成沉积的往事，扑面而来又无声地滑过……

那些年头，奶奶每天充满信心地顶着朝阳爬上山口，到傍晚灰心丧气地拖着斜照下的背影回到营子里的小土屋，成了她每天日子不可缺少的循环。我记得，奶奶用穿着坚硬麻底鞋子的脚在山坡上茂盛的草丛间踩出的那条小路，到夜晚还闪着油亮的光。小路也让我的童年充满着迷幻：我盼着过年，因为到那时才能吃上我盼望已久的羊肉馅饺子。但最疼我的奶奶却从不给我包合子吃（合子是一种和饺子一起混包的，中间放馅，两张饺子皮合捏在一起的圆形食物），尽管合子是我最爱吃的。我噘嘴躲在墙旮旯生气，奶奶哄我说："快了，等你爷爷他们回来咱们全家包合子，让你吃个够。"但这最终成了我童年的一个念想。奶奶等了三十年也没见爷爷和大爷回来。直到有一年奶奶去大西沟参加一个远房亲戚孩子的婚礼，在新房糊着报纸的墙上看见一张图片，才让她彻底失望了。那是一篇登载了战斗英雄奖励并配带图片的新闻报道，尽管奶奶不认识上面密密麻麻像蚂蚁的文字，但从图片中一眼就认出坐在人群中间的面部表情呆滞身穿军装的爷爷。趁着闹洞房的混乱，奶奶偷偷地用剪刀把报纸上的图片剪下来。从那之后，奶奶就常去喇嘛庙烧香念佛，修持《心经》，说是给城里的亲人积攒福报。奶奶一直珍藏着爷爷这张图片。夜深人静，我在奶奶的诵经声中昏昏欲睡。当我再次睁开眼睛时，奶奶正用头上的银簪挑亮麻油灯，左看右看地端详着从怀里拿出的爷爷的图片。看奶奶偷偷抹眼泪，我问奶奶："奶奶你又想爷爷和大爷啦？"奶奶说："你爷爷当了英雄，肯定在城里当了官成了家，你大爷也跟着享福了，我不惦记他们。我想他们，只是想跟他们说清楚一件事。"我说："啥事？"奶奶说："等你长大了再告诉你。"

我渐渐长大了。这年秋天,我被数学老师塞满几何题的脑袋被传来的噩耗撕裂了。我奔跑十里山路从镇上住宿学校赶回家里。早该咽气的奶奶一直坚持到我赶回来。奶奶干瘪的脸上露出微笑。我跪在奶奶床前,奶奶抓住我的手用尽最后一口气说:"进城去……寻找亲人……告诉你爷爷……你爹和……你大爷……都是、都是……他的亲骨肉……我、我……对得起我……良心……我……没有对不起他……"

料理完奶奶的后事,我就按着奶奶的遗嘱,带着奶奶多年积攒的路费和那张奶奶从报纸上剪下来的爷爷的图片进城里。进城后发生的事我都在前面某些章节里零零碎碎说起过,细心的读者肯定记住了,我现在没心情再跟你们啰唆了……现在让我深陷痛苦无法自拔的是:我日日夜夜煞费苦心经过多年寻不到的亲人,却在不经意间碰到了。其实他们并不遥远,就在我身边,但现在却因为一些事不能坦诚相认。这让我悔愧交加:我怎么向死去的奶奶交代,怎么有脸面对列祖列宗!

我们到杭州街精品书店取了港版《金瓶梅》,也忘了讲折扣。再坐上车的时候曾小莹边系着安全带边问我:"去哪儿?回公司吗?"我说:"去二环街的喇嘛庙。"

车拐向去喇嘛庙的方向。路上曾小莹见我沉默不语有些异样,故意找话题和我说话,或是讲段子逗我开心,我只是闭着眼睛不搭腔。她给我放段轻音乐,我表现出烦躁的样子,她只好又关了。车到二环街时,我们把车停在停车场,步行着一前一后走过去。和前天夜里一样,喇嘛庙的大门还紧闭着,到街对面的佛教用品商店一打听,才知道这片地皮已经被香港的房产开发商收购了,喇嘛庙已经停止香火，正准备搬迁。

曾小莹问："要迁到哪儿去呢？"

"说不好。"犯了火牙、腮帮上涂着厚厚一层牙膏的老大爷摇摇头说，"几百年的庙宇了，说拆就拆了！"

我们只好走回去。上车后曾小莹把手搭在方向盘上，拿眼睛瞅着我。我说："随便。"曾小莹说："随便是什么意思？您今天怎么了，身体不舒服？"说着曾小莹反过身来，伸手摸我的额头，我赶紧躲闪。曾小莹眼泪开始在眼睛里打转："希总，您今天有点不对劲儿，是烦我了吗？"随后眼泪涌出眼眶，扑簌簌地落下来。我说："别瞎想，只是心情不太好，咱们去郊区转转吧，散散心可能就好了。"曾小莹从坤包里抽出张湿巾，沾沾挂在眼睫毛上的泪珠，然后换挡提速，开车向郊区驶去。

35. 您好，我是曾小莹

希总说他在小区外等我，我开始以为他在跟我开玩笑。所以我也半真半假地逗他说："上楼来等我吧，大热天的，让您自己在外面风吹日晒的……"希总问我："方便吗？"我朝夏林子的卧室瞅了一眼说："方便，您来吧。"并把楼牌号码告诉给他。没多大工夫，听见有人轻轻地敲门。我打开门一看，还真是希总。我赶紧把他让进屋来。手足无措地张罗着让他坐，张罗着给他沏茶。看他眼圈发黑，面带倦意，估计是晚上没有睡好。我悄悄往他杯中加了两片去内蒙古出差时买的肉苁蓉。

我怕冷落了希总，就边在走廊的镜子前化妆边和希总搭讪着说话。开始希总在我家里还很放松，在客厅兼夏林子的书房里随便走走，摸摸摆在客厅角落里别人送给夏林子的狼图腾木雕，翻翻夏林子书架里的书。当走到夏林子挂在书架一角他祖上留传下来的那个玩意儿（听夏林子说那是猎人用来装火药的药钵）跟前的时候，引起希总的好奇心。他停下脚步，小心翼翼地把那玩意儿摘下来，拿在手上细细观看。我觉得好笑。你们说有钱人就是这样不可思议，你用金呀银呀摆在他们面前别想打动他们，他们甚至连眼皮都不抬一下。但有时却奇怪地对一块木疙瘩一堆老泥巴情有独钟，稀罕得不行。我就给希总介绍了那玩意儿的来历。希总听后，不知什么原因，脸色一下变得非常难看。

在开车去杭州街拿书的时候，希总反常地没坐在我旁边的副驾驶座上，而是坐了后排的双人座。路上，希总面色沉重，神情恍惚，好像有什么心事。到十字路口等红灯的时候，我从后视镜看他，他的眼睛也不和我对视，只扭着脖子朝窗外看。从杭州街出来我们没有回公司，我按着希总的旨意去了趟二环街的喇嘛庙，喇嘛庙没开门。返回时希总还是对我爱搭不理的。我感觉出不对劲儿了。我问他："是不是不舒服？"他摇摇头，还是不说话。我以为他病了，伸手想摸摸他额头烧不烧，他赶紧躲闪，仿佛我的手不是保养得极好的女人纤纤玉指，而是蛇信子或是烙铁似的！这举动严重刺激了我，让我伤透了心。我的眼泪开始在眼睛里打转。我憋着憋着，但最后还是没有忍住。我的眼泪像断线的珍珠似的冲出眼眶，哗啦一下子落了下来。"是烦我了吗？"我说。我越说越伤心，眼泪止不住往下落。这种时候，有一点需要声明：常有人说爱哭的孩子有奶吃，眼泪是女人征服男人的制胜法宝，"一哭、二闹、三上吊"之类的话。或者，每到这种时候有些女人心中即使没有伤心事，眼中没有多余的泪水，她们也会借用逝去的亲人或省吃俭用攒钱买的化妆品竟是假冒伪劣产品而产生悔愧来临时制造悲伤,更有甚者干脆趁您不注意时把唾液抹在眼皮上进行冒充。但现在我可不是,我的眼泪可是实打实的真金白银,这种真情实感装是装不出来的。

像冻僵了的石头一样的希总,终于被我感化了。

希总返活过来说:"别瞎想,只是心情不太好,咱们去郊区转转吧,散散心可能就好了。"

我对希总的话半信半疑。因为我不是他肚子里的蛔虫,他咋想的我不知道。虽然没有破涕为笑,但我还是用湿巾沾去脸上的泪水,擤把清鼻涕,按着希总的旨意开车向城外驶去。

车驶出城区,路越来越宽敞了,视野也随之开阔起来。车到郊区我没有接着往前走,而是下了高速路驶入乡镇公路。我放缓了车速,关了空调,把车顶窗打开,让郊野的清风随意地灌进车来,吹吹我们都有些混乱的脑袋。路过一个池塘时,泥土腥气和青草的香味儿冲进车来,在我们的嘴和鼻子之间萦绕。我瞥了眼后视镜,看希总的情绪好了些。虽然还默默地看着窗外,但望着田野的眼睛活泛了些,并时不时的闪现出光亮来。车窗外,一垄垄刚浇过水青翠欲滴的玉米一闪而过,随后是一片片施过肥的油菜含苞怒放,黄接云天。希总让我靠路边停下车,我们走到一片玉米地头,希总从玉米秧上掰下一穗刚放红缨的玉米棒,给我讲起小时候淘气糟践了还没成熟的庄稼后,被营子里人抓住,不是被奶奶责打就是挨羊倌一顿鞭子抽的事。他说:"犯了错误,受到长辈的责打倒是一种快乐的事……"我逗他说:"照您这样说,您现在还想尝尝责打的滋味喽?"希总不假思索地说:"那样倒好了!"随后他叹了口气,又摇摇头说:"奶奶没了,没有人会管教我了! ……再说,现在农村人不为吃喝发愁,都对粮食淡漠了,别说一穗玉米,就是整垄的庄稼糟践了也不会引起他们的注意。"果然，没有人发现我们掰玉米棒的事，或是看见了也懒得管。车穿小镇而过时，长期生活在公路边已经适应了车流喧闹的猪狗们见多不怪、大摇大摆地在我们的宝马车前走来走去，一点儿没有慌张的意思。街边上，坐在家门口择豆角的妇女们也头不抬眼不睁地嚼着口香糖，家长里短地扯着闲话。

出了小镇，希总让我把车停在镇西的小桥边。我还没把车停稳，他就打开车门，跳下车朝河堤下走去。我在桥上远远看着他。希总在河边站着，望了会儿静静流淌的河水，然后猫腰从岸上捡起一块石头丢进河里。我想希总是想试试水的深度吗？小时候我常用丢石子的方法试探公园水池里水的深浅，如果石子落进水里发出沉闷的咚的一声，并且溅起的水花迅速被水纹吞掉，就证明池水很深，足以淹死一头牛。相反，如果石子落入水中发出扑通的巨响，而且水纹很大，水花四溅，就证明池水很浅，不足过膝。希总丢进河里的石头发出的声音我听不见，更看不见激起水纹的大小。希总朝河下游走去。两个穿着短裤的孩子正在河滩的沙地玩堆沙人的游戏，他们撅着屁股，费力地把沙子推到一起，然后再堆沙人，沙人越堆越高，但两个男孩还想堆得更高，于是不断往上增加沙土，直到下面的沙土承载不了重量轰然坍塌下来，两个人才傻了眼，互相埋怨起来……

希总爬上堤坝回到车里时，脸色又变得难看起来。我说："希总想要钓鱼的话，咱们去城边那个废弃的池塘看看？"希总不置可否。于是我自作主张地开车返回去，顺便在路边的渔具商店买了套钓鱼的工具：钓竿、鱼饵、折叠凳、小桶和遮阳伞。池塘四周出奇地宁静，只有很少的几个钓鱼的人。我们走过去，只听着自己的脚步声和草丛里吱吱喽喽的虫鸣。有一只被电线撞死的鹌鹑挡在路中间,希总愣了一下,用脚把鹌鹑的尸体踢进池塘里,看着它渐渐沉入水中。我们找了个附近没人僻静的池塘边支起遮阳伞。希总打开折叠凳坐下来,掌握渔竿,把上了鱼饵的钓鱼线抛进混浆浆绿幽幽深浅莫测的池塘里,静静地等着鱼儿上钩。我在旁边找了棵小树,站在树荫下玩着手机游戏。过了一段时间,希总面前的渔竿还静悄悄地竖着,波澜不惊的样子,竟然没有一条鱼上钩。我看了看手腕上的坤表,提醒希总说:"希总,时间不早了,中午还要见王处长呢。"

希总说:"你先回吧,我再钓一会儿。"

我说:"您自己行吗?"

希总说:"我又不是小孩儿。"

我说:"那好吧,您要注意安全!等我办完事回来接您。"

希总说:"不用,进城的车多,我拦辆车回去就行。"

我坐进宝马车的驾驶座,启动车。车开上高速路,在加速之前,我侧过脸顺右面的窗口朝希总钓鱼的池塘望了一眼。在不远处嘈杂的城市背景衬托下,希总苍白得像剪纸画,又渺小得像一根草、一粒沙。我按了下车喇叭,他听见后朝我挥挥手……但让我万万没想到的是,这一挥手竟成了永诀!

我开车进了城里,没有去公司,直接回到家里。补完上午被泪水弄花的妆,才从手机通讯录里调出王处长的手机号码,拨打过去。手机的忙音响了半天没人接。我看了下手表,刚十一点,不到下班的时候。正要接着拨打,王处长的手机打过来,他开始没听出我的声音(谁知道是不是装的!),拉着官腔说:"哪位给我打电话?"我说:"王处是我啊。"王处长迟疑一下问:"您是哪位?"我说:"您好王处,我是曾小莹。"王处长马上说:"噢,是小莹啊,我没听出来呢。"我说:"王处您这是贵人易忘事。"王处长说:"忘了谁也忘不了小莹啊,真没听出来,声音越来越好听了。"我跟王处长扯了会儿嘴皮子,随后转入正题。我说:"王处长有时间吗,中午请您吃饭?"王处长说:"哎哟嗨,中午答应了朋友的饭局,推不掉,晚上吧。"听王处长这么一说,我心里十有八九地清楚他打的什么算盘了。我说:"看您方便,去哪里呢?"王处长说:"要不去我家。我在郊区有套房子,没人住,很清静的。咱们订点外卖,吃着也方便。"我心想狐狸尾巴露出来了!我知道他在试探我。我说:"郊区太远了,咱找个近点的地方吧。"王处长说:"那就腾格里塔拉,那里的蒙餐好吃有档次,咱们好好消遣消遣。"见王处长装糊涂跟我绕圈圈,不往正题上说,我只能把话挑明了。我说:"希总说有份材料要我交给您,光盘审批的事还得请您多费费心。这事定不下来我心老悬着,没有心思消遣啊。我们希总为这事正急得要死要活呢!"王处长啧啧舌,夸赞我说:"我就喜欢你这样事业心强的女性!人干练又漂亮,有操守,有职业道德!"我说:"操守倒谈不上,我也是为保住自己的饭碗呀,公司倒了我的饭碗也砸了不是。"王处长说:"其实都很容易,没那么难。命运就掌握在你自己的手上,门槛里外都是地,就看你迈哪只脚了。"我想我已经是在这个老狐狸嘴里的鸡了。我说:"那就拜托王处费心了,晚上我好好陪您喝两杯。"

挂了电话,我心里犯起了嘀咕:赴约是肯定的,不去就办不成事,光盘号就审批不下来。去吧,这只老狐狸肯定不会轻易放过我,让我囫囵不了。跟他上床,想起他那一身皱巴巴的老皮,想起他垂涎欲滴的色相我都恶心!我处心积虑地想着应付王处长的办法，我想着那种既不得罪追随者又让追随者望而却步的方法：开好房间，在他上厕所时故意把伪造的艾滋病证明遗落给对方看；或是趁他不注意，将抹了口红的纸巾展示出来，捂着肚子装出例假来了的样子……但这些愚蠢的法子已经被网络和影视剧传得尽人皆知，糊弄不了像王处长这样的情场老手，他一眼就能识破！我又想：要不干脆把他灌醉，让他啥事也干不成。但问题又来了，要是他真的醉了，你能把一个醉得一塌糊涂的人扔在路上不管？你不得开车送他回家。在路途上他要醒了酒还装着醉，等你把他架进屋里，不就等于自投罗网吗？

我坐在屋里费尽心机左思右想了好半天，直想得头昏脑涨，也没想出一个能对付得了王处长的法子来。

我给希总打了个电话，想让他帮我出出主意。但打了几次，希总的手机总是提示不在服务区。我想希总可能已经回城了，正在公司或家里午休，也就没再打扰他。

我小睡了一会儿。傍晚临近后我起床简单地冲了个澡，往身上喷了能让男人闻了神魂颠倒的法国香水。然后拿着公司的材料和那套从杭州街精品书店买的港版《金瓶梅》，开宝马车上了路。腾格里塔拉饭店我去过，坐落在二环路西，那是家自助型蒙古风味的大饭店，整栋楼装潢成一座耸立在城市环路边的蒙古包形状，门面宏大，流金溢彩，灯火辉煌。里面开放的就餐大厅对着宽阔的演出舞台，顾客在品尝独特的美味佳肴的同时，还能欣赏到蒙古特色的器乐演奏和鄂尔多斯婚俗歌舞表演。尽管我按王处长约定的时间提前走了半小时，但由于正是下班车流高峰，路上塞车，等我赶到腾格里塔拉饭店时，已经是将近九点了。我找个车位停了车，边急急忙忙往酒楼里走边想着给王处长解释的话。酒店门口停着一辆警车，车顶上的警灯在夜幕里一闪一闪的分外显眼。我走进酒店，迎面碰见王处长满脸沮丧地从二楼楼梯上走下来，左右两边紧跟着两个穿着黑衣留着板寸的小伙子。擦肩而过时，王处长装着不认识我。我刚想上前搭话，跟在左边的那个小伙子用凌厉的眼光扫了我一眼，我赶紧捂住嘴躲到一边……

我是第二天清早听到希总出事消息的！

早上我还没从惊魂未定的情绪中缓过神来，想尽快去公司和希总商量下对策。于是我草草洗了把脸，也没像往日那样认真化妆，只是胡乱地往脸上抹了点润肤露，也没吃夏林子给我准备好的早点，就匆匆地下了楼。接到公安局电话时，我正开着宝马车在去公司的路上。我吓了一跳，以为希总犯了什么案子。后来才听清是他在郊区钓鱼时溺水身亡的通知！我一下子就蒙了，脑袋像一窝蜂似的乱了营。心想希总昨天还活得好好的，怎么今天说死就死了呢？我开始不相信这是真的。但冷静下来想想，既然公安局已经发了死亡通知那就是确凿无疑的事情了，公安局不会开这种玩笑！我感慨人的生命怎么如此脆弱呢？脆弱得像一张玻璃一片薄冰，一块石子一缕微光都会把它穿透击碎……我打了把方向盘把车停在路边僻静处，在一片人工林里失声恸哭起来：为我失去的一切——房子车子梦想，以及……

尾 声
之后的日子

36. 小说情节（之九）

百里外的段家营子，几间窝在山褶里的茅草屋冒着炊烟。一群柴狗在村街上汪汪地叫着，既是对主人的提醒，也是对来村里的陌生人的警示。男人们早早下地干活了，村子就是凭着各种借口留下来的女人们的天地。村里来了远地的匠人王银匠，这些天就是女人们的节日。王银匠不但心灵手也细巧，能把祖上留下来的已经氧化成黑炭色的银圆擦亮，打造成闪闪发光的耳环；还能把她们走运时从河套捡来的玛瑙打磨成豆大的珠子，镶在光秃秃的戒指上，让本来不起眼的戒指改头换面，焕发出耀人眼目的光彩。女人们脸上扑了点年节才用的脂粉，拿着几年才攒下的原料，三五一伙地朝村头那间秋忙夏闲的场院走去。王银匠在土垒的没有窗子的场院屋里卸下挑担，摆好家什，起火生炉灶。这时候也是王银匠最得意的时光：自己做自己的皇帝，自己升自己的堂。他边用小锤子敲打着银具边和来做首饰的妇女们眉来眼去、打情骂俏；故意把价格抬高，然后和女人们讨价还价，来来往往间，手碰碰女人这儿,手碰碰女人那儿,价格压到原价,还占了女人便宜,咋算也是光赚不赔。弄好了,还能吃到女人们专为犒劳自己男人做的韭菜荞面饼。这天中午,干了一上午活计的王银匠美得不行,边哼着皮影小调边咂巴着酒盅,还不时用筷子剜口营子里女人偷偷塞给他还带着雪花膏味儿的咸鹅蛋。无云无风,响晴的天门口突然一黑,旋风般进来一个榆木桩子似的汉子。汉子穿着一身猎装,手里拎着短尾巴猎枪,肩膀上扛着个五六岁留着锅盖头正嚼着糖葫芦的小男孩。王银匠看着那小男孩有些面熟,但他眨巴眨巴眼睛,一时又想不起在哪里见过。

王银匠说:"打首饰?"

汉子说:"不打首饰,打能剜眼睛的锥子!"

王银匠说:"我这里只打首饰,不打锥子。"

汉子说:"那就打割舌头的刀子!"

王银匠警惕地拿眼睛上下打量着汉子,心里一惊,想肯定是哪个营子里被他占了便宜的女人的汉子来找麻烦了。他故作沉静地说:"你是谁?"汉子说:"你不认识?那今个儿就让你好好认识认识!"汉子把小男孩从肩膀上溜下来,放到场院屋的窗台上。王银匠又眨巴眨巴眼睛,当他把小男孩认出来时,立刻就猜到汉子是谁了。他心里咚的一下,胆汁就出来了。他叫苦不迭,想这回阎王爷找上门来了!王银匠扔下手中的酒盅撒腿就往外跑。那汉子却用簸箕似的大手不费吹灰之力地薅住他后脖领子,像老鹰抓小鸡一样将他拎起来,抡一圈,然后扑通一声把他扔在场院屋的墙旮旯里。汉子搓搓手说:"想跑!你往哪儿跑？"王银匠跪在地上哀求："大哥大哥，不，老兄弟！不不，老祖宗，我的活祖宗，你饶了我吧！你饶了我吧！我不是成心咒你……我也是听别人……"王银匠跪在地上，边用双手轮换着啪啪地扇着自己的嘴巴子边说，"都怪我这双该死的听不出好赖的耳朵，都怪我这张嚼嚼不出草味儿吃屎吃不出腥臭的破嘴！你大人不记小人过、宰相肚里能撑船……你饶了我吧！"汉子说："弄死你容易，就像踩死一只蟑螂，就像踩死一只臭虫！但那样怕污了我的脚、怕脏了我的手、怕坏了我的名声！"汉子从褡裢里掏出一沓纸币砸在王银匠脸上说："收起你这破摊子，滚回营子和荞麦过日子去！那是个好女人，她这辈子不容易，你既然沾了她，她就是你的女人！你要好好待她！让她受半点委屈我饶不了你。到时候可不光割你的舌头，还要拧下你的脑袋！"

见王银匠犹豫，汉子厉声喝道："听见没有？"

王银匠吓得一哆嗦，赶紧鸡啄米似的点头说："听见了听见了！"

汉子瞪着瑟缩在墙旮旯里抖成一团的王银匠瞅了一会儿。转过身去，走到场院屋的窗台跟前，给那个吃糖葫芦的小男孩擦掉压在嘴唇上的鼻涕，朝墙上抹了抹，然后举起小男孩骑在脖子上，大步地走出屋去。王银匠从地上爬起来，掸掸衣服，擤了下鼻涕。他卸了炉火，把还没烧透冒着烟的煤焦用土埋了。当王银匠收拾完东西，磨磨蹭蹭挑起担子走出泥垄的场院屋时，那汉子已经扛着小男孩消失在山口的榆树林里……

37. 我是一棵榆树

　　我是一棵树，一棵被生意人从山里运进城里，栽在他们小洋楼庭院里的榆树。说到这里，你们有人不耐烦了，嫌我啰唆磨叽。他说："这些我们早就知道了，你还一遍遍说它干啥？"但我是这样想的，我不常提醒你们一句，怕早被健忘的你们忘到脑门后面了。像现在这样网络信息这么发达的时代，你们每天都要接触那么多的新鲜事物和商业信息：征婚广告啦、商场打折活动啦、新楼房开盘啦、彩票派奖啦、鲜花售卖啦、交友派对啦等，脑子里哪有闲地方记着我这棵粗糙的榆树啊！

　　我虽然曾风靡一时，被画家临摹笔端，被摄影家摄于镜头，但那只是我艺术化了的形象。现实的我却是一棵被主人抛弃在城市郊区、被人冷落，境况糟糕透顶的榆树。

　　主人搬走后曾经来过郊区几次，但都不是来看望我，（甚至他的奔驰豪车打门前路过，也没有朝庭院瞥一眼）而是直接到隔壁的家具城开董事会。在经营状况不佳，现总裁涉嫌财务作假的纷争中，主人一气之下退出了股份，把他苦心创办的家具城甩手转让给别人。从此主人就再也没有来过。仿佛这是块让他唯恐避之而不及的伤心之地。没人住的小洋楼破败萧索，庭院里也成了城里人倾倒垃圾和抛撒废物的场所。有天黄昏，一个面带忧郁神色的干部模样的人来到我跟前，围着我转了几圈，在我身上找到一个由于剪掉斜枝而形成的树洞，就把嘴埋进去开始倾诉（不知人世上哪个缺德带冒烟的导演或编剧异想天开地拍了一部电影，电影名字叫啥我想不起来了，里面大致的情节是：有个心怀忧伤的人，整天闷闷不乐，几乎患上忧郁症。于是有人给他出主意,让他到郊外找棵树洞,把自己的心事诉说进去,然后再用草把树洞紧紧地堵上,让他的沉重心事在树里化作泥土烂掉,在无人知晓中获得了轻松,这样他就自然得到了解脱……后来就有人这么模仿,如法炮制)。这个干部模样的人倾诉的内容大概是:他从小立志努力学习,希望长大后考上这座城市的某所名牌大学。但是天分有限,考试的时候以一分之差名落孙山。后来他母亲找了在教育局工作的舅舅偷梁换柱,顶替别人的名额让他如愿以偿地上了这所大学……到现在他的档案中还用着被他顶替下去那同学的名字。后来他被提拔上官职,荣归故里时,看见那个同学由于当年受到精神刺激成了疯子,披头散发地蹲在街上学狗叫、捡垃圾吃……这事成了他心里久久不散的郁结。但又不能跟身边的人说,于是他就到城郊找到我这棵榆树当替罪羊!

另一个趁着黑夜来找我的人是个开饭店的老板。他把花费多年研究出来的以次充好的方法传授给手下的主厨,用腐烂的菜帮子制作出传统美味小炒,并用低价收购上了色素的死猫烂狗的肉充当驴肉制作火烧,高价卖给顾客;他还贩卖假酒、假烟、假酱油,把废纸搅碎掺在肉末里做成包子馅卖给吃早点的顾客……多年来由此积攒了不少财富。就在他想把生意进一步扩大,努力想在城里开几家连锁店的时候,家里娶的小媳妇却给他生了个没屁眼儿的儿子(因为这正应了人们咒骂缺德人得到报应的一句话),因此让这位饭店老板颜面扫地,又不好对人言说,只好找我诉说,想让老天爷饶恕他,由此解脱自己的罪责。

当有个靠写理想爱情诗成名而又被现实爱情击垮的年轻诗人绝望地吊死在我的枝杈上时,我开始梦醒般地质疑自己在城市里存在的价值。我开始怀疑自己,觉得我的每一条枝杈每一片叶子都充满了肮脏和罪恶！我孤零零地立在家具城隔壁的角落里，在城市垃圾和木材废料的包围中等待着命运的判决。我等待着，等待着让我震惊的那一刻。那一刻也许像你们人类所说凤凰涅槃或是像佛教里讲的那种万劫不复。不管是啥，我只是希望快点到来。这天深夜家具城车间里突然电光闪动，一团火焰跃上屋脊，随后整个家具城陷入了火海。大火随风向外蔓延，隔壁的我顿时被熊熊大火吞没了……

大火被消防车扑灭后，家具城荡然无存了。小洋楼和庭院也一片乌黑。我的枝叶和树冠虽然也被烧成灰炭，但我深扎在地下的根还在，因此我的半截树干还在废墟中挺立着，传达着倔强的不死的信息，积存着重生的力量。

我苦苦等待的这一天终于到来了！以城里元大都城墙遗址公园为中心的元代驿站线路挖掘抢救工作启动后，一条元代古驿路逐渐被考古专家们勘探出来。这条七百多年前横亘在元大都与漠北的重要文化与经济命脉正好机缘巧合地和我擦肩而过。因此我也被当作古驿路旁的一道风景被登记造册，保留下来。随后来了很多扬着长胳膊的挖掘机和推土机，把城里倾倒的垃圾拉走，木器厂和小洋楼的废墟也都清理干净了。专家们认真地清理我身上的灰炭和压在我根部的杂物，沉积在身上的沉重污秽已经清除，一身轻松的我等待着劫后重生。一场瓢泼的大雨过后，我深扎在土地里、储存在根部的从祖上遗传下来的顽强生命力突然爆发出来，一夜间，竟然在烧焦的树干上冒出嫩绿的枝叶来……

38. 我是作家夏林子

我的小说《追杀》已经接近尾声。这时候是我最快乐又最痛苦

尾声 之后的日子

的时刻，就像孕妇临产时的感觉一样。我不知道该怎样给我的小说收尾。我为两个冥思苦想的结尾举棋不定：其一是猎人肩扛着他蒙昧未开的儿子流浪到漠北草原，在靠近西拉木伦河（内蒙古北部的一条河流）的牧村落下脚来，弃猎从牧，和众多蒙古牧民一样过着日出而放日落而收的隐居般的生活，直至终老，埋身草野；其二是猎人教训了王银匠后，带着儿子游走于蒙古地区的山林草原，成为杀富济贫的绿林好汉，以他手中那支祖传的短尾巴猎枪和百发百中的枪法威震八方，名闻遐迩。后来由于志向相投，归顺到蒙古骑兵团给首长做贴身护卫。在一次和鬼子兵的遭遇战中用胸膛挡住射向首长的子弹而英勇牺牲……首长为报答猎人的救命之恩就把他的遗孤领回家里，像亲生儿子一样教养。这孩子长大后却生性倔强，与将军家格格不入，这让将军伤透了脑筋。后来为在登记户口时改了出身而一怒出走，放弃锦衣玉食的奢华生活，流落街头，心安理得地过着靠给别人修鞋补袜挣钱糊口的贫困日子——这个结尾是由在我梦中经常出现的众多支离破碎的画面剪接而成。这些梦预示着什么，或与我神秘的身世有什么机缘巧合我不得而知……

我反复思考，觉得两个各具特色的结尾，虽都符合人物现实命运的发展轨迹，但对艺术的完美而言却有失直白和累赘。最后，我干脆把两个结尾都舍弃不用，就把故事写到猎人带着小男孩离开王银匠走进榆树林后戛然而止，后面的事情留给读者用自己的想象去填补。我觉得现实的完美和理想的完美是截然不同的两个概念。现实的完美是不存在的，它早已在尧舜时代后就分崩离析，土崩瓦解。我们后人所能做的就是处心积虑去寻找那些碎片，用它组成的理想世界去修补现实世界的缺憾……

因为全身心投入创作，雨什么时间开始下起来的我浑然不觉。

离开电脑的时候，已经是凌晨一点。尽管空调一天二十四小时不间断地开着冷风，我感觉屋子里还是闷热得透不过气来。今年夏天的气候有些反常，总是高温不下，本来应该凉爽下来的夜晚也是热得不行。我去洗手间冲了个凉，漱漱口，就躺在沙发上准备睡觉了。就在我将睡不睡之时，多日前那棵巨大的榆树的影像又在与窗子相对的客厅光滑的墙壁上出现了。榆树的枝叶更加茂盛，似乎遮住了半个主干。随着仿佛从天边传来的嗡嗡声由远而近，榆树四射的光芒越来越强，几乎达到了顶点。突然一道闪电从窗前划过，随后是一声惊天动地的霹雳声，雨声骤然响起来，紧密的雨点噼噼啪啪地砸在窗玻璃上，墙壁上的影像随即消失不见。一股浓重的土腥味儿迅速在屋里漫散开来。

　　气温随即降了下来。在骤雨中，我的睡眠竟然超乎寻常地稳重踏实。以至于一觉醒来的时候，已是上午十点。这时候雨已经停了。阳光透过爬山虎叶片的缝隙照进屋来，明亮地落在墙壁上。我走到窗前推开窗子，一阵湿漉漉带着青草花粉香味的清爽空气扑面而来，让我精神为之一振。脸上的睡意和身上的慵懒顿时烟消云散了。好一场大雨！我心里赞叹道。大雨不但涤除了城市多日积存的尘垢，也使城市变得干净清朗起来。更主要的是缓解了燠热天气。我收拾着起床，隔壁的卧室里静悄悄的没有动静，我想曾小莹肯定已经去店上了。这些日子看她神色有些不对劲儿，不知公司出了什么事情，她不说我也不问。后来听说她从公司辞职了，自己张罗着在服装城开了个服装店。自己开店更忙了，一天到晚在店里盯着，天不亮就得去理货，中午没时间回来吃饭，只能带盒饭或者在店里泡方便面将就一口。

　　我挤了牙膏，边刷着牙边拿起放在饭桌上的报纸浏览着。自从那次把小保安轰出门后，他没再给我送过报纸。再加上这段时间学校毕业班临近毕业，安排的课多我没有时间回家，两周的报纸都积存在保安室里。昨晚下去拿报纸时没见小保安的踪影，心里还感觉空落落的。我拿起上周一的《B城早报》掀着看，法制版报道的新闻是："电子出版物管理中心的某处长，因滥用职权收取贿赂、生活作风腐败等问题被检察机关羁押审查，另一个与此案相关的行贿公司经理在郊区钓鱼时不幸溺水身亡，是否畏罪自杀，此案还在进一步调查之中……"看到这里，有着"即使是行贿者也不是重罪，何以用生命相抵？"的想法产生惋惜是正常的，但是此刻让我无法理解的是，一种失去亲人般的感受莫名地袭上心头，竟让我悲伤不已。再往下翻，社会版一条新闻吸引了我的目光，让我兴奋起来。我停止了牙刷在牙齿上的摩擦动作，拿过报纸来细看，报道这样写道："根据市文化管理部门披露，我市以元大都城墙遗址为中心的元驿站文化抢救工作取得新进展，一条绵延数百里的古驿路遗址被挖掘出来，经考古专家鉴定，这是元朝兴盛时期以元大都为中心向全国各地辐射的速递网络之一，是元朝的横跨南北的重要经济文化命脉。这项工作引起市政部门的高度重视，日前挖掘工作正在有序展开……"

我突然想起前周末曾和巴雅尔去过那个叫嘎鲁村的沾齿土丘，就在这时村长巴图打过电话来。

村长说："告诉夏教授一个好消息！"

村长声音显得很激动。

我说："什么好消息？"

村长说："我们村的元站赤遗址保护申请批下来了！"

我说："好哇，这真是大好消息。"

村长说：“这得谢谢您。真像您说的，搞经济发展得把目光放长远，少不了文化啊！等项目下来，我还要把那里打造成旅游景点，到时候您多给出出点子，参谋参谋。”

我说：“没问题。需要人才我给你推荐。”

村长说：“那太好了，我现在正缺少这个呢。”

挂了村长的电话，随后刘旭东的电话打了进来。我接了电话，只听刘旭东在那头呼哧呼哧地喘着粗气，却不说话。我说：“怎么，又和媳妇吵架了？”半天刘旭东才哭唧唧地说：“她把我赶出来了！”我说：“你现在在哪儿？”刘旭东说：“扛着行李卷在大街上走，不知道该往哪里去！”我沉默了一会儿说：“那你就先到我这里来吧。”我草草地洗漱了下，吃完早饭。估计刘旭东快到了，就走下楼去接他。刘旭东推着他那辆破自行车正站在小区门口等我，自行车后架上驮着行李卷，行李卷上放着一个装着满满书籍的纸壳箱，用一根黄色的纤维绳一道一道地捆绑着。刘旭东说：“这回我跟她来真格了，我要和她离婚，我受够了这种生活！”我说：“那是以后的事，现在重要的是先找个安身之处。”我带着他在小区对面街道里找了家便宜的地下旅馆住下，旅馆老板我认识，早晨买早点时常碰面点头说话。老板照顾，给刘旭东安排了间能露出地面半个窗子的房间。我和刘旭东把自行车上的行李和书籍箱子搬进屋。安排妥当了，时间已经接近中午。我打电话给巴雅尔，让他过来一起吃饭。

我们三人在一家快餐厅围桌坐着。桌上一盘宫保鸡丁，一盘黄瓜粉丝拌金针菇，一盆冒着热气的酸菜鱼。巴雅尔抽着烟，我看着刘旭东吃饭。刘旭东像是两天没吃饭的样子，把脸埋在碗里呼噜呼噜地先填饱肚子，然后心情才安定下来。我问他以后有什么打算？

他说没啥打算,过一天算一天呗!我说:"你和台湾图书发行商谈的项目怎么样了?"刘旭东说:"崩了!丫做生意比猴都精,敲骨吸髓不说,还把锅里的油腥都给你捞净……"我说:"别总想着那些不着边际的事,还是脚踏实地干点什么吧!"我把市里批复了嘎鲁村站赤驿路保护项目,村里召集人才正准备建设旅游景点的事跟他说了。刘旭东一听来了兴趣,一拍大腿说:"好哇!我就学的这段历史,这是咱的长处。"我说:"也别高兴得太早,咱们得去和巴图村长谈谈看。"

我们商量好,明天一起去嘎鲁村见巴图村长。吃完饭,我邀刘旭东和巴雅尔去我家喝茶。走进小区的时候,我朝保安室扫了一眼,没看见小保安,想他值夜班或是病了?心里放不下,决定去看看他。我们顺着小区往西北角走,尽头就是小区保安住的宿舍。我感到震惊,这哪儿像是保安住的地方啊——毛坯砖垒墙、纤维板搭顶、低矮潮湿得就像放置杂物的小棚子或是鸡窝。我后悔当初对小保安了解不多,没给予更多的照顾。我向一个光着上身穿着大裤衩子正蹲在窝棚门口洗衣服的上点年纪的老保安打听刘打桩,老保安的回答吓了我一大跳。

老保安带着四川口音说:"刘打桩不在喽。"

我说:"不在了是什么意思?"

老保安说:"不在了就是走了嘛。"

我松了口气,随后问:"什么时候走的?"

老保安说:"刚刚嘛。"

我说:"他去哪儿了?"

老保安摇摇头说:"不晓得。"想想又说:"好像,听说要去广州一个啥子公司来着,对,销售公司做销售。"

我想坏了！肯定被传销公司骗去做传销了。我赶紧给正在单位加班的同事打电话，让她帮忙在电脑上查下去广州的火车班次。同事回话说每天三次，现在最近一趟是下午五点四十分发车。我看了下手机上的时间，还有四小时，我和巴雅尔刘旭东三个人赶紧走出小区，打出租车朝火车西站追过去。路上手机提示音嘀咚一响，我打开一看，是曾小莹发来的信息："闲时下楼买点韭菜，晚上回去咱们一起包三鲜馅饺子吃。"

39. 咱是小区保安

公交车上的人很多，我背着黑色的双肩包，推着个粗帆布面的旅行箱。旅行箱是我在小区当保安时从垃圾桶边捡到的，虽然一个轱辘坏了，总在不经意的时候脱落掉，但我拿回宿舍一收拾——用我经常在老家修理毛驴车的巧手，找块木片那么一夹，再找根铁丝那么一拧，轱辘就老老实实地待在那里了。一个傻好傻好的旅行箱就摆在我的面前。你没见城里人出差旅游哈的在火车站进进出出都推着这么个旅行箱，那叫一个够派儿！现在我竟然也有了这么一个旅行箱！我心满意足。尽管它有些旧，尽管修理好的它推着走起来还总是咯啦咯啦地响，但总是一个能帮你分担重量的家什，总比把零零碎碎的东西都压在脊背上强。半小时前，我就是背着双肩包，推着这个咯啦咯啦响的旅行箱从我当保安的那个小区走出来，坐上去火车西站的公共汽车的。这是一趟无轨电车，我在靠近窗子的座位坐着，扭着脖子朝外面望。电车咣当咣当慢悠悠地走着。车顶上伸出的抓着电线的铁臂，随着公共汽车的颠簸一会儿长一会儿短地伸缩着。每到接口处，电线都会嗞啦嗞啦地闪出可怕的蓝光。要是往常，头一次见到这情景的我，不咋咋呼呼地叫出声，起码也会露出吃惊的表情。但今天没有，我虽然眼睛望向窗外，但心里却想着夏老师的事。我还生着夏老师的气呢！

我咋着也琢磨不透，夏老师为哈跟我发那么大的火！

趁他媳妇不在家的时候，我好心好意把事情告诉了他。谁知夏老师翻脸不认人，不但不感谢我，还把我痛骂了一顿，还不分青红皂白地把我从他家里撵了出来。

我这是吃饱了撑的没事干啦？

真是狗咬吕洞宾不识好人心！

真是好心当了驴肝肺！

你们还没见我那天那个委屈样呢！我跌跌撞撞、跟头把式地从夏老师家的七层楼梯跑下来。脚跨出单元那扇带着弹簧自动关闭的铁门，在火辣辣的太阳底下，在响晴响晴的晴天白日里，我的眼泪就要下来了。我憋着，憋着；走三步喘口气，撇撇嘴，走三步喘口气，撇撇嘴。等我好不容易坚持到电话亭前，哆嗦着手从裤兜里掏出电话卡插进电话机的卡槽里，摘下话机，用哆哆嗦嗦的脚指头——不，我说错了，是用手指头——我当时气得都不知道用哈拨通了谷丫家的电话。电话筒里嘟嘟嘟嘟地响着。等谷丫接了电话，我再也憋不住了，哇一声哭了出来。

这可把那头的谷丫吓够呛。

谷丫赶紧问："打桩你咋啦？"

我哭得抽抽搭搭，说不出话来。

谷丫在那头急得大喊："打桩你哭哈？打桩你说话呀！"

但是我告诉你们，那天我虽然哭成那样，但我一点儿也没哭糊涂，脑子清楚着呢。我得给自个儿留个心眼儿，我不能把被夏老师轰出门的事告诉谷丫，我想我得给自个儿留条后路。要是把夏老师和他媳妇的事都像竹筒倒豆子似的跟谷丫说了，她嘴上虽然不说，也会在心里笑话我。日后还会给她留下话把儿：你不整天说夏老师人得（多）么得么好，得么得么受人尊敬；夏老师得么得么认老乡，对你得么得么关照吗？那他媳妇咋会出那种事，那他咋会把你从他家里撵出来呢？原来你这是编着谎话糊弄我呢，原来是吹牛不上税忽悠我呢！

想到这里，我扇了自己一个耳光，然后扑哧一下笑了。

我说："我没咋，就是、就是想你啦……"

谷丫这才松了口气。谷丫说："刘打桩呀刘打桩，你吓死我啦，我以为你咋了呢！"接着谷丫开始欻（chuā）达（方言：讽刺挖苦的意思）我："瞧你那点出息！才刚走几天呀就这样，你还能干点事情吗？"随后谷丫把声音压低说："想我就、就回来呗……"我估计这时候不是她当村长的爹进屋了，就是她在窗下正给猪喂食的娘朝屋里瞟了一眼。

我说："我这样咋回去……"

谷丫说："要说也是……营子里的人都说你在城里发展了，有了出息。都说你将来肯定有前途，错不了。营子里的长辈们都举着大拇哥夸我有眼力，夸我爸妈有福气呢。"

谷丫这么一说，给哭瘪了的我打了气。我立刻精神起来。我说："我没事了，现在都好了。我只是想跟你说说话，听听你的声音就不想你了。你放心吧。"挂电话之前，我听谷丫那头的电话机啵地轻响了一下，那是她背着她爹娘跟我飞吻呢！我一高兴抱着电话机吧唧吧唧亲了好几口。

谷丫的飞吻让我心里美了好几天，哈烦恼的事都忘到脑勺后面了。但热乎劲儿一过，我的心又瓦凉瓦凉了。你们想想吧，在这小区当保安，和进进出出的夏老师抬头不见低头见的，总觉得别扭。睁开眼睛是夏老师，闭上眼睛还是夏老师。说夸张点，在我心里头，夏老师就是我的天，夏老师就是我的地。我在这座城市能踏踏实实待下去，就是有夏老师支撑着。可现在竟弄成这种局面！后来我干脆把怨气撒在地摊上买的那个俄罗斯望远镜上，不是它，我就看不见那些乌七八糟的东西；看不见那些乌七八糟的东西我就不会去告诉夏老师，夏老师也不会把我撵出门，我也不会跟夏老师闹僵。过去望远镜是我的宝贝，我藏着掖着的，现在望远镜变成了我的克星！我咋瞅咋别扭。左思右想着，我心一横，把望远镜扔在地上摔碎，然后又用簸箕把望远镜的碎渣收起来，揭开墙角的井盖，倒进下水道里。

那几天我心神恍惚，想见夏老师，又怕见夏老师。没事就躲在树荫里朝夏老师住的那栋楼张望。心情还烦躁得不行，跟业主拌了几次嘴，还差一点儿干起来。值班时也心不在焉，由此小区连续出了两起业主丢失物品事件：五栋楼六单元那个每天早晨扭秧歌的大妈，把一台刚买的录音机落在自行车的车筐里，转身就不见了；十一栋楼二单元有个老大爷正月在庙会上给在幼儿园的孙子买的带一排按键的电子琴，一夜间不翼而飞！我想这是小偷要组建乐团的节奏呢！出了这种事件，业主反映到居委会，居委会再反映到物业，追查下来保安脱不了责任。这点自知之明我还是有的，于是我主动找保安队长辞了职。

收拾好了，我背着双肩包，推着旅行箱走出小区大门口时，回头朝夏老师住的那栋楼望了一眼，心里说："夏老师，我走了。我不再惹您生气了，您多保重吧！"

无轨电车停下来，火车站到了。车门哗地打开，人们像往热锅里下饺子似的往下拥。我最后一个下车，走在火车站广场上，抬头看看钟楼上的大钟刚到下午两点，离去广州那趟列车发车时间还有两个多小时。我先去售票处买了票，然后在候车厅里转悠。想去广州需要在火车上坐三十多个小时，得带足吃的东西。正转着，一个边走路边用火柴棍掏耳屎的人和我擦肩而过，我没觉得碰到他，他却哎哟地叫着蹲在地上。我看见他捂着耳朵的手指缝里，有殷红的东西流出来，一滴滴地落在地上。随后几个男人过来把我围住，胳膊被他们抓得死死的。

一个留着光头的说："碰了人想走？"

一个染着黄头发的说："就是，肇事逃逸。"

一个戴着墨镜的说："没门。"

一个留着仁丹胡的说："怎么也得道声歉吧？"

面对凶神恶煞似的四个大人，我百口莫辩。我只好道歉。留着仁丹胡的人嘎嘎乐了。他说："知道道歉就好，知道道歉就是好孩子。"他又嘎嘎地乐了一下。然后把我拉到一边说："小兄弟，事情都清楚了，人是你撞的，祸是你闯的，你已经道歉了。事情都在这儿摆着，你看怎么办吧。"旁边留着光头的人瞪着眼睛帮腔说："怎么办？去医院瞧病呗！"留着仁丹胡的人说："您少插嘴，一边待着去！人家小兄弟是明理的人。"然后他用手拍拍我肩膀，用商量的口气说："小兄弟，咱们来算笔账。您看去医院您得叫救护车吧，看病您得挂专家号吧，专家得给您诊断吧，诊断完得给您上机器检查吧，检查完得住院吧，住院得交住院押金吧，住院期间得交护理费吧，病好了出院还有营养费、误工费什么的都是钱啊！咋着也得万八千的……"我被这个数字吓傻了。我说："我哪有那么多钱啊！"留着仁丹胡的人说："您别急，急当不了饭吃，当不了钱花。这样吧小兄弟，看您也是诚实人，谁叫咱们有缘呢！我做主，给您打个折扣，给这个数就算完事儿。我大包大揽，受害人不行也得行。"他伸出巴掌在我面前晃了晃。我带着哭腔说："五千啊，五千我也没有！"留仁丹胡的人说："看来您是死猪不怕开水烫，认钱不认命的主儿。那我就没办法救您啦。"听了这话，几个蹲在旁边抽烟的人站了起来，他们把嘴里的烟头吐到地上，用脚撵蹍灭，瞪起眼睛，撸胳膊挽袖子地朝我围过来。就在这叫天天不应叫地地不灵的危急时刻，我突然看见夏老师带着警察朝这边跑过来。

我哇的一声哭起来。

40. 哎哟喂！咱是城里人

要说人啊，有时候真让您没处看去。就拿我们家的那个一脚踹不出个响屁的筋巴头刘旭东来说吧，以往我心情不好发脾气的时候，他从来不吭声，只是软磨硬泡地跟你对抗。可今天他突然就挺硬起来，跟我硬杠上了！

莫非这世道变啦？

莫非太阳从西边出啦？

不用说，你们也都知道了。大上周末因为他把车借给他同学的事我就跟他干了一架。他还不服气，跟我梗梗着脖子。我的火就噌的一下子上来了，越来越大，朝他连吼带叫地发起了脾气。我听有人在背后说我们打架，刘旭东打不过我，他老是吃我的亏。那是造谣污蔑我呢。有些看热闹不嫌事大的人总爱捕风捉影，把鸡子说成篮球，把猪崽说成大象，我们经常吵嘴不假，但我从来没动过手。

就拿那天刘旭东脸上的破皮说吧，有人就说是我用手挠的，我在这里可以指天发誓地跟你们保证，他脸上的伤绝对不是我挠的！那天我想从气势上压住他，让他对我服软，想用摔碟子打碗的方式吓吓他。所以我从锅台上抄起一只带蓝花的碗（悄悄地告诉你们，其实这是只炒菜时用铁铲碰了个豁口早就想扔掉的破碗），猛劲儿往地上摔时，一块碎碗碴崩到站在门口的刘旭东的脸上。看着刘旭东脸上流出血，我也吓傻了。你们想想，那块碗碴也就崩在刘旭东的脸上，那要赶上寸劲儿，碗碴不偏不倚地崩在他眼睛上那可麻烦了。这件事让我后怕好一阵子呢！

　　人们都说"当局者迷，旁观者清"，那么请作为旁观者的你们给评评理，那天我跟刘旭东吵架都是我的错吗？能怪我发火吗？你们说说我容易吗？早晨胡乱吃口饭，赶紧坐上挤满了人臭烘烘的公共汽车去书店，在书店又一本书一包纸地忙乎一天，有时甚至连喘口气，坐下来慢慢喝口水的时间都没有。中午舍不得花钱去饭馆吃口热乎饭，就随便在门口的小铁车上买份凉盒饭将就了。又忙一下午过来，好不容易熬到傍晚关门，指望能舒舒服服地坐在刘旭东来接我的车上，歇歇我腰酸腿疼的身子，可哪想他竟然没跟我说一声，蔫不唧地就把车借出去了。你把车借出去也行，谁没有大事小情的，况且又是同学朋友的。我心里不痛快发两句牢骚，你说两句让我暖心的话，哄哄我，说不定这事就过去了。可他不，他不但不认错，还跟我梗起了脖子！你们说说，这搁谁谁受得了，搁谁谁不生气。

　　就为这，这个筋巴头没完没了地跟我梗了一周的脖子！

　　他整天跟我嘟噜着脸，像我欠他八百吊钱似的：早晨买了早点回来往桌上一杵就走，也不跟我一起吃。早晚开车接送我上下班，脖子和脑袋一起转，问一句说一句，说的话没路上按的喇叭多，也没路上按的喇叭响。晚上回来，就趴在电脑桌前鼓捣他那台破电脑，一直到深夜。睡觉时紧卡着床边睡，给我个脊梁骨，还把被子裹得紧紧的。我挠他胳肢窝，他不动，再挠，他急了，胳膊肘使劲往后一捣，正好捣在我的鼻梁骨上，酸得我眼泪鼻涕哗哗往下淌。抹一把，竟然带着血丝。我急了，我忍无可忍，火又噌的一下蹿上来："你大爷的，还真给你脸了！你给我滚，滚得越远越好！"我朝他大吼，抬脚把他踹到床下。

刘旭东从地上爬起来，一声不吭地抱着被子从卧室走出去。我以为他到外屋的沙发上睡了，但没有，这筋巴头竟然推开屋门走出去，在门洞的破草垫子上躺下了。

我那个火哇！呼呼呼呼地烧得我眼皮直跳。我腾地坐起来，抢了被子，光着脚丫下地，吧唧吧唧地冲到屋门口，也顾不得晚上我嗑了瓜子扔在地上的瓜子皮扎脚，把门闩在里面死死地插住。心里骂着："有种你永远别回来！"

我又回到床上。冷静下来，翻来覆去地睡不着觉了，好像躺在门洞的不是刘旭东倒是我一样。脑子里老是想着：门洞子里闷不闷，热不热，有没有蚊虫叮咬；想着那条我从路过的砖厂捡的、准备冬天用来给花卉挡寒的草垫子现在硬不硬、潮不潮、扎不扎肉……半夜的时候，一个闪电从窗玻璃上划过，随后咔嚓一声一个霹雳，大雨就哗地倒下来了。想这下刘旭东在门洞里待不住了吧？该进屋了吧？我暗暗得意。我摸黑悄悄下地，把门闩拉开，趴在窗玻璃上往外瞅，外面漆黑一团啥也瞅不见。除了哆哆嗦嗦的雷声和雨声听不见别的声音。我按亮外屋的电灯，然后我又回到里屋，躺在床上支棱着耳朵等着。但外面雷声滚滚，大雨哗哗，却没有刘旭东的一点动静。

我一宿没睡着觉，天快亮时勉强合上了眼睛。醒来时雨已经停了。门洞里几只麻雀叽喳地叫着，在还滴着雨水的瓦檐上蹦蹦跳跳、飞来飞去。只是没有刘旭东的影子。

我想他能去哪儿呢？

以往也有这种情况，我们吵了架，他会赌着气躲出去，在街上瞎转悠，到小酒馆喝几瓶啤酒，消了气，用不了多长时间就回来了。跟过去一样，该干啥干啥，日子照样过。所以我也没在意，早上随便喝点豆浆就自己开着夏利车去书店了。在书店忙乎一天，晚上回来时没看见刘旭东，门还锁着。我开了大门和屋门，清锅冷灶的厨房让我心凉了半截，我感觉出事情有点不对劲儿了。我拨打刘旭东的手机打不通，不是忙音就是嗲声嗲气的"您拨打的电话不在服务区，请稍后再拨"的语音播报。

一天是这样。

两天是这样。

三天还是这样。

刘旭东连着半个月没回家。那段时间，我跟你们说，你们知道我是怎么过来的吗？你们总把遇到煎熬的日子说成是"度日如年"，可现在对我来说应该是"度日如半辈子"，不，更贴切的话应该是："度日如一辈子！"白天还好说，在书店有事干，忙忙乎乎的，等到了晚上就不好过了，自己守着那么大的屋子，躺着那么大的床，连个说话的人也没有，孤独得不行。你们其中肯定有人要劝我说："非得要男人吗，女人离了男人就不能活了？"我打开始不是没这么想过，但是真不行。谁难受谁心里清楚。夜里睡不着，老觉得刘旭东就躺在身边，伸手一摸却是空的。我瞪着眼睛向上看房顶，也试过从别人那里听来的法子,尽量想刘旭东的坏处,想他怎么跟我犟嘴,想他怎么气我,但是想着想着,就成了水缸里按水瓢,他的好像水泡一样翻着花儿往上冒:累了他给我捶背、冷了他给我暖脚、馋了他变着法儿给我做好吃的、病了他给我煎汤熬药、无聊了他给我讲笑话,笑得我肚皮直颤悠。那些夜里,我始终不落门闩,始终把门留条缝。我人躺在床上,耳朵却放在窗台上。睡着睡着,院子里突然咣当一声,我赶紧趴在玻璃上往外看——是风把放在土墙上的簸箕吹落在地下;睡着睡着,院子里突然啪啦一声,我赶紧趴在玻璃上往外看——是熟透的圣女果从秧棵上落到菜畦里。

这段时间我打过几次刘旭东的手机,那犟种就是不接。这让我伤心透顶,神情恍惚。白天在书店老算错账,不是给买书人多包一本书,就是少收了客户的钱。小伙计可能是谈对象了,有事没事就知道抱着电话机煲电话粥——起早到广场看一次升旗,也能眉飞色舞地说上半天;在公共汽车上碰见个黄头发蓝眼睛大鼻子的老外,也能连比带画地聊上俩钟头。我听着心烦。我说:"你们累不累呀?这么说来说去的。"小伙计朝我仰仰刚长出黑毛的鼻孔,嬉皮笑脸地说:"阿姨你没打年轻时候过过?"

他这一问,还真把我问愣住了。

我心里翻江倒海地问自己:你年轻过吗?你的青春在哪里?想起来自己心里都难过,几次婚姻折腾下来,把我什么都搭进去了。啥青春啊啥年少啊,啥豆蔻年华啊(这是我从港台言情小说学来的词),啥理想抱负啊,统统都搭进去了,只剩下自暴自弃点火就着的臭脾气了。凭良心说,回想起这几段婚姻,还就属刘旭东像那么回事儿。尽管这几年吵吵闹闹地走过来,但还是汤汤水水地过出些滋味来。刘旭东疼我爱我，真心跟我过日子……直到现在我才弄明白，平日里刘旭东对我胡搅蛮缠的忍让，不是软弱，而是为了保全这个家不跟我计较罢了。而就这样的一个男人，还被我气走了。你们说我混不混！

想着想着，我的眼泪哗哗就下来了。

最后，我自己对自己下命令说："不行，我得把刘旭东找回来，绝不能再让他离开我！"

想到这里，我也顾不得书店上的生意了。早早地上板关门，开着夏利车赶回家。快到家的时候，看见那个算命先生还在车站旁的树荫下坐着，于是我靠边停了车，朝他走过去。

我说："先生，您算卦灵不灵？"

"那看怎么说了。"先生翻着白眼珠瞅天，用手捋捋下巴上的山羊胡须，"信则灵，不信则不灵。你求财还是问姻缘？"

我说："问姻缘。"

算命先生问了我和刘旭东的生辰八字，然后翻着白眼珠伸着指头掐算着。一只苍蝇落在他的鼻尖上，蹭蹭爪子，又飞走了。过了半根烟的工夫，算命先生说："你们俩姻缘上是有的，只是八字上有点相冲。但无大碍，磕磕碰碰才是日子，都改改脾气，忍一时风平浪静，退一步海阔天空。"

我说："他还能回来吗？"

算命先生呵呵一笑说："绳头抓在你手里，甭问我。"

我从兜里掏出五十块钱塞进算命先生脚边的铁盒里。回到家，我从堆积在刘旭东电脑桌上的废纸里找到了他大学同学夏林子的电话，给他打过去，夏林子很快就接了。夏林子很客气地称呼我"嫂子"，这让我增强了信心，随后我问了刘旭东的地址。晚上我把自已收拾干净,洗了个澡,做了滋养面膜。然后试好了一身看着上档次又显得文气的衣裙。第二天天刚麻麻亮,我开着夏利车到加油站加满了油,便拐向去北郊的柏油马路。

路上很顺利,几处维修的国道已经修好。一路高速行驶,不到两小时我就赶到了嘎鲁村。元驿站遗址公园更是好找,村路上隔一段距离的电线杆上就挂着一张画着箭头的指示牌子。远远看见一个黄土丘被上面插着五色小旗子的铁栅栏围着。门口笔直地站着一个穿着黑色保安服的娃娃脸、看上去挺机灵的小保安伸手把我拦住。

小保安一本正经地说:"文物要地,游人免进。"

我说:"我找刘旭东,我是他爱人。"

小保安脸上立刻换上笑脸:"是嫂子哦!刘总不在,去村里开会了,中午回来。要不,你去他办公室等他吧。"

小保安把我领进刘旭东的办公室,打一暖瓶水送过来说:"嫂子,那个哈,有事你喊我。"然后退出去。

这是一间用建筑板材临时搭盖的简易房间,一切都是新的。窗子很大,一盆很大的橡胶树展放着猪耳朵似的肥厚碧绿的叶子。房间分成两部分,前面是办公区,摆着办公桌靠背椅,靠墙是一组大沙发。后面是生活区,床、厨房、洗漱间什么的都齐全。我在屋里转悠着。当我走进屋子后间时,鼻子里全是刘旭东的气味儿。我心里说:"这个臭男人哦!"我脱了衣服外套,把刘旭东堆在床上的脏衣服和臭袜子收进塑料盆里,洗好后,一件件地挂在外面用铁丝拉的晒衣绳上面。打扫屋子时,看见刘旭东放在床头柜的台历上写着一行小字:"祝我生日快乐!"我才突然想起今天是刘旭东的生日。

过生日吃饺子,这是规矩。我知道刘旭东最爱吃羊肉丸饺子。看看时间快到中午了,我赶紧开着夏利车到村了里采购面粉和羊肉，回来后先和面醒着，把羊肉切成丁，然后便叮叮咣咣剁饺子馅。半个小时过后包完饺子，望着一圈圈围在盖帘上圆乎乎胖小子似的羊肉丸馅饺子，我竟然脸红起来。

外面响起踢踢踏踏的声音，不用说我也能够听出是刘旭东的脚步声。当时我也不知道是咋想的，想给他一个惊喜，还是怕见到他？就在他拉开屋门的时候，我闪身躲进窗帘里。哪承想窗帘连着窗杆一起哗啦掉落下来，一下把我暴露在光天化日之下……

（完）

2023 年 8 月一稿

2023 年 10 月二稿

2023 年 12 月 18 日三稿完成

图书在版编目（CIP）数据

我是一棵榆树 / 肖龙著 .—北京：作家出版社，2024.5
内蒙古文学重点作品创作扶持工程
ISBN 978-7-5212-2755-0

Ⅰ.①我… Ⅱ.①肖… Ⅲ.①长篇小说—中国—当代
Ⅳ.①I247.5

中国国家版本馆CIP数据核字（2024）第061684号

我是一棵榆树

作　　者：	肖　龙
责任编辑：	丁文梅　朱莲莲
装帧设计：	张子林
出版发行：	作家出版社有限公司
社　　址：	北京农展馆南里10号　邮　编：100125
电话传真：	86-10-65067186（发行中心及邮购部）
	86-10-65004079（总编室）
E-mail:	zuojia@zuojia.net.cn
http://www.zuojiachubanshe.com	
印　　刷：	唐山嘉德印刷有限公司
成品尺寸：	152×230
字　　数：	188千字
印　　张：	15.75
版　　次：	2024年5月第1版
印　　次：	2024年5月第1次印刷
ISBN 978-7-5212-2755-0	
定　　价：	48.00元

作家版图书，版权所有，侵权必究。
作家版图书，印装错误可随时退换。